달팽이

심은영 장편소설

달팽이

"학교가 너무 무서워요!"

창해

사랑하는 엄지민에게

네가 살아갈 세상은 동화처럼 아름답기를 빌며!

등장인물

첫째, 서연호(남, 2018년 현재 33세)

19살, 아버지를 죽였다. 죄의 대가는 죽음으로 치를 생각이었다. 하지만 홀로 남을 지민이 걱정이었다. 살아 있으나 그 존재가 드러나서는 안 되는 존재, 그렇게 14년의 도피가 시작되었다. 동화처럼 권선징악이 이루어지는 아름다운 세상을 꿈꾸던 아이, 지민은 연호 인생의 유일한 선(善)이었다. 지민이 원했던 세상을 만들어주고 싶었다. 비록 자신이 악마가 되어서라도.

둘째, 서연우(여, 2018년 현재 32세)

지민처럼 특별한 아이까지 감싸 안을 수 있는 좋은 교사가 되고 싶었다. '좋은' 교사가 힘들다면 '옳은' 교사라도 되고 싶었다. 홀로 남은 지금, 연우는 겁날 것이 없었다. 그저 덤으로 주어진 시간, 지민이 원했던 동화 같은 세상을 만들어주고 싶었다. 그러기 위해서는 주위의 악(惡)부터 없애야 했다.

막내, 서지민(여, 2017년 19세로 사망)

몰라요. 경찰에게 한 말은 거짓말이 아니었다. 지민은 정말 무슨 일이 벌어졌는지 이해하지 못하는 여섯 살 어린아이일 뿐이었다. 그 사소한 거짓말 때문에 모든 것이 어긋나기 시작했다. 아프지 않았다. 지민의 몸은 통증을 느낄 수 없었다. 그런데 아팠다. 가족이 부서진 건 모두 지민 때문이었다.

가족이 아닌 가족, 강민수(남, 2018년 현재 33세)

연호가 따돌림 당하던 민수를 구해준 순간부터 연호 삼남매는 민수의 가족이 되었다. 실종된 연호를 찾기 위해 형사가 되었지만 삶에 지쳐 연우와 지민을 외면했다. 하지만 연우와 관련된 인물들이 각종 사건에 연루되면서 민수는 다시 연우의 인생에 끼어들 수밖에 없었다.

차례

9

제1장

눈먼 자

나는 우리가 눈이 멀었다가 다시 보게 된 것이라고 생각하지 않아요.
나는 우리가 처음부터 눈이 멀었고 지금도 눈이 멀었다고 생각해요.
눈은 멀었지만 본다는 건가. 볼 수는 있지만 보지 않는 눈먼 사람들이라는 거죠.
ㅡ 《눈먼 자들의 도시》 (주제 사라마구의 소설) 중에서

1-1. 민수, 2018년 2월 25일 일요일

짙은 회색 구름 사이로 강한 햇살이 비처럼 쏟아져 내리는 아침이었다. 공기 중에 가득 찬 수증기가 곳곳에 무지개를 만들었다. 라디오 DJ는 영화 속에서나 볼 수 있는 환상적인 날씨라며 찬사를 쏟아냈다. 하지만 민수는 풍경을 감상하느라 느리게 움직이는 앞차가 짜증날 뿐이었다. 어젯밤 르포 프로그램을 보자마자 달려 나오는 길이었다.

지민의 죽음을 기념이라도 하듯이 '특집'이라는 단어를 붙인 프로그램은 기억 속에서 잊힌 미제사건을 철저하게 흥미위주로 다뤘다. 질, 자궁, 방광, 요도…… 성폭행으로 온몸이 부서진 여섯 살 지민의 과거 모습이 화면을 가득 채웠다.

초등학교 3학년, 반장이었던 연호가 따돌림을 당하던 민수에게 손을 내밀었던 순간부터 연호는 민수의 가족이 되었다. 당연히 연호의 여동생인 연우와 지민도 민수의 여동생이 되었다. 연호, 연우, 지민과 함께 행복했었다. 겨우 한 살 어린 주제에 공부하라며 잔소리를 하는 연우도, 혀 짧은 소리로 연우의 잔소리에 맞장구를 치는 늦둥이 지민도 감사하기만 했다. 일하느라 바빠 민수에게는 관심도 없는 미혼모 어머니 대신 그들 삼남매가 민수의 가족이 되어주었기에 외롭지 않았다.

하지만 지민이 성폭행을 당한 뒤 가족은 산산이 부서졌다.

충격으로 실어증에 걸린 연우는 친모가 있는 미국으로 보내졌다. 막내딸을 성폭행한 범인을 직접 잡겠다고 나선 법무부 검찰국장 서용걸은 몇 달 뒤 사체로 발견되었다. 입시를 포기하고 아버지를 따라나섰던 고3 연호는 실종되었다. 그리고 14년, 지민의 성폭행범도 용걸의 살인범도 잡지 못하고, 연호는 여전히 실종 상태인데, 지민은 죽어버렸다.

인터뷰를 하는 마을 사람들의 흥분이 생생하게 느껴졌다. 내가 아는 연호는 이랬다, 연호의 아버지는 이랬다, 라는 증언이 끝도 없이 이어졌다. 연호, 연우, 지민 삼남매를 홀로 기른 용걸을 회상하며 울먹이는 주민도 있었고, 이제는 정말 혼자 남겨진 연우에 대한 걱정을 하며 눈물을 훔치는 주민도 있었다.

증거도 증인도 없는 상황이었다. 용걸의 시체는 열경화성 수지[1]

에 잠긴 채 자택 맞은편 철거 중이던 건물의 지하 창고에서 발견되었다. 사체가 발견되는 것은 대부분 냄새 때문이다. 하지만 열경화성 수지는 썩는 냄새가 퍼지는 것을 막아 사체 발견을 늦추고 사망 시각의 추정도 불확실하게 만든다. 고위직 검사의 죽음은 평범한 사람의 죽음과는 다른 무게를 지녔다. 용걸을 죽인 범인을 찾기 위해, 실종된 연호를 찾기 위해, 주변 3km의 땅이 파헤쳐졌다. 하지만 끝내 연호의 흔적은 발견되지 않았다.

'미제 사건'은 포기와 체념을 그럴듯하게 포장한 것에 불과했다. 모두들 연호도 죽었을 거라 말했다. 하지만 민수는 연호가 죽었다는 추측을 믿지 않았다. 친구들은 인정하지 못하는 거라 했다. 상관없었다. 세상에는 이해할 수 없는 믿음이 존재한다. 그 희망으로 살아남을 수 있다면 조금의 의심도 하지 말아야 했다.

매일 밤 꿈을 꿨다. 용걸을 죽인 범인에게 저항하다 기억을 잃은 열아홉의 연호가 길거리를 헤매며 구걸을 했다. 자신의 이름조차 기억 못하는 연호는 여기저기를 떠돌았다. 지민을 짓밟은 범인에게 납치된 서른세 살의 연호가 어두운 방 안에서 울부짖었다. 어둠조차 스며들지 못하는 곳에 갇힌 연호는 하얗게 센 머리카락과 수염 때문에 알아보기 힘들었다. 14년 동안, 민수의 꿈속에서, 상

---

1) 열경화성 수지는 열을 가하여 경화성형하면 다시 열을 가해도 형태가 변하지 않는 수지로 접착제, 글루건 심, 코팅제 등에 이용된다.

상 속에서, 연호는 수많은 모습으로 살아 있었다.

열아홉 살 실종될 당시의 연호가 화면에 떠올랐다. 민수는 텔레비전으로 다가가 연호의 얼굴을 쓰다듬었다. 화면이 진행자의 모습으로 바뀌고 난 뒤에도 텔레비전에서 손을 뗄 수가 없었다. 다시 연호의 모습이 떠오르길 바라며 멍하니 텔레비전만 바라보았다. 14년 전 각 사건을 담당했던 형사, 미제사건팀장, 용걸과 함께 근무했던 검사, 병원 관계자 등의 인터뷰가 이어지고 있었다.

"서지민 성폭행 사건과 서용걸 검사 살인사건, 서연호 실종 사건의 범인이 동일범이라는 증거는 발견되지 않았습니다. 하지만 비슷한 시기 한 가족에게 일어난 사건이기에 동일범일 수도 있다는 가설을 배제하지는 않았습니다."

"범인은 정상이 아니에요. 여섯 살 어린 아이를 성폭행한다는 것 자체가 말도 안 되는 잔인한 짓이잖아요? 그런데 범죄를 저지른 뒤 증거까지 모두 인멸할 정도로 태연한 사람을 인간이라 불러야 하나요? 아직도 지민이가 처음 병원에 왔던 기억이 생생해요. 정말, 얼마나 참혹했는지…… 살아남았다는 게 기적일 정도의 상태였어요. 열 번이 넘는 수술을 했지만 결국 자궁과 질을 적출해야 했어요. 게다가 평생 배변주머니를 달고 살아야 했어요. 제가 지민이 생각만 하면 가슴에서 분노가 치밀어 올라요."

"범인은 분명 당시 법무부 검찰국장이었던 서용걸 검사와 원한 관계의 인물일 겁니다. 원한 관계가 아니라면 이렇게 끔찍하고 잔혹한 범죄를 저지를 수 없죠."

"서용걸 검사님은 후배 검사들이 가장 존경하는 검사로 손꼽을 정도로 주위 평판이 좋은 분이었습니다. 워낙 강력범죄를 많이 다루다 보니 범인들에게 협박도 많이 당하신 것으로 알고 있습니다. 자녀들을 보호하기 위해 일부러 원거리에 있는 집에서 출퇴근하신다는 말씀을 들은 기억이 납니다."

"일단 형사들은 서용걸 검사가 과거에 수사했던 사건의 범인들 중에 불만을 가진 사람이 저지른 일이라고 추정하고 있습니다. 당시 서용걸 검사가 맡았던 사건들의 범인을 모두 조사할 정도로 광범위한 수사가 펼쳐졌지만 범인은 여전히 오리무중입니다. 병원 관계자에 따르면 서지민 양은 죽기 직전까지도 실종된 오빠 서연호 군을 애타게 기다렸다고 합니다. 하지만 14년이나 지난 지금도 서연호 군의 행적은 묘연합니다. 이 사진은 서연호 군이 실종되기 한 달 전 찍은 사진입니다. 이 모습을 잘 기억해 주십시오. 혹시 비슷한 사람을 본 적이 있는 분들은 제보 주시기 바랍니다. 이제 가족 중에 남아 있는 사람은 서연우 양뿐입니다. 잇따른 강력범죄에 가족이 산산조각 난 상처를 안고 살아갈 서연우 양에게 오빠를 돌려줄 수 있도록 도와주십시오. 사진과 비슷한 사람을 본 적이 있는 분들은 아래 전화번호로 제보해 주시기 바랍니다."

진행자의 목소리는 차분하고 건조했다. 그래서 더 가슴에 박혔다. 연우는 이제 정말 혼자가 되었다. 벌레 한 마리 못 죽일 정도로 여린 성품의 연우가 지민의 죽음에 또 얼마나 상처를 받았을지 상상조차 되지 않았다.

용걸의 죽음과 연호의 실종 후, 연우와 지민이 이사한 곳은 경찰이 되자마자 알아냈다. 하지만 그들이 왜 도망치듯 동네를 떠났는지 알기에 연락하지 못했다. 누구도 악몽이 일어났던 곳에서는 악몽을 잊을 수가 없다. 지민과 연우의 앞에 나서려면 연호부터 찾아야 한다고 생각했다. 연호만 찾으면……. 그때는 그렇게 순진했다. 너무 순진해 경찰이 되면 지민을 성폭행한 범인을, 용걸을 죽이고 연호를 납치해 간 범인을 금세 잡을 수 있을 거라 꿈꿨다.

하지만 생활은 언제나 꿈을 무너뜨린다. 어머니의 기나긴 암 투병, 끝이 없는 잠복수사, 치솟는 전세금……. 점점 지쳐갔다. 연호, 연우, 지민, 한때는 가족이라 생각했던 이들은 기억 속에서 닳아 너덜너덜해졌다. 그렇게 잊고 있었다.

르포 프로그램을 보고서야 지민의 죽음을 알 정도로 무심했다. 죄책감과 후회로 온몸이 쓰렸다. 지민의 유골이 뿌려졌다는 수목원은 짙은 안개 속에 묻혀 있었다. 당장 비가 올 것 같기도, 금세 파란 하늘이 보일 것 같기도 한 애매모호한 날씨였다. 불확실성과 불분명함이 주는 혼란 따위는 질색이었다. 짙은 안개에 파묻힌 나무 사이로 희미한 무지개가 빛났다. 빨주노초파남보, 찬란한 빛 사이를 뚫고 지나갈 때마다 옷은 축축하게 젖어들었다.

멀리 나무에 무언가를 매달고 있는 남자가 보였다. 나자르 본주(Nasar boncuğu), 둥그런 짙은 남빛 유리 장식에 하얀 원, 하늘색 원, 남색의 원이 차례로 그려져 있는 터키의 부적이었다. 악마가 나자르 본주를 보면 도망간다고 해서 '악마의 눈'이라 불린다며 파트너인 중빈이 자동차 열쇠에 매달고 다녔다. 어스름한 안개와 희미한 무지개를 배경으로 새순이 돋는 나무에 매달린 나자르 본주가 바람에 흔들렸다. 푸른색 유리 장식이 구름 사이 강한 햇살에 반짝이며 사방으로 빛을 반사했다. 신비하고 아름다운 모습에 홀려 한참을 바라보았다.

다음에 올 때는 나도 국화를 사 오는 게 아니라 저런 장식을 사 와서 나무에 매달아 줘야지. 예쁘고 반짝이는 것만 보면 좋아서 팔짝팔짝 뛰던 지민이 떠올랐다. 민수는 울컥, 치밀어오는 울음을 삼켰다. 어제까지 까맣게 잊고 있었던 지민을 위해 울 자격이 그에게는 없었다.

관리사무소에서는 '형사'라고 새겨진 명함만으로도 지민의 유골이 뿌려진 나무 위치를 쉽게 알려주었다. 밖으로 나와 지민의 나무를 확인한 순간, 초록빛의 나무 사이로 반짝이는 푸른 악마의 눈을 마주한 순간 민수는 뒤돌아 뛰기 시작했다.

남자는 이미 사라진 뒤였다.

신기하게 생긴 나자르 본주를 잠시 만져본 걸 수도 있었다. 연우의 지인일 수도, 르포 프로그램의 시청자일 수도 있었다. 얼핏 본게 전부였다. 남자라는 것도 짐작일 뿐, 검은 모자를 깊게 눌러쓴 사람의 성별을 단정 지을 수 없었다.

맹목적인 희망은 인간을 기만하고 배반한다. 나자르 본주에서 채취한 지문이 연호의 지문과 일치한다는 결과를 보고 나서도 한참을 멍하니 있었다. 몇 번이나 다시 지문을 대조했다. 자신이 잘못 본 것이기를, 프로그램에 오류가 생긴 것이기를, 그 어떤 것도 결과를 바꿀 수만 있다면 감당할 수 있었다.

경찰서에서 하룻밤을 꼬박 새우고 다시 어두운 밤이 되었을 때야 비로소 남자의 옷차림이 떠올랐다. 브랜드 로고가 크게 수놓아진 회색 후드 티셔츠와 찢어진 청바지는 연호가 가장 즐겨 입던 옷이었다. 민수의 삶은 언제나 분하고 억울할 정도로 작은 희망조차 짓밟혔다.

그 오랜 세월, 연호는 단 하나의 흔적도 남기지 않았다. 의도하지 않고는 불가능한 일이었다. 기억을 잃지 않은 연호가 도망갈 이유는 하나밖에 없었다. 공소시효가 없는 존속살인, 그게 유일한 가설이었다.

다시 달려간 수목원에서 나자르 본주를 하나하나 닦으며, 연우도 연호도 잊겠다고 결심했다. 그 결심이 일주일도 지나지 않아 깨어질 줄은 예상하지 못했다.

1-2. 민수, 2018년 3월 5일 월요일

여자는 민수가 형사라고 소개하자마자 가슴부터 쳤다. 여자가 가슴을 칠 때마다 구구절절한 사연이 토해져 나왔다. 덩치 큰 여자의 과장된 몸짓과 큰 목소리에 6인실을 함께 쓰는 환자와 보호자들의 시선이 몰렸다. 민수를 제외한 모든 사람들이 여자의 다음 말을 기다리며 숨죽였다. 적막감 속에서도 여자의 목소리는 점점 커졌다. 보이지 않는다고 해도 몰린 시선이 느껴질 텐데, 여자는 거리낌이 없었다. 오히려 시선이 몰리길 바라는 듯 말투는 점점 연극조가 되어갔다.

기미로 얼룩진 광대뼈 아래 얇은 입술은 끊임없이 움직였다. 부스스한 파마머리를 쓸어 올리는 손은 과하게 분주했다. 눈에 붕대를 감고 있지만 않다면 여자의 태도는 피해자라기보다는 가해자에 가까웠다. 도대체, 왜, 누가, 내게 이런 일을 저질렀는가, 라는 의문 따위는 없었다.

"안도현. 나랑 같이 살다 작년에 헤어진 그놈이 범인이 분명해요. 헤어지기 싫다고 끝까지 매달렸거든요. 우리 딸이 친아빠랑 살고 싶다고 하도 졸라서 전남편이랑 합치고 나서도 몇 번이나 찾아왔었어요. 사고 나기 일주일 전에도 주유소까지 찾아와서 조용히 헤어지려면 위자료 내놓으라고 몇 시간이나 술주정하고, 물건까지 때려 부수고 갔어요. 흥, 혼인신고도 안 했는데 위자료는 무슨 위자료! 분명해요. 그 새끼가 범인이 틀림없어요."

범인을 확신하는 피해자에게는 이상하게 정이 가지 않는다. 인식할 수 있을 정도로 분명한 원한은 피해자와 가해자의 경계를 모호하게 만든다. 법과 정의가 제대로 실현되지 않는 사회에서 '복수'라고 불릴 만한 범죄는 연민과 공감을 얻기 쉬운 법이다. 하필이면 휴가에서 돌아오자마자 이런 꺼림칙한 사건이라니, 한숨이 저절로 나왔다. 여자는 용의자의 정확한 주민등록번호까지 알려주며 소리를 높였다.

"똑바로 적으셨어요?"

수첩에 적은 용의자의 주민등록번호를 불러보라며 민수를 닦달하는 목소리는 어느새 쉬어 있었다. 주민등록번호를 불러주자 붕대 아래로 누런 눈물이 흘러내렸다.

"씨팔, 개새끼. 차라리 죽는 게 낫지. 눈 병신으로 만들어? 의사 말로는 평생 눈먼 채로 살아야 된대요. 안도현, 그놈도 평생 콩밥 먹여야 해요. 아니, 죽여 버려야 해요. 안 그래요, 강민수 형사님?"

대답하지 않았다. 대한민국에서 사형집행은 이루어지지 않은지 오래였다. 여자는 함께 분노해주지 않는 민수에게 화가 났는지, 아니면 우리나라에서 사형이 없어진 거나 다름없다는 사실을 기억해내고 짜증이 났는지 씩씩대며 말을 덧붙인다.

"나쁜 새끼, 개새끼. 어제 오신 이중빈 형사님한테도 말씀드렸지만 안도현 그 개새끼가 내 딸을 초등학교 때부터 성추행했다니까요. 그래서 도망쳤는데 끝까지 따라붙어서 돈 달라고 못 살게 괴롭히더니 결국……"

여자가 가슴을 퍽퍽 치며 통곡을 한다. 누런 눈물은 말라붙은 지 오래다. 민수는 중빈이 요약해 건네준 사건 기록을 뒤적였다. 피해자 박지영의 딸 정예솔, 성추행 신고 기록 없음. 반듯한 중빈의 글씨체가 한눈에 들어왔다.

"성추행 신고는 왜 안 했습니까?"

되묻는 목소리가 너무 차가워 민수 자신조차 섬뜩하다. 모든 사람을 의심하라. 아무것도 믿지 마라. 형사 생활 하루 만에 깨달은 사실이었다.

"신, 신고는, 그런 거 기록에 남으면 우리 딸 인생에도 별로 좋을 거 같지도 않고……"

범인에 대해 말할 때와 달리 뚝뚝 끊기는 말투, 흐려지는 말끝이 미심쩍었다. 하지만 병실 안 관객들은 민수의 무심하고 차가운 태도를 나무라듯 흘깃거리며 혀를 찼다. 저런 나쁜 놈, 쳐 죽일 놈, 속삭이는 흉내만 낼 뿐 민수에게 들으라는 듯 전 동거남인 안도현을 성토하는 목소리들은 제법 컸다.

알겠습니다, 마지못해 하는 대답에 바라보는 시선들이 뾰족해졌다.

"아니, 아니, 형사님. 제 말 못 믿으시는 거예요?"

"현재 상태에서는 따님이 증언한다고 해도 신빙성을 의심받을 수밖에 없어요."

"어제 오신 형사님도 그렇게 말해서 제가 생각을 좀 해 봤는데요. 우리 딸 말고 증언해 줄 사람 있어요. 우리 딸 중학교 1학년 때 담임. 그때 그 담임이 신고하겠다고 그랬었는데……"

"따님이 지금 몇 학년이죠?"

"고등학교 1학년이요."

박지영의 목소리는 거의 들리지 않을 정도로 작았다. 박지영이 안도현과 헤어진 건 전남편과 합치기 바로 직전, 작년 가을쯤이었다.

"보통 엄마들은 딸이 성추행이나 성폭행을 당했다고 하면 가해자를 죽이고 싶을 정도로 증오하는데, 어머니는 그 이야기를 전혀 믿지 않으셨나 봐요. 그 뒤에도 안도현이랑 3년 가까이 같이 사셨으니."

자신도 모르게 비꼬는 말투가 나왔다.

"그, 그거야……"

지영은 대답을 망설였다. 병실 안 관객들의 눈빛이 단번에 바뀌었다. 원망과 경멸의 시선은 이제 여자에게로 향했다.

"그때는 몰랐다니까요. 그리고 지금 그게 중요해요? 내가 눈이 멀게 생겼는데? 담임한테 확인해 보라니까! 지금 내가 대학교도 안 나오고 무식하다고 내 말 안 믿는 거지? 어제 형사 왔을 때도 그렇게 얘기했는데 내 말은 안 믿어 주고. 그러다 그 개새끼 도망 가면 어쩔 거야? 당신들, 그 개새끼 놓치기만 해 봐! 당신들부터 콩밥 먹을 줄 알아! 아이고, 아이고! 내 가슴! 숨이 안 쉬어지네. 아이고, 형사가 사람 잡네! 아이고, 나 죽네!"

횡설수설하며 가슴을 쥐어뜯던 지영이 호출 벨을 눌렀는지 의료진이 뛰어 들어왔다. 간호사가 진정제를 놓고 나서도 지영의 고함은 계속되었다.

"아이고! 내가 분통이 터져서 죽을 거야! 세상에, 이렇게 억울한 일이 어디 있어! 나를 딸 험한 꼴 당하는 거 보면서도 모른 척한 나쁜 년을 만드네. 내가 딸내미 아비 없는 애라는 소리 들을까 봐, 죽어라 패던 전남편이랑도 합쳤는데, 딸내미 몸 망친 걸로도 모자라서 나까지 눈 병신 됐는데, 형사들은 범인 잡아줄 생각도 안 하고 내 말을 의심만 하네. 나보고 나쁜 년이라네. 돈 없으면 없는 죄도 덮어쓴다더니, 아이고, 돈 없는 년이라 이 꼴을 당하고도 참고 살라네. 아이고, 돈 없고 못 배운 내가 죄지."

지영의 통곡에 의사와 간호사가 민수를 힐끔거렸다. 수사와 무관한 사람의 오해를 풀어줄 시간 따윈 없었다. 차라리 그 시간에 사건을 해결하는 게 나았다. 민수는 그대로 병실을 나섰다. 지영이 지목한 용의자는 이미 구속영장이 신청된 상태였다. 하지만 이 상하게도 지영에게 그 사실을 말해주고 싶지 않았다.

"어, 선배? 벌써 조사 끝내셨어요?"

병실을 나서자마자 지영의 주치의를 만나러 갔던 중빈이 생글생글 웃으며 다가왔다. 180cm가 넘는 키에 90kg이 넘는 몸무게, 커다란 덩치에도 불구하고 여드름투성이 얼굴로 눈웃음을 치면 중빈은 순진한 고등학생으로 보였다. 하지만 중빈은 앳된 외모를 이용해 범인들의 자백을 받아낼 정도로 용의주도한 데다 치밀하고 끈질기기까지 해서 범인 검거율이 145%나 되었다. 미신고 사건의 범인까지 잡아서였다. 게다가 직감으로 용의자 중 범인을 알아맞히는 일도 많아 형사팀장은 중빈을 '선무당'이라 불렀다.

"내 휴가 동안 혼자 수사한 내용 다 알려줘. 어디까지 알아냈어?"

대답 대신 질문을 하는 민수에게 익숙해진 듯 중빈이 수사상황을 풀어놓았다.

"주치의 말로는 메탄올 증기에 의한 실명이 확실하다네요. 치료는 불가능. 주유소 자동세차장에서 수거된 워셔액과 유리세정제 분석 결과, 메탄올 비율이 월등하게 높았어요. 박지영은 자동세차장 입구에서 돈 받는 일을 했으니 노출이 커서 실명까지 된 것 같아요. 현재 다른 피해자는 없어요."

메탄올은 세척력이 뛰어나고 싼 편이라 자동차 세차용품에 많이 사용되었지만, 메탄올 증기를 흡입하는 것만으로도 실명이나 사망에 이를 수 있어 몇 년 전 유해물질로 지정되면서 사용이 금지되었다.

"불법 제조한 세정제일 확률도 있어. 제조업체나 판매업체 쪽 알아봤어?"

"확인해 보긴 하겠지만 워낙 단가가 낮아서 불법을 무릅쓰고 제조할 가능성은 적지 않을까요? 수요도 그다지 많지 않고. 나쁜 짓도 돈이 되어야 달라붙죠. 어쩌면 폐기처분 안 된 메탄올 워셔액을 싼 가격에 사 왔을 수도 있긴 해요."

"주유소 사장이 박지영 남편이라고 하지 않았어? 만약 주유소 사장이 메탄올 성분 세척제인 줄 알고 구입했다면 자동세차장에 마누라를 두지는 않았겠지."

"그거야 알 수 없죠. 도망가서 딴 놈하고 살림 차렸다가, 로또 당첨으로 돈 좀 만지게 되니까 다시 와서 달라붙은 마누라가 싫어졌을 가능성도 충분해요. 남편, 아니 전남편이기도 하니 호칭이 애매하네요. 어제 안도현 조사할 때, 그놈이 그러더라고요. 남편도 박지영이라면 치를 떤다고요. 딸내미가 워낙 가족이 모두 같이 살기를 원하니까 어쩔 수 없이 남편이 받아준 거랍니다. 박지영더러 너까지 먹여 살리기는 싫으니 네 밥값은 네가 하라고 말하면서 주유소 세차장에서 일을 시킨 것도 남편이고요. 원래 박지영이 돈을 좀 밝힌답니다. 안도현이 남편보다 돈이 많다는 걸 알고는 그날로 안도현 집으로 이사 왔다고 하더라고요. 안도현과는 5년 정도 사실혼 관계였는데, 안도현이 주식투자에 실패하고 남편이 로또 당첨되니 곧바로 남편한테 달라붙었고요. 남편이랑은 재산문제 때문에 싸우느라 이혼을 못 했는데, 그걸 빌미 삼아서 기어이 남편이 이사한 집으로 딸을 데리고 들어갔답니다. 그런 마누라한테 정이 생기겠어요? 안도현이 거짓말을 하는 것 같지는 않은데, 모르죠, 뭐. 아, 진짜 누가 범인인지 몰라도 무서운 놈이에요. 죽이는 것보다는 평생 시각장애인으로 사는 게 더 고통스럽지 않겠어요?"

"딸 성추행은 사실이야? 신고하려고 했다는 담임은?"

"아, 그건 확인해봐야 해요. 마침 박지영 딸이랑 그 선생이랑 같은 안곡북고니까 나온 김에 둘 다 만나보고 가죠. 여기서 5분이에요. 담임 이름이 뭐더라⋯⋯."

중빈이 수첩을 뒤적이며 어물거렸다. 안곡북고, 그 말을 듣는 순간, 민수의 발걸음이 멈췄다. 앞서가던 중빈이 해맑게 웃으며 뒤를 돌아보았다.

"서연우. 원래 안곡북중에 근무했었는데 작년에 안곡북고로 옮겼나 봐요."

순간, 잊어야만 했던 기억들이 민수를 덮쳤다.

갑작스러운 민수의 휴가 때문에 혼자서 수사하느라 힘들었을 테니, 단순한 참고인 조사일 뿐이니, 들어가 쉬라고 말하며 중빈을 돌려보냈다. 솔직히 뭐라고 설득했는지 기억나지 않았다. 다행

히 중빈은 조기퇴근에 신나 더듬거리며 쏟아내는 민수의 변명에
는 신경 쓰지 않는 듯했다. 그렇게 민수는 안곡북고 앞에 홀로 서
있었다. 그게 중요했다. 연우가 또다시 낯선 경찰에게 시달리게 하
고 싶지 않았다.

안곡북고등학교.

민수는 학교 명패를 확인하며 주위를 둘러보았다. 강남과 근접
한 신도시의 고등학교는 아무런 특색이 없었다. 5층의 본관, 체육
관과 식당이 있는 별관, 담장 너머의 안곡북중 건물이 운동장을
둘러싸고 있었다. 설계도를 재활용한 듯 비슷한 구조의 학교인데
도, 졸업한 지 십 년이 넘은 자신의 고등학교와 쌍둥이처럼 닮은
학교인데도, 어딘가 낯설고 꺼림칙했다.

결국 등을 돌리며 담배를 꺼내 물었다. 4차선 도로를 사이에 두
고 마주한 탄천(炭川)이 나뭇잎 틈으로 반짝였다. 하천 양옆으로
조성된 산책로를 따라 운동 나온 시민들이 오가는 모습이 보였다.
그 여유와 한가로움에 갑자기 짜증이 치밀어 올랐다.

원남시 안곡구. 전국에서 가장 비싼 집값을 자랑하는 동네였다.
사람들은 반드시 원남이 아니라 안곡에 산다고 말했다. 그게 자
신의 정체성을 설명해준다는 듯이. 지민과 연우와 조금이라도 가
까이 있고 싶어 전근한 곳이었고, 몇 해나 지났지만 아직도 이 동
네와 이 동네에 사는 사람들이 낯설고 어색했다. 몇 십 억짜리 아
파트에 사는 안곡 사람들과 15평짜리 다세대 빌라 반지하에 사는

민수는 사고방식 자체가 달랐다. 마지막으로 깊게 들이켠 담배연기를 한숨처럼 내뱉은 뒤, 민수는 학교 안으로 들어섰다.

중앙현관문에 외부인은 행정실에서 방문증을 받으라는 안내판이 보였지만 무시했다. 연우가 속한 연구부 교무실은 2층에 있었다. 때맞춰 울린 수업 종료 종에 아이들이 쏟아져 나왔다. 14년 전, 먼발치에서 스치듯 보기만 해야 했던 연우가 민수에게 다가오고 있었다.

이제 서른둘, 긴 생머리에 하늘하늘한 원피스를 입은 연우는 낯설었다. 아버지의 강요 때문에 억지로 머리카락을 기르고 치마를 입어야 하는 게 항상 불만이었던 소녀는 완전히 사라진 것 같았다. 그래도 연호와 쌍둥이처럼 닮은 얼굴은 그대로였다. 뭐라 불러야 할까? 연우야? 서연우 선생님? 입이 떨어지지 않았다. 교무실 문 앞을 지키고 선 민수를 보며 고개를 갸웃하던 연우의 눈이 믿을 수 없다는 듯 커졌다.

"민, 수, 오빠?"

"알아보는구나? 못 알아보면 섭섭해서 어쩌나, 걱정했는데."

어색함을 누르려 억지웃음을 지었지만 연우의 꽉 다문 입은 마주 웃지 않는다.

"여긴 어쩐 일이야?"

민수가 다가가는 만큼 뒤로 물러서는 연우의 눈이 흔들렸다.

"내가 여기 있다는 건 어떻게 알고 왔어? 혹시 방송국 PD나 작가야?"

떨리는 목소리는 낮고 차가웠다.

지난주 내내 연우에 대한 비난 여론이 인터넷을 달구었다. 연우
가 인터뷰를 거절하는 모습이 음성변조와 모자이크 처리되어 방
송되었던 게 문제였다.

"인터뷰 따위 하고 싶지 않아요. 범인이 잡히지 않아도 상관없
으니까 방송도 내보내지 말아요."

여러 번의 요청에도 연우가 끝내 인터뷰를 거절했다는 진행자
의 멘트는 사람들의 호기심과 공격성을 자극했다. 프로그램의 홈
페이지에는 연우의 태도를 이해할 수 없다는 비난조의 댓글이 수
없이 달렸다.

'혹시 언니가 제대로 보살피지 않아서 지민이가 죽은 거 아닌
지 수사해주세요.'

'온 가족이 죽었는데도 범인이 잡히지 않아도 상관없다니, 사망
보험금 혼자 꿀꺽하니 좋냐?'

'온 가족이 죽고 혼자 살아남았다면 그 사람이 범인 아닌가?'

흥미를 자극하고 시청률을 올리기 위해 교묘하게 편집된 방송
을 접한 사람들은 갖가지 억측과 오해를 재생산해냈다. 방송이
실제와 다를 수도 있다는 가능성 따위는 사람들의 머릿속에 없
었다. '방송'이나 '언론'이라는 것은 그 단어만으로 무조건적인 신

뢰를 끌어모은다.

미제사건수사팀이 방송국에 요구해 받은 방송 원본은 완전히 달랐다.

"제발, 그만해요. 범인 따위는 잡히지 않아도 상관없으니까. 전 진짜 그 사건을 잊고 싶다고요. 이젠 제발, 절 내버려두세요. 방송도 하지 말아요."

가늘게 떨리는 연우의 목소리는 울먹이며 애원하고 있었다. 너무 억울해서 원본을 공개하고 싶을 정도였다. 하지만 연호와의 관계가 드러날 가능성을 무릅쓸 수는 없었다. 지민의 미제사건을 수사하고 있는 선배 형사 태민은 민수와 연호가 친구라는 사실을 몰랐다. 알았다면 방송 원본을 보여주지도 수사상황을 알려주지도 않았을 것이다.

"방송에서는 어떤 얘기도 하고 싶지 않아."

"아냐! 아냐! 난 방송이랑은 아무 상관도 없어. 난 형사야."

민수는 손사래를 치고 고개까지 저으며 명함을 내밀었다. 만든 지 얼마 되지 않은 명함이 연우의 손 안에서 떨렸다. 연우의 경계심은 줄어들지 않았다.

"그런데?"

명함에서 눈을 떼지 않은 채 연우가 물었다.

"네가 참고인으로 진술을 해야 할 일이 생겼어. 잠깐 어디 앉아서 이야기 나눌 수 있을까?"

"무슨 사건 때문에?"

잔인할 정도로 싸늘한 물음이 되돌아왔다. 순간, 이상하게도 소름이 돋았다. 그저 연우의 냉정한 반응이 서운해서라고 자위하며 온몸을 관통하는 서늘함을 외면했다. 연호의 흔적만이라도 찾을 수 있길 바랐다. 그 희망이 이루어졌는데, 오히려 절망은 깊어지기만 했다. 그 절망을 잊으려 휴가 내내 매일 술을 마셨다. 술기운에 모든 걸 잊고 싶었다. 그래서 잊었다. 연우는 무슨 사건 때문이냐고 물었다. 형사가 찾아와 참고인 진술을 해달라고 한다면 연호와 관련되었다는 생각을 하는 게 당연한데도……

1-3. 연우, 2015년 3월 11일 수요일

끈질긴 진동음에 겨우 놓았던 현실로 다시 끌려나왔다. 불면증이 학기 초에는 더 심해졌다. 나흘이나 제대로 잠을 자지 못 했다. 눈을 뜨고도, 감고도, 멍한 상태였다. 억지로라도 잠을 자야만 정상적인 생활이 가능하다는 생각에 수면제를 4알이나 먹고 겨우 들었던 잠이었다. 떨리는 휴대폰의 불빛은 새벽 3시를 알렸다. 경찰서에서 온 전화였다.

"어휴, 쪼끄만 게 얼마나 독한지 죽어도 부모님 전화번호는 안

불더라고요. 다행히 교복 차림이라 학교 숙직실에 연락했더니, 담임선생님 전화번호 알려주시더군요."

보호자 전화번호를 알려주고 어두컴컴한 방에 멍하니 앉아 있었다. 예솔은 다세대 빌라 옥상에서 노숙을 하다 신고를 받고 출동한 경찰에 붙잡혔다고 했다. 새 학기가 시작된 지 겨우 열흘, 예쁘장하게 생겨 가장 먼저 얼굴을 외운 여자아이, 그게 연우가 아는 예솔의 전부였다. 부르르, 휴대폰이 다시 울기 시작했다.

"보호자가 여기서 하룻밤 재우라고 하고는 전화를 끊어버렸어요. 다시 전화했더니 아예 전화를 꺼놓았더라고요. 중학교 1학년 여자애를 경찰서 유치장에서 재울 수도 없고, 저희도 곤란해서……."

결국 경찰서로 갈 수 밖에 없었다. 수면제 효과 때문에 통화를 하는 중에도, 경찰서를 향해 운전하는 동안에도, 경찰의 안내대로 이런저런 서류에 사인을 하면서도 내내 멍했다.

"저희야 원래 이 시간이 근무시간이지만, 선생님은 잠도 못 주무시고 어쩌나. 너, 이 녀석, 다시 가출하면 그때는 진짜 유치장 신세 질 줄 알아!"

절차를 끝내고 서로 인사치레까지 주고받은 뒤, 경찰이 짐짓 협박조로 예솔을 향해 소리를 질렀지만 모른 척했다. 겨우겨우 잠들었는데, 그 잠을 깨워버린 경찰도, 예솔도 원망스러웠으니까. 경찰서 구석 의자에 앉아 연우의 눈치만 살피던 예솔이 쪼르르 달려와 곁에 붙어 서는데 확 밀쳐버리고 싶을 정도였다.

3월 초의 새벽 기온은 겨울 못지않게 쌀쌀해서 남색 동복만 입은 예솔이 경찰서 밖으로 나오자마자 부르르 떠는 게 보였지만 피식, 비웃기만 했다. 보온이 시원찮은 교복인데도 최신 유행에 따라 최소한의 천 조각만 남아 있었다. 그러게 누가 그렇게 교복을 맘대로 줄이래? 치밀어 오르는 말은 애써 집어삼켰다. 실랑이를 벌이기엔 너무 지쳐 있었다.

"죄송해요."

보조석에 올라탄 아이가 처음으로 입을 열었지만 대답 없이 좌석의 열선 버튼을 누르고 히터를 최대한으로 올렸다. 그 정도만으로도 최선을 다한 거였다.

"학교 당직실로 연락해서 선생님 전화번호까지 알아낼 줄은 몰랐어요. 이럴 줄 알았으면 처음부터 그냥 부모님 전화번호 알려 줬을 텐데…… 하긴 그래 봤자 결국은 선생님한테 연락했겠구나."

예솔의 목소리가 점점 기어들어갔다. 결국 입을 열었다.

"선생님 화난 거 아냐."

"정말이요?"

예솔의 목소리 톤이 높아졌다. 갑자기 심술이 났다. 이 새벽에 자신을 불러낸 아이가 너무 쉽게 죄책감을 덜어내는 게 짜증스러웠다.

"아니, 화난 거 같기도 하고."

"죄송해요."

"가출이야 할 수 있어. 그런데 이 날씨에 너, 빌라 옥상에 있는 이

삿짐 박스 안에서 잤다며? 그러다 얼어 죽기라도 하면 어쩌려고?"

"그 정도까지는 아니었어요."

"그나마 빌라 주민이 알고 신고했으니 다행이지, 혹시라도 나쁜 놈들이 먼저 알아챘으면 어쩌려고 그래? 요즘 세상이 얼마나 험한 줄 알아?"

예솔은 예쁜 편이었다. 까만 피부에 이목구비도 선명했고, 가는 골격에 비해 가슴도 커서 충분히 남자들의 눈을 끌 만했다. 교실에 들어갔을 때도 제일 처음 눈에 띄는 학생이었으니까. 그렇게 노숙을 하다 재수 없으면 정말 큰일이 생길 수도 있다는 걸 어떻게 설명해야 하나 망설이는데 예솔이 툭, 내뱉었다.

"어차피 재수 없으면 자기 집에서도 성폭행당하는 세상이에요."

순간, 핸들을 놓쳤다. 끼이익, 본능적으로 밟은 브레이크에 자동차가 휘청거렸다. 펑, 에어백이 연우의 가슴을 쳤다. 그리고 암흑이었다.

다행히 가로수를 들이박아 다른 사람의 피해는 없었지만 연우는 갈비뼈 골절로, 예솔은 그저 부모의 강요로 2주간 같은 병실에 입원해 있었다. 가출한 아이를 데리러 오라는 경찰의 말도 무시했던 부모는 예솔이 어디 한 군데 부러지지 않은 걸 섭섭해 했다. 보험사에서 합의금을 더 받아내기 위해서라면 멀쩡한 팔을 부러뜨릴 수도 있을 것 같았다.

예솔이 심심하다며 PC방에 간다고 외출한 날, 예솔의 초등학교 6학년 담임에게 연락했다. 사고 직전 예솔이 했던 말들이 머릿속을 간지럽혀서 견딜 수가 없었다. '예솔'이라는 이름을 듣자마자 수화기 너머에서 한숨이 흘러나왔다.

"예솔이 중1 담임 맡으신 거예요? 혹시 벌써 가출했어요? 일 년 동안 고생길이 훤하시네요. 걔가 그래요. 집에 얌전히 있는 날보다 가출하는 날이 더 많을 걸요? 그래도 급식 먹으러 학교는 꼬박꼬박 나오니까 다행이죠. 엄마도 포기했는지 가출해도 학교에 알리지도 않아요. 경찰서에서 한밤중에 전화 오면 그제야 가출했었나 보다, 하고 데리러 가야 해요. 엄마는 절대 데리러 가는 법 없으니까. 엄마가 이혼하고 재혼한 건 아시죠? 엄마 말로는 새아버지랑 예솔이가 갈등이 심해서 그렇다고 하는데, 어휴, 진짜 골칫덩어리라니까요."

예솔의 현재 담임이라는 여자는 연우의 말을 추호도 의심하지 않고, 거침없이 말을 쏟아냈다. 담임이 겪었을 고충은 충분히 공감할만 했다. 앞으로 연우가 겪어야 할 힘겨운 미래를 여자는 세세히도 설명했다. 암담했다.

"집 나가는 게 취미예요. 오죽했으면 부모도 포기했을까. 퇴학이 없어졌으니 망정이지. 예전처럼 퇴학 있었던 시절이라면 진즉에 퇴학당했을 아이예요."

한풀이라도 하듯 쏟아내는 막말이 이상하게도 껄끄러웠다. 전

담임과의 통화에도 기분 나쁜 가려움은 사라지지 않았다. 잠든 귓가에 윙윙거리다 잡으려고 일어나면 흔적도 없이 도망가버리는 모기 같았다. 고통스럽지는 않지만 짜증나는 가려움을 없애기 위해서였다. 침대에 누워 꼼짝 못한 채 있는 동안 곁에 있는 사람이 예슬밖에 없기도 했고, 시간도 충분했다. 그렇게 아무도 알아채지 못했던 예슬의 비밀에 다가섰다. 그리고 그게 문제였다.

"그 아저씨가 자꾸 만져요. 엄마는 아저씨가 날 귀여워해서 그런 건데 뭐 어떠냐고 짜증만 내요. 누가 귀엽다고 여자애 가슴을 막 만져요? 엄마는 무조건 내가 이상하게 생각하는 거라고, 새아버지인데 그럴 수도 있다고…… 자꾸 그러는 게 너무 싫어서 처음에는 차에서 자기도 하고, 차 열쇠 못 찾을 때는 옥상에서 자기도 하고……."

연우는 매뉴얼대로 했다. 상담교사와 교감, 교장에게 상담 내용을 알리고 예슬 어머니의 방문을 요청했다. 경찰에 신고한다는 말에야 달려온 예슬 어머니는 오자마자 연우의 뺨을 쳤다.

"어디서 그런 모함이야? 우리 예슬이가 진짜 그렇게 얘기했다고? 당신이 괜스레 이상한 방향으로 유도한 거 아니야? 그렇지 않아도 사춘기라 예민한 애를 당신이 들쑤신 거 아니냐고? 우리 도현 씨가 예슬이를 얼마나 애지중지하는데! 친아버지라는 인간은 돈 한 푼 안 보태주는데, 도현 씨는 예슬이 중학교 입학하니까 이것저것 사라면서 돈을 이백이나 줬다고. 그놈의 계집애가 아직 철이 없어서 어떻게든 헤어지게 만들려고 떽떽거려도 얼굴 한 번 찌푸린 적이 없는 사람이야. 철없는 애가 말도 안 되는 소리 하면 선생이라는 인간들이 타일러서 바로잡을 생각은 안 하고 멀쩡한 사람을 성추행범으로 몰고 가? 그리고 뭐? 학교에 안 오시면 신고를 해? 어디서 협박이야? 내가 당신들 전부 다 고소할 거야!"

서슬 퍼렇게 날뛰는 어머니를 보며 덜덜 떨던 예솔은 진술을 뒤집었다. 새아버지와 같이 사는 게 싫어 거짓말을 했다는 아이의 진술이 받아들여져 사건은 그대로 종결되었다. 하지만 예솔 어머니는 연우가 유도심문을 해 새아버지를 성추행범으로 몰고 갔다며 며칠 동안 학교에 찾아와 난동을 부렸다. 가정파탄범 담임에게 아이를 맡길 수 없다는 주장에 예솔의 학급까지 변경하고 난 뒤에도 예솔 어머니는 잊을 만하면 전화해 연우에게 욕을 했다. 일종의 분풀이 대상이었다.

예솔 어머니의 발신번호가 뜨기만 해도 미친 듯이 심장이 뛰고 식은땀이 났다. 그래도 전화를 받아야만 했다. 연우가 전화를 받지 않으면 교장이나 교감에게 전화를 해 화풀이를 했고, 교장과 교감은 다시 연우를 닦달했다. 어차피 괴로울 거라면 혼자 괴로운 게 나았다. 그렇게 2년을 보냈다.

전근하자마자 연우는 휴대폰 번호부터 변경했다. 담장 하나를 사이에 둔 중학교에서 고등학교로 옮긴 것뿐이지만 다른 학교라는 사실만으로도 마음이 편해졌다.

1-4. 연우, 2017년 10월 12일 목요일

안곡북고로 전근한 뒤 심각한 업무과다와 끊임없는 학생들의 문제에 시달리면서 예솔 어머니는 까맣게 잊고 있었다. 종례 중 교실 문 밖에서 서성거리는 예솔 어머니를 보는 순간 심장이 멎는 듯했다. 그저 도망치고 싶었다. 짧은 종례에 청소까지 생략하자 아이들은 신나서 교실 밖으로 나섰다. 아이들에게 험한 꼴을 보여주고 싶지 않아 재빨리 교무실로 향했다.

아직 종례와 청소가 한창일 시간이라 교무실에는 학년부장밖에 없었다. 열 명의 입보다 더 빨리 소문을 퍼뜨릴 수 있을 정도로 수다스러운 사람이었다. 언제 손찌검이 날아올지 몰라, 금방이라도 큰 소리로 쏘아붙일 것만 같아 후들거리는 손으로 의자를 내어줄 때까지 예솔 어머니는 얌전했다. 연우가 자리에 앉기도 전에 예솔 어머니는 들고 있던 비닐봉지를 책상 위로 들이밀었다. 파란색 박스에 새겨진 박카스라는 글자가 반투명한 비닐 밖으로 희미하게 비쳤다.

"학교 옮기셨다는 얘기 듣고 한번 인사 와야지, 하면서도 워낙 먹고사는 일이 바빠서 이제야 오네요."

연우는 얼어붙었다.

"제가 그동안 선생님 많이 오해했었어요."

"네?"

생각보다 목소리가 컸는지 학년부장의 호기심 어린 눈이 연우를 향했다. 연우는 자리에 앉아 어깨를 움츠리며 최대한 그 시선을 피했다.

"선생님 말이 맞았어요. 그놈이 진짜 나쁜 놈이더라고요. 제가 순진해서 그놈이 우리 예솔이한테 어떤 짓을 하는지도 모르고, 제가 죽일 년이지요. 무식한 게 죄라고 그놈 하는 말만 철석같이 믿었어요. 그때 선생님 말씀 새겨들었어야 되는데, 이렇게 좋은 선생님을 제가 그렇게 대했으니……. 죄송해요, 선생님."

예솔 어머니의 울먹임에 종례를 마치고 돌아온 담임들과 학생들의 시선이 몰렸다. 도대체 예솔 어머니가 무얼 원하는지 몰라 당황스럽고, 점점 늘어가는 시선이 부담스러웠다.

"선생님. 용서만 해주시면 제가 여기서 무릎이라도 꿇을게요."

당장이라도 무릎 꿇을 듯 의자에서 내려서는 예솔 어머니를 만류했다. 그저 상황을 끝내기 위해 용서한다고, 괜찮다고, 내뱉자마자 예솔 어머니가 고개를 번쩍 들었다.

"그러면 정말 염치없지만 그때 일 증언해주실 수 있으세요? 우리 예솔이를 위해서요. 헤어지면 끝날 줄 알았는데 그놈이 죽어라 달라붙어서 괴롭혀요. 그래서 고소하려고요. 증인이 있으면 도움이 된다고 하는데, 도와주실 분은 선생님밖에 없네요."

그 상황을 모면하기 위한 대답은 정해져 있었다. 예솔 어머니가 떠나자마자 연우는 안곡북중으로 전화를 걸었다. 다행히 예솔의 담임은 3년이나 같은 교무부에서 일하며 꽤 친하게 지냈던 김유미였다. 유미는 전화를 받자마자 한참 동안 투덜거렸다.

"결국은 거기까지 찾아갔어? 정말 뻔뻔하고 염치없다. 인간도 아냐, 정말! 친아버지가 로또 당첨됐단다. 그래서 재결합하려는데 그 새아버지라는 인간이 위자료 없이는 절대 못 헤어진다면서 버티나 봐. 사실혼이라도 일방적으로 버림받았으니 위자료는 줘야 한다나? 그래서 성추행으로 꼬투리 잡으려고 하는 모양이야. 설마 증언해 줄 건 아니지?"

"어떻게 안 해 줘? 그 남자가 예솔이한테 또 해코지하면 어떻게 해?"

"야! 그 아줌마가 너한테 어떻게 했는데!"

"제일 불쌍한 사람, 예솔이야. 우린 안 보면 끝이지만 예솔이는 엄마라서 그럴 수도 없잖아."

"미쳤구나? 너 그거 오버야. 내가 말했지. 가끔 너 보면 좋은 선생 되려고 발악하는 사람처럼 보여. 좀 대충하고 살아. 그런다고 월급 더 주는 것도 아니고. 정말 이해가 안 된다, 도무지 이해할 수가 없어."

누군가에게 이해받을 필요는 없었다. 연우는 좋은 선생이어야만 했다. 그게 비록 자신이 상처 입고 망가지는 길이라도 상관없었다. '서연우'라는 이름이 좋은 선생으로 남을 수만 있다면.

하지만 다행인지 불행인지 예솔이 끝까지 성추행 사실을 부인하는 바람에 예솔 어머니를 다시 보는 일은 없었다.

"그 계집애가 무슨 마음을 먹었는지 그런 일 없었다고, 자기는 죽어도 모르는 일이라고 잡아떼더라. 한 번 뒤집었다가 다시 뒤집는 건 자기가 생각해도 우스웠겠지. 그때 네가 어떤 꼴을 당했는데, 그래도 제 엄마보다는 낫네, 염치가 있어. 딸내미가 새아버지한테 성추행을 당했다는데 거기에 붙어서 돈 받아 쓰면서 편안히 먹고살겠다던 사람이 엄마라니 예솔이만 불쌍하지. 예솔이가 잡아뗀 걸 어떻게 알았는지 새아버지가 명예훼손으로 고소하겠다고 친아버지 주유소까지 와서 난동 부렸나봐. 엄마가 매일 집에서 잠도 안 재우고 닦달한다더라. 고소해야 되니까 바른대로 말하라고, 아니면 돈 물어줘야 된다고. 하여간 진짜 인간 말종. 엄마라는 인간이 나더러 설득해보라고 어찌나 들볶는지, 여러 번 붙잡고 얘기했는데 꿈쩍도 안 해. 죽어도 새아버지가 그런 적 없대. 너한테는 성추행 당하는 거 싫어서 계속 가출했던 거라고 했었다며? 이제는 나도 도대체 뭐가 뭔지 모르겠어. 진짜 성추행을 당한 건지 아니면 새아버지가 꼴 보기 싫어 거짓말을 했던 건지. 도대체 진실이 뭐지? 아, 됐어, 이제 생각 그만할래. 진실은 찾아서 뭐 하게? 너나 나나 이제 걔 때문에 골치 썩일 일 없으니까 그걸로 됐다고 치자. 그냥 모른 척하자. 부모도 포기하고, 경찰도 포기했는데, 우리가 뭘 어쩌겠어?"

유미는 예솔 문제로 꽤 골치가 아팠는지 야근을 하는 연우에게까지 찾아와 하소연을 늘어놓았다. 연우는 듣기만 했다. 귀를 막고 싶은 두 손을 꼭 잡고서.

1-5. 연우, 2018년 3월 5일 월요일

'진실은 찾아서 뭐 하게? 그냥 모른 척하자.'

어두운 그림자가 귓가에 속삭였다. 시커먼 어둠은 스르르 연우의 온몸을 감쌌다. 눈을 감았는데도 목덜미를 조여 오는 형체가 선명히 보였다. 결코 잡을 수 없는 암흑에 짓눌려 옴짝달싹할 수 없었다.

지민아, 지민아. 비명은 꽉 다물어진 입술 사이로 흘러나오지 않았다. 조금만 움직이면 자신을 누르고 있는 어둠에서 벗어날 수 있는데, 의지와는 달리 눈조차 뜰 수 없었다. 지민아, 지민아, 제발. 지민은 연우가 가위에 눌리면 언제나 달려왔다. 지민이 어떻게 그 순간을 알았는지는 중요하지 않았다. 지민이 얼굴을 쓰다듬으며 언니, 라고 부르는 순간 몸을 짓누르던 악마는 사라졌다.

암흑에서 풀려나 식은땀 범벅인 연우를 껴안고, 지민은 씩씩하게 만화 주제가를 불렀다. 혼자 있는 시간이 많은 지민의 유일한 취미는 옛날 만화를 보는 거였다.

개구리 소년, 빰빠빰. 개구리 소년, 빰빠빰. 네가 울면 무지개 연못
에 비가 온단다. 비바람 몰아쳐도 이겨내고 일곱 번 넘어져도 일어
나라. 울지 말고 일어나, 빰빠빰. 피리를 불어라, 빰빠빰.[2]

천사의 노래, 지민의 노래를 들으면 이상하게 마음이 편안해지
고 나른한 행복감이 밀려든다. 그래서 연호는 지민의 노래를 천
사의 노래라고 했다.

연우가 가위에 눌릴 때면 만화 속 영웅처럼 즉시 알고 달려오는
지민이 신기했지만 어떻게 알았냐고 묻지 않았다. 지민의 존재는
만화처럼 비현실적이었다. 언제나 지민이 만화처럼 사라질까 봐 두
려웠었다. 그리고 지민이 사라진 순간부터는 만화처럼 다시 돌아
오기를 기대하며 지민의 이름을 불렀다.

지민아, 지민아. 응원가처럼 힘차게 촌스러운 만화 주제가를 부
르던 지민의 노랫소리가 사무쳤다. 지민아, 이제는 아무리 불러도
지민은 노래를 불러주지 않는다. 그저 어두운 그림자가 쉭쉭 연우
를 휘감는 소리만 들릴 뿐이다. 지민아, 오지 못할 것을 아는데도

---

2) 만화 〈개구리 왕눈이〉 주제곡 가사 중에서. 원곡 작사가 호리에 미츠코 〈개구리
   데메탄〉, 한국 작사가 박준영.

연우는 지민을 불렀다.

얼마나 시간이 흘렀을까. 공포에 정신이 희미해질 무렵 겨우 눈을 뜰 수 있었다. 온몸이 식은땀으로 축축했다. 얼마나 움직이려 발악을 했는지 가위에서 풀려나자마자 근육통이 몰려왔다.

악몽 따위는 겁나지 않았다. 연우에게는 언제나 현실이 악몽이었다. 현재가 차곡차곡 쌓여 과거가 되면 악몽의 종류도 늘어났다. 세상의 모든 악몽이 연우의 삶을 채웠다. 그래서 연우는 잠들 수도 깨어 있을 수도 없었다.

1-6. 연호, 2018년 3월 5일 월요일

민수는 몰라볼 정도로 다른 사람이 되어 있었다. 친구 하나 없이 늘 주눅 들어 있던 아이가 형사가 되다니. 피식, 웃음이 났다. 지금이라면 내가 아이들에게 맞던 민수를 구해줬다는 초등학교 추억담은 아무도 믿지 않을 것이다. 나보다 덩치가 두 배나 커진 뒤에도 내 뒤만 졸졸 쫓아다니던 민수의 변화가 얼떨떨했다. 그래도 얼굴은 어린 시절 그대로였다. '곰돌이 푸우'라는 별명답게 둥글고 큰 눈은 따뜻했고 콧날이 뭉툭한 작은 코는 귀여웠다. 과연 용의자들이 그렇게 선하고 따뜻한 얼굴에 겁을 먹고 자백을 할까 의심스러웠다.

언제나 보고 싶고 궁금했다. 지민이 입원한 중환자실 앞 복도에 주저앉아 펑펑 울던 모습이 마지막이었다. 왜 안 울어, 새끼야, 울기라도 하라고! 신기하게도 끊임없이 눈물이 흐르는 민수의 눈과 달리 내 눈은 뻑뻑할 정도로 메마른 채였다. 죽여버릴 거야, 내가 잡아서 죽여버릴 거야. 두꺼운 손으로 벽을 치며 악을 썼다.

나 대신 울고 분노하던 민수는 미친 듯 벽에다 분풀이한 덕에 으스러진 주먹으로 병원 경비원에게 끌려갔다. 당시의 기억은 뒤엉키고 헝클어져 혼란스러웠다. 그래도 민수의 걸음걸음마다 뚝뚝 떨어져 내린 그 선명한 붉은색 핏방울들이 하얀 병원 바닥으로 번지면서 빛나던 순간만은 확실하게 떠올랐다.

너희들이 진짜 내 가족이야, 입버릇처럼 말하던 민수를 나는 냉정하게 버렸다. 내게도 연우에게도 '가족'이란 가슴 벅차거나 아릿한 감정과는 전혀 상관없는 명사였다. 내가 아프고 힘든 순간에는 당당하게 날 외면하고, 자신들이 필요한 순간에는 가족이길 강요하는, 지극히 이기적이고 순수하게 악랄한 혈연집단을 가리키는 명사, 그게 내가 배운 가족이었다.

나의 첫 기억은 나를 향해 날아오는 용걸의 허리벨트다. 쉭, 내 키보다 훨씬 긴 벨트는 공기를 가르고 나를 감싸 돌았다. 쉭쉭, 뱀처럼 유연하게 몸뚱이를 휘면서 내 몸 구석구석을 내리쳤다.

용걸의 화풀이는 언제나 이유가 있었다. 논리성의 결핍이나 인과관계의 결여는 문제되지 않았다. 이유와 상관없어도 나는 맞아야만 했고, 이유를 납득할 수 없어도 나는 잘못했다고 빌어야만 했다. 터져 나오는 울음 사이로 비명을 참느라 숨을 헐떡이며 애원했다.

잘못했어요, 잘못했어요, 아버지. 여린 살이 터져서 흘러나온 핏방울이 벨트에 묻어 휘날렸다. 끔찍한 고통에 까무러칠 때까지 용걸은 멈추지 않았다. 용걸에게 '아버지'라는 호칭은 쓰고 싶지 않았다. 그건 세상의 평범한 '아버지'에 대한 모욕이었다. 하지만 난 비굴하게 빌었다.

잘못했어요, 아버지. 나오지 않는 그 말을 입 밖으로 내뱉으며 빌었다. 제발, 하느님, 차라리 빨리 까무러치게 해주세요. 잘못했어요, 아버지. 무릎 꿇은 채, 두 손으로 빌었다. 제발, 부처님, 아버지가 그만하게 해주세요.

다섯 살, 내 첫 기억은 알고 있는 모든 신께 빌면서 끊겼다. 하지만 언제나 신은 나의 기도 따위는 무시했다. 모른 척해도 되는 간절함, 그게 바로 나의 기도였다. 그래서 다시는 신께 기도하지 않았다. 신이 존재한다 해도 나를 위해서는 아니라는 것을 깨달았으니까.

울음소리가 커도, 울음을 참아도 매질은 거세졌다. 잘못을 뉘우치되 비굴하지 않아야 했고, 아픔과 고통을 참으면서 상처는 교묘하게 드러내야 했다. 도저히 견딜 수 없을 정도면 기절하는 척했는데, 적절한 타이밍을 잡지 못하면 매질이 더 심해졌기에 용걸의 분노나 울분이 어느 정도인지 끊임없이 기색을 살펴야 했다. 기절이 거짓이라는 사실을 들키면 더 가혹한 처벌이 기다리고 있다는 걸 알기에 그 방법을 쓸 때면 내게 있는 모든 용기를 끌어모아야만 했다.

용걸의 매질은 내 성장의 촉진제였다. 인내, 중도, 가식, 거짓, 공감, 용기, 절제, 위선……. 내 인생의 가장 위대한 스승은 단연코 용걸의 허리벨트였다.

맞은 다음 날이면 터진 등이 쓰리려 눕지도 못하고, 짓무른 엉덩이가 아파 앉지도 못하고, 하루 종일 혼자 방구석에 서서 울기만 했다. 용걸의 전화에 베이비시터는 출근하지 않았고, 마미는 가출해 언제 집에 올지 알 수 없었다.

죽고 싶었다. 죽는 방법도 알고 있었다. 길 하나만 건너면 아파트 공사현장이었다. 철골이 드러난 회색빛 건물에는 경비조차 없었다. 그 꼭대기에 올라 하늘로 날아오르고 싶었다. 끝내 내가 날아오르지 못했던 이유는 연우였다. 연우는 상처투성이 내 옆에서 떨어지지 않았다. 동화책을 읽어주기도 하고, 이유식을 떠먹여 주기도 했다. 터진 상처가 곪아 고열에 헛소리를 할 때면 어디선가 차가운 물수건을 가져와 내 이마에 얹어주기도 했다. 아픈 나에게 유일한 위로는 연우였다. 학대를 눈치채기라도 할까봐 베이비시터는 자주 바뀔 수밖에 없었다. 나에게도, 연우에게도 의지할 사람은 힘없고 어린 서로밖에 없었다.

다행히 용걸은 연우를 때리지는 않았다. 어느 날은 그게 억울하기도 했고, 어느 날은 그게 다행스럽기도 했다. 언젠가부터 연우는 맞고 있는 날 감싸 안았다. 그러면 용걸도 때리는 걸 멈췄다. 나에게는 연우가 유일한 희망이었다. 가끔 연우가 너무 깊이 잠들어 깨지 않는 밤이면, 때리는 용걸보다 달려오지 않는 연우가 원망스러웠다. 내게 가족이란 '겨우' 그런 의미였다.

언제나 우리의 가족이 되고 싶어 했던, 가족과 마찬가지라고 생각했던 민수를 떠나면서도 죄책감 따위는 없었다. 가족도 버리는데 가족 '같은' 민수를 버리는 건 당연했다.

하지만 민수는 달랐다. 미혼모의 아들로 태어나 학대에 가까운 유기를 당했지만 이상적인 가족에 대한 집착이 남달랐다. 입원한 지민을 혼자 남겨두고 도망가면서도 민수를 믿었기에 불안하지 않았다. 공부만 해도 힘들다는 고3, 민수는 경찰대 입학이라는 꿈을 미뤄두고 지민의 가족이 되어주기 위해 이리저리 뛰어다녔다.

형사들은 용의자를 조사하면서도 혐의가 무엇인가에 대해 정확히 발설하지 않는다. 그건 수사기밀이었다. 미리 알려줄 경우 허위 진술을 할 가능성이 있기 때문이다. 경찰조사를 받으면서 자신이 용의자인지 단순한 참고인인지 모르는 사람도 많다. 정말 민수는 단순히 참고인 진술을 듣기 위해 연우를 찾아온 걸까? 그렇다면 왜 연우를 경찰서로 부르지 않은 거지?

망사, 가발, 장갑, 두 치수나 큰 신발……. 쓰레기봉투에 들어 있는 물건들을 노트에 적으며 다시 한번 확인했다. 내 흔적이 남아 있을 가능성은 없었다. 그래도 걱정스러웠다.

예솔 어머니가 입원한 지 사흘째, 아직 현장감식이 끝나지 않은 모양이었다. 이제 곧 메탄올 세척제 통 모서리에서 안도현의 지문이 발견될 테지만, 안도현이 구속될 때까지는 조심해야 했다. 혹시나 연우가 의심을 받는 일은 절대로 없어야 했다.

쌀쌀맞은 연우에게 주눅 들어 어쩔 줄 몰라 하던 민수가 마음에 걸렸다. 연우 입장에서는 충분히 그럴 만했다. 아마 민수도 이해할 터였다. 덩치만큼 이해심도 많은 녀석이었으니까. 그래서 오히려 걱정이었다. 민수 녀석의 성격대로라면 연우가 관련되었다는 이유만으로도 사건에 끼어들려고 할 게 뻔했다. 민수를 우리의 끔찍한 삶에 다시 끌어들이고 싶지 않았다. 아무래도 예솔을 만나야 할 것 같다. 민수가 사건에서 손을 떼게 만들기 위해서는 어쩔 수 없었다.

제2장

솔로몬의 재판

한집에 살던 창녀 둘이 삼 일 사이에 출산하였는데 한 아들은 죽고 하나만 살아남았다. 살아 있는 아이를 놓고 서로 자신의 아들이라 왕 앞에서 말다툼을 벌이자, 왕은 아들을 반으로 잘라 나눠 줄 테니 칼을 가져오라고 한다. 한 계집이 놀라 '차라리 저 여자에게 아들을 주시고 아무쪼록 죽이지만 말아 주십시오' 애원하는데, 다른 계집은 '내 아기도 네 아기도 되지 않게 반으로 나누자' 하였다. 왕이 '아들을 결코 죽이지 말라 한 계집에게 주어라. 저이가 그 어미니라' 하셨다.

－《구약성서》〈열왕기상〉 3장 중에서 편집

2-1. 연우, 2018년 3월 8일 목요일

삼겹살 가게는 매캐한 연기로 가득했다. 안곡동 주유소 사건에 관해 보강 수사를 해야 한다며, 싫으면 내일 경찰서로 나오라는 말에 거절할 핑계가 없었다. 연우가 자리에 앉자마자 민수는 삼겹살을 불판 위에 올렸다.

"일단 먼저 먹자. 밥 먹으면서 얘기하면 체한다."

"그냥 먼저 얘기해."

"수사 관련 얘기는 중빈이, 내 파트너 오고 나서 하자."

파트너까지 온다니까 정말 참고인 진술이 필요할지도 모른다는 생각에 조금 더 앉아 있기로 결정했다. 위가 아릿하게 쓰려 먹기 싫었지만 딱히 대화를 하고 싶지도 않아 밑반찬 중 부드러운 것만 골라 먹었다. 말없이 고기를 구워 연우의 앞접시에 놓아주던 민수가 물끄러미 연우를 바라보았다.

"역시 유전자란 게 무서운 건가 봐."

의아한 눈으로 바라보는 연우에게 민수가 식탁을 향해 고갯짓을 했다.

"연호도 어묵조림 좋아했거든. 지금 생각해 보면 우스워. 어린애가 딱딱한 반찬보다는 물렁한 반찬을 좋아했던 거 같아. 어떻게 그런 것까지 똑같을 수 있지? 너 젓가락 잡는 방법도 연호랑 똑같은 거 알아? 어떻게 그렇게 이상하게 젓가락질을 할 수 있는지 이해할 수가 없어."

이래서 민수를 만나기 싫었다. 민수의 기억 속 연호는 생생했다. 마치 살아 있는 것처럼. 그래서 두렵고 무서웠다. 연호를 기억하는 사람은 아무도 없어야 했다. 그래야 연우도 살아갈 수 있었다.

"오빠에게는 우리가 추억이지? 시간이 흐르면 슬픔이나 아픔은 희미해지고 좋은 순간만 남으니까. 그런데 나한테는 아니야. 추억이라는 건 그 순간의 고통이나 상처가 사라져야 가능한 거잖아. 나는 아냐. 나에게 과거라는 건 추억이 아니라 잊고 싶은 기억일 뿐이야. 좋았던 그 무엇조차 상처와 고통으로 덮여서 남아 있지 않아. 그러니까 더 이상 거짓말로 나 불러내지 마. 오빠는 절대로 내 추억이 될 수 없으니까. 그저 나쁜 기억을 되살리는 버튼일 뿐이지. 내가 왜 오빠한테 아무 말도 안 하고 지민이를 데리고 이사했는지 정말 몰라서 이래?"

민수의 얼굴이 하얗게 질려갔다. 미안했다. 민수는 연우 남매에게서 상처만 받으면서도 벗어나지 못했다. 그래서 더 독해져야 했다. 어떻게든 민수가 연호에서 벗어나길 바라며 다시 입을 여는데 누군가가 다가와 옆자리에 털썩 앉았다.

"서연우 선생님? 아, 진짜 이렇게 미인이란 말은 안 했잖아요, 선배. 참고인 진술을 여기서 받자는 이유가 따로 있는 거 아니에요? 안녕하세요, 이중빈입니다."

중빈은 눈웃음을 지으며 손을 내밀었다. 연우는 민수의 눈치를 살폈다. 예술 사건을 핑계로 불러낸 거라 생각했는데 진짜 참고인 진술이 필요한 모양이었다. 중빈은 시시한 농담을 하며 연우의 잔을 계속 채웠다. 연우는 술잔을 비우며 중빈이 식사를 끝내기를 기다렸다.

삼겹살을 몇 점씩 한입에 털어 넣으며 소주잔을 비우던 중빈이 어느 정도 배가 찼는지 사건에 관해 가볍게 종알거리기 시작했다.

"제가 선생님 교무수첩이랑 상담일지 보고 감명 받았잖아요. 3년이나 지났는데 어떻게 그렇게 깨끗하게 보관하고 계셨어요?"

연우는 양손에 가위와 집게를 들고 고기를 자르며 딱히 대꾸를 하지 않았다. 중빈은 연우의 무반응에도 개의치 않고 꿋꿋하게 말을 이었다.

"하필이면 세차장 창고 쪽에 있는 편의점 CCTV가 전부 고장나서 걱정이었는데, 메탄올 세정제통에서 발견된 지문 감식 결과 나왔어요. 흐릿하고 부분부분 지워졌지만 안도현 지문이랑 일치

한답니다."

"생각보다 너무 쉽게 해결됐는데 왜 울상이야?"

민수는 새 소주병을 따 중빈의 잔을 채워주며 물었다.

"아이 씨, 어떻게 친어머니라는 여자가, 딸내미 성추행 당하는
거 뻔히 알면서도 그놈이 벌어다 주는 돈이 필요해서 모른 척하
고 같이 살 수가 있어요? 그런 여자 눈멀게 한 범인 따위는 잡고
싶지 않았다고요. 어린애를 성추행한 안도현도, 그런 안도현에게
빌붙어 산 박지영도 치가 떨려요. 차라리 범인이 다른 누군가였으
면 했어요. 범인이 안 잡히고 돌아다니면 박지영이 평생 두려움에
떨면서 살아갈 테니까. 어떻게 엄마라는 여자가……."

중빈은 '모성'이라는 환상에 관해 계속 떠들었다. 거슬렸다. 연우
에겐 엄마도 어머니도 없었다. 연우에게 있는 건 마미밖에 없었다.
마미, 그들 남매를 낳긴 했지만 키우지는 않았던 사람은 자신을 그
렇게 부르라고 했다. 마미는 임신 때문에 열아홉이라는 어린 나이에
결혼한 걸 언제나 억울해했다. 게다가 마미는 나이보다 훨씬 어려
보였다. 통통한 볼살과 작고 깡마른 몸매 덕분에 희미한 불빛 아
래에서는 갓 사춘기에 접어든 열두 살 소녀처럼 보일 때도 있었다.

어린 나이라서 하고 싶은 게 많았던 마미는 항상 집을 비웠다.
남매를 먹이고 입힌 사람은 필리핀, 중국, 베트남 등 다양한 나라
의 도우미들이었다. 마미와 남매 사이에 존재하는 건 무관심뿐이
었다. 마미가 미군과 바람나 도망친 뒤에도 연우는 전혀 아쉬움

을 느끼지 못했다.

"피해자가 어떤 인간인지는 우리가 판단할 수 있는 게 아냐. 우린 그저 범인만 잡으면 되는 거야."

중빈이 우습다는 듯 민수를 쳐다보았다.

"진심으로 그렇게 생각하세요?"

민수는 대답하지 않았다.

"너무 믿기지 않아서. 어떻게 생모가 그럴 수 있는지 믿기지가 않아서 몰래 유전자 검사까지 의뢰했어요. 그런데 친딸 맞더라고요."

중빈은 소주잔을 내려놓으며 울분을 토했다. 연우는 홀로 소주잔을 비웠다. 통계에 따르면 소녀의 25%, 소년의 11%는 성학대의 피해자가 되는 세상이었다. 세계 최대 아동포르노사이트의 최다 가입 국적이 대한민국이었다. 게다가 아동 성폭행 가해자의 20%가 근친이었다. 근친에 의한 성폭행의 경우 은폐되는 경우가 압도적으로 많기에 통계에 잡히지 않은 범죄는 더 많이 일어나는 게 당연했다. 교사인 연우에게도 익숙한 범죄인데 형사인 중빈이 흥분하니 이상했다. 어느새 연우는 추악한 범죄에도 무감각해져 있었다. 술에 취해서, 자신도 모르게 불쑥 본심이 튀어나왔다.

"자신이 낳았으면 꼭 사랑해야 하는 거예요?"

느닷없이 끼어드는 연우의 말에 놀라서 중빈과 민수가 동시에 고개를 돌렸다. 둘 다 눈을 댕그랗게 뜬 모양이 우스우면서도 귀여웠다.

"이중빈 형사님은 솔로몬이랑 생각이 같으시네요. 아기를 사랑하는 사람이 친어머니라고요? 아니, 친어머니라고 해서 꼭 아이를 사랑하라는 법은 없죠. 어쩌면 아이를 절반으로 갈라달라고 한 여자가 친모일 수도 있었어요. 아비도 없이 태어난 자식이 차라리 죽어버렸으면 했을 수도 있죠. 친부모가 신생아를 학대해서 죽이는 일이 며칠 걸러 한 번씩 일어나는 세상이에요.《헨젤과 그레텔》을 비롯해 수많은 동화의 계모가 원래 친엄마였다는 거 알아요? 아이들이 충격을 받는다고 항의가 많이 들어와서 계모로 설정을 바꾼 거예요. 왜 친엄마라고 해서 꼭 자식을 사랑한다고 생각하는 거지? 그건 참 이상한 편견이지 않아요? 모성이란 중세 귀족들이 높은 유아사망률로 노동자들이 줄어드는 것을 염려해서, 하층민의 인구감소를 막기 위해 만들어낸 새로운 관념이었어요. 그렇게 노동자들에게 세뇌되어진 정책이었기에 그 세뇌가 세대를 타고 전해져 아직도 낮은 계층일수록 출산율이 높은 경우가 많지. 모성이 본능이라고? 그러면 식자증(食子症), 자신의 자식을 잡아먹는 건 뭐야? 고양이나 토끼는 자식도 잡아먹어. 그들에게는 모성본능이 없는 건가? 아니, 모성이 본능이 아닌 거야. 본능은 태어날 때부터 가지고 있는, 이성을 넘어서고, 통제가 불가능한, 세뇌 따위는 무너뜨리는 감정이야. 즉, 모성이 본능이 아니라 생존이 본능인 거야."

흥분해서 말끝이 점점 짧아졌다. 중빈은 멍한 채 열변을 토하는 연우를 바라만 보다, 더듬더듬 변명을 했다.

"아니, 전 꼭 친엄마는 자식을 사랑한다는 게 아니라, 그저 그 엄마가 정말 못된 사람이라는 거죠. 권선징악, 그게 내 좌우명이거든요. 그거 실현하기 위해서 부모님 반대 무릅쓰고 경찰 된 건데, 이번 사건은 좀……."

권선징악, 인간의 힘으로 불가능한 일이라고 충고하고 싶었다. 신은 결말이 뻔한 유치한 동화 따위는 원하지 않았다. 악(惡)이 선(善)을 잡아먹고 비(非)가 시(是)를 짓누르는 혼돈의 세상, 그게 신이 원한 세상이었다.

2-2. 민수, 2018년 3월 13일 화요일

민수는 퇴근하는 연우의 뒤를 따르기 시작했다. 연우가 산 것처럼 민수도 편의점에서 담배 한 갑과 소주 두 명을 사서 나왔다. 며칠간 내린 비로 탄천이 불어 거세게 흘렀다. 연우는 탄천을 따라 꽤 오래 걸었다. 학교에서 멀리 떨어진 용인과의 경계선에 들어서자 주위는 이미 어두워져 있었다. 그제야 연우는 다리 밑 벤치에 주저앉았다. 소주를 한 모금 들이켜고 담배에 불을 붙이는 모습이 익숙했다.

민수도 조금 떨어진 잔디밭에 앉아 술을 마시며 담배에 불을 붙였다. 소주 한 모금, 담배 한 모금, 그렇게 소주 두 병과 담배 한 갑이 두 시간 만에 모두 연우의 몸속으로 스며들었다.

삼겹살집에서도 놀랐지만 연우는 술이 세졌다. 혼자서 소주 두 병을 비운 뒤에도 얼굴에 붉은 기운이 없었다. 민수와 연호의 고등학교 입학 기념 술자리에서 연우는 소주 한 잔에 그 자리에서 뻗어 버렸었다. 술은 무조건 내 옆에서만 마시는 거야, 연호는 다음 날 연우에게 기어이 약속을 받아냈다. 얼마나 자주, 얼마나 많이 마셔야 저렇게 주량이 세지는 걸까? 셋 중 주량이 가장 센 사람은 연호였다. 언제나 먼저 취해서 잠들어 버렸기에 연호의 주량이 어느 정도인지는 민수도 몰랐다.

말해야 하는 걸까? 며칠째 망설이면서 연우의 뒤만 밟고 있었다. 누구보다 연호의 소식을 먼저 알아야 할 권리가 있는 사람이 연우였다. 연우에게 남은 유일한 혈연이었다.

민수는 그저 연호가 살아 있다는 사실만으로도 안도했다. 연호가 어쩌다 도망자가 되었는지는 중요하지 않았다. 연호가 용걸을 죽였다고 해도 상관없었다. 다만 홀로 숨어 지내야만 하는 연호의 신세가 안타까웠다. 하지만 연우가 어떤 반응을 보일지 예상할 수 없었다. 연우의 목소리가 내내 머릿속을 울렸다.

'범인이 누구든 상관없어요. 전 그 일을 모두 잊고 싶다고요.'

과연 연우가 견딜 수 있을까? 연호가 용걸을 죽이고, 도망을 다니면서 연우와 지민을 모른 척했다는 사실을, 그 무서운 진실을 감당할 수 있을까? 모르겠다. 민수는 남은 소주 한 병을 통째로 털어 넣었다. 술기운에라도 기대야 할 거 같았다. 울컥울컥, 속에서 받지 않는지 소주가 입가를 타고 흘렀다. 다시 소주병을 드는데 손이 흔들려 소주가 쏟아졌다. 손에 들린 소주병을 노려보는데 누군가가 와서 소주병을 빼앗았다. 연우였다.

"그만 일어나서 집에 가. 난 오빠까지 챙길 여유 없어."

민수는 고꾸라지는 몸을 억지로 세우려 노력했다. 빈속에 들이켠 소주가 신물과 함께 넘어와 옷을 적셨다. 후우, 한숨을 내쉰 연우가 민수의 옆에 앉았다.

"술 깰 때까지만 옆에 있어줄게."

민수가 들고 있던 소주를 빼앗아 마시는 연우의 모습이 흐려지고 흔들렸다. 잠시만 눈을 감고 있으면 나아질 거야, 라는 생각이 마지막이었다.

깨어났을 때는 어둠이 완전히 내려앉은 뒤였다. 운동이나 산책을 하는 사람조차 없었다. 흐르는 물소리만 들렸다. 한참을 망설였다. 지금이 마지막이었다. 연우에게 남은 혈연은 연호밖에 없었다. 비록 살인 용의자가 되었다 해도 살아 있다는 게 중요했다. 민수에게 그랬던 것처럼.

"연호를 찾았어."

연우는 놀라서 숨을 들이켰다. 커다래진 눈, 흔들리는 눈동자,

부들부들 떨리는 손, 술에 취했는지 혹은 연호 생각만 해서인지 당황해 고개를 돌리는 연우는 순간 연호처럼 보였다.

"그, 그게 무슨 소리야?"

처음으로 당황한 목소리가 떨렸다. 가늘게 떨리는 목소리는 낮았다. 마치 연호의 목소리처럼. 연호가 너무 그리웠다. 14년간의 도망자 생활 동안 얼마나 외로웠을지, 얼마나 두려움에 떨고 있을지 걱정이었다.

"거, 거짓말, 말도 안 돼."

더듬거리는 말투였지만 확신이 강하게 느껴졌다. 그 확신이 불신으로 이어졌다. 절대 연호를 발견할 수 없다는 확신. 뭔가 숨기고 있다는 직감에 민수는 본능적으로 날카롭게 되물었다.

"왜 말도 안 된다고 생각하는데? 네 오빠 실종 상태야."

연우의 표정이 싸늘해진다.

"아니 내 말은…… 오빠 흔적을 찾았어? 어디에서? 언제?"

민수는 쏟아지는 연우의 질문에 대답하지 않았다. 잇새로 내뱉는 낮은 목소리는 가늘게 떨렸지만 본능적으로 느껴졌다. 연호를 찾지 못했을 거라는 확신, 연호를 찾지 못하길 바라는 희망. 왜? 연호를 찾지 못하길 바라는 걸까? 둘은 언제나 사이좋은 남매였다.

"찾은 건 아니고. 목격자가 나타났어. 방송 나가고 나서 제보가 쏟아졌는데 그중에 하나가 믿을 만해. 지민이 입원했던 병원 간호사인데, 면회 온 연호를 본 적 있대."

"이제 와서? 14년이나 지난 제보를 믿어도 되는 거야? 당시에는 왜 제보를 안 했대? 온 나라가 오빠를 찾느라 난리였는데?"

"당시에는 태교 때문에 르포 프로그램이나 나쁜 뉴스는 보지 않으려고 노력했던 모양이야. 그래서 지민이 사건에 관해서도 잘 몰랐다고 하더라. 그 뒤에도 출산하고 아기 보살피느라 뉴스 같은 건 챙겨볼 시간도 없었고, 게다가 육아휴직 쓰는 중이었으니 병원에서 무슨 소식을 들을 일도 없었고, 복직했을 무렵에는……."

"이미 우리 가족 얘기 따윈 흘러간 뉴스라 아무도 관심 가지지 않았을 테고."

"출산하는 날 연호를 봤대. 그래서 날짜도 정확해. 네 아버지 사망추정시간보다 일주일쯤 뒤야. 그저 맨날 곰같이 생긴 내가 오다가 연호가 면회 온 게 신기해서 눈여겨봤었는데……. 연호가 워낙 예쁘, 아니 잘생겼잖아. 그래서 더 기억에 남았나봐. 이번에 방송 나가자마자 연락 왔었어. 그래서 수사팀도 다시 꾸려졌고."

"14년 전 목격되었다고 해서 지금 오빠가 살아 있다는 증거가 돼?"

"너 정말 왜 그래? 마치 연호가 죽었기를 바라는 사람 같다?"

"헛된 희망에 매달리고 싶지 않은 거야."

헛된 희망에라도 매달리고 싶어 하는 게 피해자 가족이었다. 장례 때 시신을 마주하는 행위는 가까운 이의 죽음을 받아들이는 데 중요한 절차 중 하나였다. 시신이 발견되지 않는 한 실종자 가족들은 죽음이 뻔한 상황에서도 끝내 실종자의 죽음을 인정하지 못하고 어디에든 살아 있을 거라 믿었다. 그래서 실종자의 시신을 발견하는 일은 중요했다. 시신을 마주해야 비로소 그 죽음을 인정할 수 있기 때문이다.

"내가 이상해? 다른 실종자 가족들과 달라서? 나라고 오빠가 살아 있길 바라지 않았겠어? 아빠가 발견되고 나서, 한 달쯤 여론이 들끓었지. 형사들이 끊임없이 찾아왔어. 제보는 셀 수 없을 만큼 들어왔고. 지민이를 병원에 버려둔 채 미친 듯이 오빠를 찾아 헤매고 다녔어. 딱 2주더라. 사람들 관심이 끊기는데. 그 2주 동안 지민이는 상태가 악화돼서 나 없이 응급수술을 두 번이나 했어. 이젠 안 믿어. 희망이 살아갈 힘을 주는 게 아니라 삶을 나락으로 떨어뜨린다면, 그건 이미 희망이 아니야. 사이비 신도처럼 그 희망 하나에만 매달려 있을 수는 없어. 나도 내 삶을 살아야지."

"그래서 그 르포 프로그램 인터뷰 거절했던 거야? 그렇게 욕을 먹으면서도?"

연우는 담담했다.

"인터뷰? 악플? 그딴 게 무슨 소용이야? 그렇게 있는 대로 분노를 쏟아내고, 인터넷 댓글로 미친 듯이 비난하고, 별의별 짓 다 하는 거? 2주면 끝이더라. 처음 우리 지민이 이야기가 보도되었을 때, 아빠와 오빠가 실종됐을 때, 아빠 시신이 발견되었을 때, 사람들이 인터넷 기사에 얼마나 많은 댓글을 단 줄 알아? 그렇게 분노한 수많은 사람들? 다 어디로 갔는지 모르겠어. 타인의 불행은 결국 공감과 연민을 불러일으키기보다는 심심풀이나 자기 위안용으로 소비될 뿐이야. 뭔가 달라질 거라는 희망이나 기대를 가진 지가 오래됐어. 아니, 그런 기대나 희망을 가지는 게 오히려 더 불행하다는 걸 깨달았지. 이루어지지 않을 미래를 기대하고, 불가능한 희망을 가지는 게 오히려 더 불행한 거 아냐? 기대하지 않으면 실망도 없고, 희망하지 않으면 절망도 없는 거니까. 그래서 나는 이대로, 여기에, 이 지옥에서 버틸 수 있는 거야."

"아니, 이번엔 진짜야."

연우는 피식 웃으며 빈 소주병을 입에 대고 흔들어 몇 방울 남은 소주를 마셨다.

"연호 지문이 발견됐어. 지민이 묻힌 수목원에서."

소주병이 떨어져 데구루루, 풀밭을 굴렀다. 민수는 연우의 덜덜 떨리는 손을 바라보기만 했다. 연호처럼 살짝 구부러진 손톱이 하얗게 질리도록 연우는 주먹을 꽉 쥐었다.

"그래서? 지문도 완벽한 건 아니잖아. 땀이나 먼지 때문에 인식률이 낮아지기도 하고, 점이나 손의 상처 등으로 인해 변형이 일어날 수도 있는 거잖아. 막말로 본떠서 위조할 수도 있는 거고."

연우의 말은 사실이었다. 부정할 수 있는 경우의 수는 무한했다. 그 무한한 수만을 연우는 읊었다. 연호가 살아 있다는 기쁨이 아니라 연호가 죽었다는 가정만을 되뇌었다.

"오빠가 정말 친구라면 우리 오빠한테서 신경 꺼. 살아 있든 죽었든. 우리 오빠도 그걸 원할 테니까. 덤으로 나한테도 신경 꺼주면 더 고맙고."

연우는 그 말을 끝으로 일어나 가버렸다. 이리저리 휘젓는 발걸음이 넘어질세라 아슬아슬했다. 꼭 무언가를 찾는 사람처럼 주위를 살피는 눈길이 쓸쓸해 보였다.

2-3. 민수, 2018년 3월 14일 수요일

연우가 건넨 상담 기록은 상담 시작과 종료 일시는 물론이고 대화의 토씨 하나까지 기록되어 있었다. 중학교 1학년이었던 예솔이 안도현의 성추행을 고백한 시점부터 하루에도 몇 번씩, 단 하나도 빼먹지 않고 쓰겠다는 듯, 빼곡하게 채워진 수첩에서는 강박관념까지 느껴졌다. 지민 때문이었을 것이다. 지민이 성폭행을 당한 뒤 연우는 정신을 놓아버렸다. 정신과 입원을 해야 할 정도로 심각한 상황이었다. 사건이 벌어진 곳에서 격리하는 게 좋다는 의사의 조언에 용걸은 연우를 강제로 미국에 보내버렸다.

그리고 돌아온 연우는 완전히 다른 사람처럼 변해 있었다. 길었던 머리카락은 짧게 잘랐고, 키가 훌쩍 큰 데다가 살이 너무 많이 빠져 먼발치에서는 앙상한 남자처럼 보였다. 그 모습이 너무 낯설어 지민의 퇴원수속을 하고 있는 연우에게 다가갈 수 없었다.

상담 기록은 꾸며 썼다고 의심할 수 없을 정도로 세심하게 잘 정돈되어 있었지만 그걸 모두 믿을 수는 없었다. 형사라는 직업을 택한 뒤로는 언제나 보이는 사실이 진실인지에 대해 고민하게 되어버렸다. 인간의 기억은 모두 편집되고 조작되어 자신에게 유리한 방향으로 완벽하게 왜곡된다. 그 사람들이 거짓말을 하고 있는 게 아니었다. 그들이 믿고 있는 사실이 진실과 다를 뿐이다.

'친어머니라고 해서 꼭 자식을 사랑하라는 법이 있어?'

연우의 말은 질문이 아니라 확신이었다. 어린 시절 남매를 버리고 도망간 어머니, 지민이 겪었던 성폭행, 용걸의 죽음, 연호의 실종. 연우의 과거는 평범한 사고방식을 비틀 정도로 충분히 비참했다. 연우의 뒤틀린 시각이 진실을 왜곡한 걸 아닐까? 연우의 왜곡된 시선이 자신에게까지 영향을 미칠까 거슬렸다. 편견이란 자신도 모르는 사이에 스며들어 자리를 잡아 버린다.

2-4. 민수, 2018년 3월 15일 목요일

수사실에서 민수와 마주 보고 앉은 예솔은 탁자 위에 사진을 놓자마자 눈길을 돌렸다. 안도현과 예솔 모녀가 해변에서 찍은 사진이었다. 예솔의 눈은 어디로도 향하지 않고 헤맸다. 텅 빈 눈. 민수는 대각선으로 앉아 있는 진술조력인[3]에게 눈짓을 했다.

"안도현, 이 사람, 누군지 알지?"

진술조력인이 예슬의 손을 잡아 토닥였지만 예슬은 대답도 없이 고개만 까딱했을 뿐이었다. 무표정. 여전했다. 특별히 경험이 많은 여자 진술조력인을 요청한 사람은 민수였다. 13세 미만도 아니고 장애가 있는 것도 아니었지만 진술조력인까지 선정한 건 최대한 객관성을 유지하기 위해서였다. 민수는 최대한 부드러운 목소리를 내려고 노력했다.

"이 사람이 너한테 어떻게 했는지 기억나니?"

예슬은 고개를 저었다. 아무것도 드러나지 않는 표정은 여전했다. 낙엽만 굴러가도 까르르, 웃는다는 여고생이었다. 하지만 예슬은 꾹 다문 입을 열지 않았다. 어머니 사건에 대한 트라우마로 인해 의사표현 능력에 문제가 있을 수 있다는 의료진의 진단이 있었지만, 벌써 세 번째 조사였다. 언제까지 시간을 끌 수는 없었다. 예슬 어머니의 친권상실과 안도현의 가중처벌을 위해서는 반드시 예슬의 진술이 있어야만 했다.

"서, 연, 우 선생님 기억하니?"

---

3) 성폭력범죄의 피해자가 13세 미만의 아동이거나 신체적인 또는 정신적인 장애로 의사소통이나 의사표현에 어려움이 있는 경우 원활한 조사를 위하여 직권이나 피해자, 그 법정대리인 또는 변호사의 신청에 따라 진술조력인으로 하여금 조사과정에 참여하여 의사소통을 중개하거나 보조하게 할 수 있다. (성폭력범죄의 처벌 등에 관한 특례법 참조)

일부러 끊어서 말한 이름에 아이의 표정이 흔들렸다. 하지만 아이는 고개를 저었다.

"기억 안 난다고? 그럴 리가 없을 텐데? 중 1때 담임이었잖아. 그때 성추행 신고한다고 난리도 아니었다며? 그렇게 큰일이 있었는데 기억이 안 난다고?"

씩씩, 아이의 숨소리가 커졌다. 악악, 아이가 갑자기 소리를 지르기 시작했다. 진술조력인이 재빨리 아이를 껴안아 달래려 했지만 예솔은 손톱을 세우며 조력인을 밀쳤다. 놀란 형사들이 취조실로 몰려들었다.

"뭐야? 뭐야? 너 혹시 소리 질렀나?"

"얘 숨은 쉬는 거야? 이거 발작하는 거야?"

"119! 119 연락해!"

한꺼번에 몰려드는 형사들 틈에서 눈꺼풀이 뒤집힌 채 예솔은 거품을 물며 발작했다. 결국 조사는 그대로 멈춰졌다. 심폐소생술과 인공호흡, 구급대원들이 오가는 소동이 끝난 뒤, 민수는 예솔의 조사에서 배제되었다. 아무런 폭력이 가해지지 않았다는 진술조력인의 증언이나 CCTV 녹화 확인 따위는 소용이 없었다.

"걔가 네가 싫대. 자기를 의심하는 눈빛이라나. 너무 무서워서 네 앞에서는 온몸이 굳어지고 숨이 쉬어지지가 않는다는데 어쩌겠어? 차라리 잘됐어. 그렇지 않아도 청소년 성범죄 엮여 있는데 젊은 놈 둘이 담당인 거 찝찝하던 참이었다. 그리고 착각하지 마

라. 주 사건은 성추행이 아니라 안곡동 주유소 메탄올 유출 사건
이다. 용의자가 아직도 자기는 아니라고 우긴다며? 너랑 중빈이
는 그냥 안곡동 주유소 범인 자백 받고 다른 참고인 조사나 해."

팀장은 달래듯 민수의 어깨를 툭툭 쳤다. 도대체 왜 예솔이 민
수에게 거부감을 갖는지 이해할 수 없었다.

2-5. 연호, 2018년 3월 15일 목요일

같은 사람에게 상처 입은 과거는 공감뿐만 아니라 신뢰도 쉽게
만들어낸다. 자신의 엄마에게 연우가 당한 수모와 굴욕을 기억하
는 예솔은 내 부탁에 이유를 묻지도 않고 망설임 없이 고개를 끄
덕였다. 최선을 다해 민수가 수사에서 배제될 수 있도록 노력하겠
다며 약속하는 아이는 기댈 곳이 필요해 보였다. 버림받은 강아
지 같은 눈빛이 내 발목을 잡아끄는 듯했다. 난 냉정하게 돌아섰
다. 연민, 동정, 배려 따위에 계획을 망칠 수는 없었다. 예솔을 만
나는 것만으로도 충분히 위험했다.

민수가 수사에서 배제되었다는 소식을 전하는 예솔의 전화 목
소리는 가늘게 떨렸다. 칭찬을 바라는 간절함에도 내 마음은 흔
들리지 않았다. 내 정체가 드러날 각오를 하고 예솔에게 부탁을
한 것만으로도 민수에게 진 빚은 충분히 갚았다.

2-6. 민수, 2018년 3월 16일 금요일

안도현은 끝까지 자신은 아무것도 모른다고 잡아뗐다.

"세척제 통에서 지문이 발견되었다고 무조건 내가 범인이라는 법이 어디 있소? 지난번에 그 여편네랑 얘기하려고 주유소 들렀을 때 묻은 모양이지."

"사건 발생 일주일 전 말씀하시는 겁니까? 주유소 직원 말로는 그날 크게 싸웠다고 하던데요?"

도현은 씨팔, 욕을 하며 가래침을 수사실 바닥에 뱉었다.

"원래 우리가 같이 살던 집이 내 돈으로 얻은 거였거든. 근데 이 여편네가 내가 창원에 일 가 있는 사이에 집 내놓고 전남편이랑 합쳐버린 거야. 이미 맘 떠난 사람 붙잡기도 싫고 해서 전세보증금만 내놓으라고 했어요. 준다 준다 그러면서, 벌써 몇 달째 안 주잖아? 그러니 내가 눈이 안 돌아? 그래서 한바탕했지. 그때 물건을 좀 집어던졌는데 그때 지문이 묻은 모양이야."

폭행전과가 있는 데다 범행동기도 확실해서 안도현의 구속영장은 쉽게 발부되었다. 예슬이 여성 청소년과에서 안도현의 성추행 사실을 진술한 게 도움이 되었다. 복잡한 사건이 순식간에 해결되었는데도 시원함이나 뿌듯함보다는 뭔가 이상한 기분이 들었다. 하지만 그 찜찜함에 매달릴 시간 따위는 없었다.

2-7. 연호, 2018년 3월 19일 월요일

오늘따라 왜 이렇게 몸이 아프고, 짜증이 치밀어 오르고, 답답하고, 화가 나는지 깨닫지 못하고 있었다. 알고 보니 오늘이 그날이었다. 우리 지민이가 부서지던 바로 그날 말이다. 내 이성과 기억은 모든 것을 지웠는데 내 몸은 그날을 기억하고 있었던 모양이다.

2-8. 연호, 2004년 3월 19일 금요일

유난히 피곤하고 산만한 날이었다. 전날 몇 번이나 잠에서 깨어났던 몸은 하루 종일 찌뿌둥하고 무거웠다. 평소에는 머리만 바닥에 대면 잠들 정도로 잠이 많았고, 수업 시간에도 교사들 눈치를 보며 잘만 잤었는데 그날따라 낮에도 잠이 오지 않았다. 피곤해 죽을 지경인데 신경만 날카롭게 곤두설 뿐이었다. 방과 후 수업에도 집중할 수 없었다. 주말을 앞두고 있어서 더 공부하기가 싫었다. 야간 자율학습 따위는 때려치우고 집에 가서 지민이랑 놀까, 라는 말에 민수까지 따라붙었다.

"3월 모의평가 망쳐서 속상하니까 술 마신다고 야자[4] 하루 빼

---

4) 야간자율학습의 줄임말.

먹고, 다음 날은 숙취로 괴로워서 하루 빼먹고……. 도대체 고3의 자세가 전혀 안 됐어. 지민이가 뭘 보고 배우겠냐?"

깐깐한 담임보다 더 길게 잔소리를 늘어놓으면서도 연우는 함께 하교하게 되어 좋은 모양이었다. 재개발을 앞둔 동네는 곳곳이 철거 중이었다. 인적도 드물고 빈 건물에는 부랑자나 불량청소년들이 드나들어 을씨년스러웠다. 그러고 보니 여고생 혼자 다니기엔 위험할 수도 있었다. 오늘 당장 용걸에게 이사하자는 말을 꺼내야지 생각했다. 초봄의 노을을 감상하며 느긋하게 걸어 집에 도착하자마자 지민의 방문을 열었다.

지민은 평화롭게 쌔근쌔근 낮잠을 자고 있었다. 잠투정이 심한 지민을 깨우지 않으려 살그머니 방을 나서다 이질감에 휙 돌아섰다. 훅, 밀려오는 피비린내와 밤꽃 향기. 지민 아래로 내장 같은 무언가가 빠져나와 있었다. 검붉은 피와 점액질로 끈적끈적한 아이는 미동도 하지 않았다.

그리고 아무것도 기억나지 않는다.

2-9. 연호, 2004년 3월 22일 월요일

트라우마로 인한 기억상실이라는 의사의 진단에 담당형사는 참고인 조사를 포기했다. 용걸은 잔뜩 굳은 얼굴로 경찰과 마주했다.

"혈흔이 시작된 곳은 자택과 대각선으로 위치한 철거 중인 건물입니다. 현장 감식 중이긴 하지만 정액이나 체액은 현재까지 검출되지 않았습니다. 지문이나 머리카락도 대조 중이긴 하지만 워낙 많은 사람들이 드나들던 곳이라 기대하기는 힘들 것 같습니다. 증거가 발견된다 해도 오염되었을 가능성이 높습니다. 하필이면 그 동네가 재개발을 앞두고 있어 대부분 이사를 가서 목격자도 없고, CCTV도 거의 철거되어서 범인을 잡을 때까지는 시간이 좀 걸릴 것 같습니다."

"시간이 좀 걸리는 게 아니라 못 잡는다는 뜻이잖아요? 그걸 지금 말이라고 하는 겁니까?"

용걸의 고함소리에 카메라 셔터 소리가 파파팍 터졌다. 법무부 검찰국장의 여섯 살 딸이 성폭행으로 사경을 헤맨다는 소식에 달려온 기자들은 보안요원들을 피해 병원 여기저기를 휘젓고 다녔다. 처음으로 용걸이 검사라는 사실이 자랑스러웠다. 경찰에게 갑질을 할 수 있는 그 직업이 뿌듯했다. 지민을 부서뜨린 범인만 잡을 수 있다면 그 무엇도 상관없었다.

수사상황은 아무런 진척이 없었다. 하루 걸러 응급상황이 발생했다. 지민은 깨어나지 않았고, 연우는 말하는 법을 잊어버렸다. 용걸은 굳이 연우가 입을 열기를 바라지도 않는 것 같았다.

"더 이상 이렇게 지낼 수는 없다. 나중에 지민이가 깨어나서 우리 가족 이렇게 망가졌다는 거 알면 나를 원망할 거야. 일단 연호는 고3이니 병원 오지 말고 수능 준비해. 연우는 여기 있으면 마음 못 잡을 테니 마미가 있는 미국으로 가. 지민이 간병이랑 범인 잡는 거, 다 내가 알아서 할 테니 너희들은 걱정할 필요 없다."

언제나 가장 중요한 선택은 우리에게 아무런 권한이 없었다. 권유가 아닌 강요였다.

2-10. 연호, 2004년 3월 23일 화요일

출국장으로 들어가는 연우에게 약속했다.

"내가 무슨 일이 있어도 지민이 그렇게 만든 놈 잡아서 죽여버릴 거야. 아니, 죽고 싶을 정도로 끝까지 괴롭힐 거야. 그놈 잡아서 지민이보다 더한 고통에 몰아넣는 거 그게 앞으로 내 인생의 목표가 될 거야. 그러니까 넌 모두 잊어버려."

연우는 모든 걸 체념한 듯했다. 메마른 눈 속에 비친 나만 울고 있었다. 정신과 의사는 감정을 분출하지 않는 것이 더 위험하다고 했다. 나는 고개를 숙인 채 훌쩍였다. 연우에게 강한 모습으로 기억되고 싶었다.

"아니, 내가 기억할게. 그러니까 오빠는 모두 잊어버려. 우리 지민이는 오빠가 지켜 줘야 해. 모든 걸 다 잊고, 지민이와 함께 행복해야 해."

놀라서 고개를 번쩍 들었다. 사건 후 처음으로 듣는 연우의 목소리. 아직도 꿈속에서 울리는 연우의 마지막 목소리.

차마 말 한마디 할 수 없어 고개를 끄덕이는 내가 못 미더웠는지 연우는 새끼손가락을 내밀며 당부했다.

"약속해. 어떻게든 행복할 거라고."

연우의 새끼손가락과 얽힌 내 새끼손가락은 힘이 없었다. 스르르 힘없이 빠져나가는 연우의 손가락이 느껴진 순간, 온힘을 새끼손가락에 끌어모았다.

그게 연우와의 마지막이었다.

제3장

선은 악을 모르지만 악은 선을 안다[5]

그를 알고 나를 알면 백 번 싸워도 위태롭지 않다. (故曰 知彼知己 百戰不殆)

그를 모르고 나를 알면 한 번은 이기고 한 번은 진다. (不知彼而知己 一勝一負)

그를 모르고 나를 모르면 싸움마다 반드시 패한다. (不知彼不知己 每戰必敗)

－《손자병법》〈모공편(謀攻篇)〉 중에서

5) 프란츠 카프카(소설가)

3-1. 연우, 2018년 3월 20일 화요일

축축한 느낌에 잠에서 깨어났다. 생리가 시작된 모양이었다. 새벽 3시, 겨우 잠이 들었는데, 졸피뎀도 다 떨어졌는데, 한숨을 내쉬며 일어났다. 생리대는 잡동사니를 보관해두는 베란다 수납장 안에 있었다. 휴지, 전등, 전기장판……. 아무리 뒤져도 생리대를 넣어둔 상자가 보이지 않았다. 언젠가 정리해야지 하면서도 못 하고 매번 물건을 찾아 헤매는 꼴이라니. 짜증이 치밀어 올랐다.

풀풀 날리는 먼지에 기침을 하며 앞쪽에 놓인 상자를 내리고 뒤쪽 상자를 뒤지는데 뭔가 이상했다. 상자 뒤 공간이 꽤 남아도는데도 상자는 뒤로 밀리지 않았다. 딱딱한 건 아닌 거 같고, 혹시 생리대가 뒤로 넘어갔나 싶어 상자를 앞으로 끌어당겼다. 간신히 손끝에 닿은 물건을 잡아 꺼내자마자 놀라서 집어던졌다. 브랜드로고가 크게 새겨진 회색 후드티셔츠는 연호가 아끼던 옷이었다. 수납장 안을 샅샅이 뒤졌다. 숨겨져 있던 청바지와 모자가 나왔다. 모두 연호가 집을 떠날 때 가지고 갔던 것들이었다. 손이 덜덜 떨렸다.

도대체 언제 입었던 옷일까, 언제 그곳에 집어넣은 것일까, 자신 조차 믿어서는 안 된다. 새로운 목격자의 등장으로 수사가 다시 시작되었다는 민수의 말을 들은 뒤로 불안감이 증폭되었다. 연호가 살아 있다는 것을 이제 와서 들킬 수는 없었다. 수사망에 걸려드는 것은 어떻게든 피해야 했다. 분명 옷에 특별한 흔적은 없었지만 자신의 눈을 믿을 수는 없었다. 게다가 연호의 유전자가 남아 있을 수도 있었다.

옷을 욕조에 집어넣고 락스 한 통을 모두 부었다. 락스 특유의 독한 향에 눈물과 콧물이 쏟아졌다. 너덜너덜해진 옷을 찜통에 넣고 물과 과산화수소를 붓고 끓이기 시작했다. 혈흔 제거에 가장 좋은 방법이었다. 뜨거운 빨래를 검은 비닐봉투에 넣자마자 비닐이 녹아 달라붙었다. 반쯤 채워진 쓰레기봉투에서 하얀 김이 올라왔다. 가득 차지 않은 쓰레기봉투를 이상하게 생각할 수도 있었다. 음식물 쓰레기, 담뱃재, 냉동실에 있던 정체 모를 음식물, 냄새나고 더러운 거라면 뭐든지 가져다 퍼부었다.

새벽, 쓰레기 차량이 오는 시간을 기다려 직접 트럭에 쓰레기봉투를 집어던졌다. 심장 뛰는 소리가 거슬릴 정도로 컸다. 불안감과 초조함에 집 안으로 들어가지 못하고 곧바로 학교로 향했다.

평소 같으면 한산할 학교 주차장이 거의 다 차 있었다. 이상해서 시간을 다시 확인했다. 출근 시간까지는 아직 두 시간도 넘게 남아 있었다. 교무실의 사람들은 삼삼오오 모여 수군거리고 있었다. 언제나 9시 종과 함께 출근하던 원경까지 출근해 있는 게 뭔가 큰일이 생긴 모양이었다.

"무슨 일 있어요?"

연우가 옆자리의 연구부[6] 차석 홍원경에게 물었다. 원경은 주위의 눈치를 보며 슬그머니 자신의 휴대폰을 건넸다. 최신형 휴대폰에는 SNS 화면이 떠 있었다.

오늘 '기억에 남는 스승'을 주제로 글짓기 대회가 열렸습니다. 전 한 줄도 쓰지 못했습니다. 12년에 가까운 학창시절 저는 단 한 명의 스승도 만나지 못했습니다. 언제부터인지 모르겠지만 저도 선생님들에게 많은 기대를 하지 않게 되었습니다. 선생님이라 불리는 그들은 그저 안정적이고 노후보장이 되는 직업인들일 뿐이었습니다. 대단한 희생이나 열정을 기대하지는 않습니다. 하지만 기본적인 윤리규범은 지켜야 하는 거 아닌가요? 불륜을 저지르는 유부남 교감과 기간제 여교사에게 고개 숙여 인사하고 싶지는 않습니다.

도대체 어느 학교인가요?
그런 인간들은 신고해서 잘라야죠.

야, 너 왜 전화 안 받아? 미쳤냐?

기간제? 누구? 설마 영어?

ㅋㅋ 낼 안곡북고 뒤집어지겠네.

거기 교감 미쳤다는 소문 있던데 퇴학당하는 거 아냐?

이거 니가 올린 거 맞아? 아니지? 수시 포기했어?

계정의 주인은 3학년 인문사회계열 1등인 학생, 박나희였다. 대부분이 모르고 있었고, 아는 사람도 함부로 이야기를 꺼내지 않겠지만 나희는 연구부장의 딸이기도 했다. 연우가 그 사실을 알아챈 건 우연이었다.

3-2. 연우, 2017년 12월 1일 금요일

겨울비가 거세게 오는 날이었다. 학부모들은 야간 자율학습을 마치고 나오는 자녀를 실어가기 위해 교문 밖 도로를 점령해 버렸

---

6) 학교의 주요 부서는 교무부, 연구부, 학생부이다. 교무부는 학사일정과 교원 인사 등을 담당하며, 학생부는 학교폭력과 학생지도 등을 담당한다. 연구부 혹은 평가부는 평가 원안지 검토, 평가 관리 등의 업무를 담당한다. 33학급의 학교에서 부서는 부장 및 차석을 포함해 서너 명의 부원으로 구성되는 경우가 많다. 학년부 체제로 운영하는 학교의 경우, 학년부가 아닌 모든 교사는 비담임이며 담임들은 모두 1학년부, 2학년부, 3학년부에 속한다. 안곡북고는 학년부 체제의 학교이다.

다. 평소보다 서너 배는 많은 차량들이 비상등을 깜박이며 학생들이 나오길 기다리고 있었다. 어떻게든 교문 바로 앞에 차를 정차시키려는 부모들 덕분에 아수라장이었다. 결국 연우는 걸어서 집으로 가기로 결정했다.

인도까지 점령한 자동차 행렬이 뜸해졌을 때, 비를 맞으며 연우를 앞지르는 여학생이 보였다. 우산을 씌워주겠다는 연우의 말은 클랙슨 소리에 묻혔다. 여학생이 자동차 조수석에 올라타자마자 수건을 꺼내 머리카락을 닦아주는 연구부장의 얼굴이 보였다. 유난히 어두운 밤, 환한 실내등 아래의 모습은 선명했다. 자동차는 곧 출발했지만, 연우는 그 자리에 남아 한참을 서 있었다. 며칠 전, 2학기 기말 원안지[7] 제출을 위해 교무실 문을 열었을 때가 머릿속에서 떠나지 않았다. 분명히 그때 연구부장은 휴대폰을 든 채 이원목적분류표[8]를 넘겨보고 있었다. 연우의 발걸음 소리에 원안지를 점검하느라 고개를 숙이고 있던 연구부원들이 고개를 들었다.

"두 과목 다 가져온 거예요?"

원안지 담당 교사가 손을 내밀었다.

"네. 늦어서 죄송해요."

"그러게요. 아무리 혼자서 두 과목 시험문제를 낸다고 해도 매

---

7) 시험문제지.
8) 평가의 정답과 목적으로 구성된 표.

번 이렇게 늦으시면 곤란하죠."

담당교사의 불만에 고개를 주억거리는데 빨간 불빛이 눈에 들어왔다. 연구부장의 휴대폰이었다. 동영상 촬영 중을 의미하는 빨간 버튼이 반짝였다. 휴대폰은 금세 원안지 사이로 사라졌다. 순간, 연구부장과 눈이 마주쳤다. 부장은 연우의 기색을 살피며 입을 열었다.

"너무 그러지 마. 국영수 과목 교사들 서너 명이 한 과목 출제할 때, 서연우 선생은 혼자서 두 과목 하잖아. 서로 사정 알면서 너무 매정하게 그러지 말자. 우리끼리라도 서로 사정 봐주고 살아야지."

담당교사는 입을 삐죽였지만 더 이상 아무 말하지 않았다. 연우는 꾸벅 고개를 숙이며 교무실을 나섰다.

충분히 의심스럽고 수상한 상황들. 하지만 연우는 그저 연구부장 딸이 우리 학교에 다니는구나, 라는 사실을 무덤덤하게 받아들이기로 했다. 차가운 겨울비에 온몸이 식어갔다. 그저 하루하루 버텨내는 것도 힘든 나날이었다. 지친 마음에 다른 무게를 얹고 싶지는 않았다.

3-3. 연우, 2018년 3월 20일 화요일

"그런데 박나희, 연구부장 딸인 거 알아?"

원경은 입김이 느껴질 정도로 가까이 다가와 속삭였다. 혹시라도 목소리가 새어나갈까 연우의 귓가에 모은 손이 차가웠다.

"그래요?"

연우는 무심하게 말하며 컴퓨터를 켰다.

"뭐야? 이 반응은? 자기 알고 있었어? 어쩌면 알고 있으면서도 나한테 한마디도 안 해 줬니? 아, 진짜 이 배신감. 설마 나만 모르고 다 알고 있었던 거야?"

"저도 우연히 알게 된 건데 부장님이 숨기고 싶어 하시는 거 같아서 얘기하기 껄끄러웠어요."

연우의 변명에도 뾰로통한 원경의 얼굴은 그대로였다. 옆자리에 앉게 된 지 한 달도 안 된 사이, 우연히 알게 된 다른 이의 약점을 공유할 만큼 친하다고 생각해 본 적 없었다.

"죄송해요."

무엇을 잘못한 건지 알 수 없는 순간에도 사과는 저절로 나왔다. 교직생활을 하며 몸에 밴 습관이었다.

"제가 스타벅스 커피 사 드릴게요. 아직 출근 시간까지 남아 있는데 나가실래요?"

스타벅스 마니아인 데다 교무실 밖에서 사건에 대해 떠들고 싶은지 원경은 신나서 따라나섰다.

"어제 저녁 일곱 시쯤 글이 올라왔나 봐. 올린 지 5분도 안 돼서 병우 샘이 나한테 톡 보냈더라고. 너무 놀라서 밤새 잠이 안

오는 거 있지?"

신나고 들뜬 목소리였다.

"새벽 여섯 시에 출근했는데 난리도 아니었어. 교감이 딸년 교육 어떻게 한 거냐면서 소리 지르고, 연구부장은 울면서 무조건 자기 딸이 그런 거 아니라고 하고. 교감실 문 닫고 얘기하면 뭐하나, 우리 교감이 워낙 목소리가 크잖아. 이른 시간이라 선생들 출근 안 했다고 생각하고 맘껏 소리를 지르는데, 우스운 건 나 말고도 출근한 선생들이 꽤 있었다는 거. 모두들 교감실 앞에서 숨죽이고 듣고 있었는데, 교무부장 출근하자마자, 와, 난 우리 학교 선생들 그렇게 빠릿빠릿한 거 처음 봤다. 후다닥, 전부 다 자리로 돌아가서 일하는 척하는데 좀 우습기도 하고. 교무부장이 교감실 들어가서 둘 다 끌고 학생부로 내려가자마자 모두들 한숨 쉬었어. 솔직히 정말 재미있게 보던 드라마 절정에서 정전된 느낌이었어."

다다다다, 쏟아내는 말에는 원경의 흥분이 느껴졌다. 연구부장과 가장 친하게 지내는 사이였고, 연구부장이 콕 집어 연구부 차석으로 원경을 원해 4년째 비담임을 하는 행운을 얻었는데도, 부장의 곤란한 상황에 안타까워하는 기색은 없었다. 타인의 불행은 지루한 일상에 활기를 주며 소비될 뿐이다.

"박나희가 그런 거 맞대요?"

"맞아도 맞는다고 하겠어? 교감실에서 새어나왔던 얘기로는 학원에 있느라 폰 꺼놨다고 하더라. 다행히 연구부장이 금세 발견해서 학원으로 달려갔나 봐. 한 시간 만에 글 지웠다는데, 전체 공개라 벌써 퍼질 만큼 퍼졌어. 부장 말로는 계정 도용됐다고 경찰에 신고도 했다던데 그러면 뭐 해? 완전히 찍혔는데, 우리 교감 뒤끝이 얼마나 긴 지 알아? 한국대 학교장 추천은 글렀어."

"아무리 그래도 그렇게까지 하려고요? 아이 인생이 걸린 일인데. 엄연히 학교규정도 있고요."

학교장 추천전형은 다른 수시경쟁률보다 낮은 편이기 때문에 많은 학생들이 바랐다. 일반적으로는 자연공학계열과 인문사회계열 전교 1등인 학생 두 명이 한국대 학교장 추천전형응시자로 선정되었다. 가끔 자연공학계열 전교 1등이 가톨릭대 의예과 학교장 추천을 택하기도 하지만, 그건 몹시 드문 경우였다.

"학부모들이 박나희가 연구부장 딸인 거 알면 가만히 있겠어?"

"솔직히 불법은 아니잖아요.[9] 교사 자녀가 같은 학교에 다닐 수도 있고, 전교 1등할 수도 있는 건데, 학부모들이 뭐라고 한다고 학교규정으로 선정된 걸 바꿀 수는 없죠. 원칙이라는 게 그렇게 바뀌면 안 되는 거잖아요."

"가끔 보면 자기는 순진한 건지, 너무 고지식해서 다른 생각을

---

9) 2019년부터 교육부가 학생과 학부모가 같은 학교를 다닐 수 없도록 하는 상피제(相避制)를 적극적으로 권고하고 있으나, 본인이 고의적으로 숨기거나 농어촌 지역, 무기계약직(無期契約職) 등등 여러 가지 사정에 의해 사립학교뿐만 아니라 공립학교에서도 지켜지지 않는 경우가 꽤 많다.

못하는 건지 알 수가 없어."

"네?"

"연구부장이 모든 원안지랑 이원목적분류표 다 검토하잖아. 그런데 그 딸이 전교 1등이라니 믿음이 가겠니?"

"의심하기 시작하면 끝도 없죠. 원안지 검토할 때는 연구부원 전체가 남아서 같이 야근하잖아요. 시험지 유출하는 게 간단한 일도 아니고."

"그게 왜 간단한 일이 아냐? 맘만 먹으면 가능하지. 휴대폰이 있는데. 이원목적분류표만 카메라로 찍으면 되는 거지."

"에이, 설마요. 카메라 찍으면 찰칵 소리 나잖아요. 야근할 때는 애들도 없고 교무실도 거의 비어서 소리 났으면 누가 알아챘을 거예요."

"동영상으로 찍으면 소리 안 나잖아. 게다가 소리 안 나게 하는 앱도 있고."

"우리, 같은 부서예요. 우리가 안 믿어주면 누가 믿어줘요? 그리고 막말로 괜히 일 커지면 재시험이다 뭐다 우리도 일 많아지는 거예요."

"그건 그렇네."

원경은 금세 인정하면서도 아쉬운 표정을 지으며 말을 이었다.

"교장 선생님이 배반감 크겠어. 재초빙까지 해 줬는데 이런 일에 휘말렸으니."

초빙제는 학교장이 특정 교사를 모집한다고 공고를 내고 학교운영위원회의 심의를 거쳐 교사를 뽑게 되어 있는 제도였다. 교사들의 순환을 위해 특정지역에 근무할 수 있는 기한이 10년으로 정해져 있는데, 초빙교사로 근무하는 기간은 그 지역 근무 기간에서 제외되었다. 안곡의 경우 강남에서 가깝고, 학생들의 수준이 높은 편이라 경기도에서도 경합지역에 속했다. 하지만 초빙과 재초빙을 거치며 안곡에만 머무르는 교사 수가 많아 안곡구가 있는 원남시는 관외에서 발령받는 인원 비율이 현저히 낮았다.

물론 관외의 교사에게도 초빙의 기회는 열려 있었다. 하지만 뛰어난 능력이나 화려한 경력 따위는 아무 소용없었다. 그저 교장의 맘에 들면-보통의 경우 인맥으로 연결된 교사가 있으면- 초빙 공고의 모든 조건이 무산되기도 했다. 학교운영위원회에 속한 학부모나 일반 위원들은 그저 교장이 원하는 사람을 뽑는 데 동의하는 들러리일 뿐이었다.

물론 그렇지 않은 경우도 있겠지만 안곡북고의 교장은 초빙제를 철저하게 악용하는 데 익숙한 사람이었다. 들리는 소문으로는 뒤에서 뇌물을 받고 초빙을 하는 일도 있다고 했다. 그렇게 교장의 뜻대로 초빙된 교사는 교장의 꼭두각시가 되는 경우가 많았다. 교장이 언제든 초빙 해지를 할 수도 있기 때문이다. 강남에서 출퇴근해야 하는 사람들, 새로운 학교에 발령받는 것을 꺼리는 사람들은 어떻게 해서라도 초빙 기회를 잡고자 노력했다. 연구부장은 지금 교장이 발령받자마자 초빙된 사람 중 하나였고, 작년에 재초빙되었다.

"딸내미 한국대 보내준 담임이라고 자기가 교장 하는 한 안곡에서 근무하게 해 준다고 했다던데, 아무래도 이번 일로 초빙 해지되는 거 아닌가 몰라."

"예전 학교에서도 교장이 초빙해서 근무했다고 하던데, 그게 정말이에요?"

"맞아. 안곡에서만 21년째지. 올해 재초빙되었으니까 여기서 교감까지 승진할 수 있겠다고 신나하더니, 어떻게 되려나?"

"설마하니 이런 일로 초빙 해지까지 하려고요. 솔직히 저는 교장이 아니라 교육부장관한테도 부장님처럼 그렇게까지는 못 해요."

애매모호하게 한 말에 원경의 눈빛이 오호, 이거 봐라, 하는 듯 변했다.

"뭘 어떻게 하는데? 교장한테 끔뻑 죽는 거야 다른 초빙부장들도 마찬가지 아냐. 혹시 나 모르는 소문 들었니?"

알면서도 묻는 질문.

"아시면서 뭘 또 물으세요?"

"가정학습의 날에 학교에서 개 잡는다는 거? 자기는 어디서 들었니?"

매달 마지막 금요일, '가정학습의 날'에는 야간자율학습도 없었고, 초과근무도 허락되지 않았다. 그래서 퇴근시간인 5시면 학교가 텅 비었다. 수당도 받지 못하면서 야근을 자처할 선생은 아무도 없었다. 하지만 작년, 연우는 수당과 상관없이 업무가 쌓여 퇴근이 늦어졌다. 숙직기사가 주차장으로 통하는 뒷문을 잠근 뒤였다. 운동장 쪽 문으로 나가 주차장으로 향하는데 퍽퍽, 무언가를 두드리는 둔탁한 소리가 들렸다.

여름의 해는 길었다. 운동장 한구석에 있는 철봉대에 매달린 커다란 주머니를 두드리는 사람들의 얼굴이 선명하게 보였다. 문고리 3인방이라 불리는 교무, 연구, 학생부장이었다. 철봉대 아래에 깔린 비닐에는 검붉은 핏물이 잔뜩 고여 있었다. 치밀어 오르는 구역질에 재빨리 자리를 피했지만, 그 뒤로는 철봉대 근처에 갈 때마다 피비린내가 몰려오는 듯해 일부러 둘러가곤 했다.

"어쩌다 보니 직접 봤어요. 작년에 워낙 일이 많았잖아요. 모두 퇴근한 줄 아셨는지 그러고 계시더라고요."

"아, 진짜 그게 사실이었구나. 교장이 개고기에 환장하는데 불법업체에서 잡은 건 위생 상태가 안 좋아서 꺼려진다고, 시골 학교에서는 복날에 학교에서 개 잡아 회식한다느니 하면서 은근히 바라서 결국 문고리 3인방이 직접 잡아준다는 말, 그게 진짜라니, 이게 교사들이 할 짓이니? 분명히 황인주가 주도했을 거야. 그놈의 아부와 이간질의 달인 새끼. 체육선생 망신은 다 시킨다니까. 타자도 제대로 못 쳐서 우리 체육과에서 돌아가면서 원안지 타자 쳐주는 것도 짜증나는데, 점심시간에 반주로 소주 한 병 마시고는 애들한테 축구공 하나 던져주고 휴게실에 드러누워 잠이나 자는 주제에 교무부장 감투 쓰고 아무것도 하는 일 없다고 욕했더니 겨우 하는 일이 개 잡는 일이었어? 다음 학기 교감 발령 난다는데 그 학교도 볼만하겠어. 자기가 한 만큼 평교사들이 해 주길 바랄 거 아냐."

원경이 부르르 떨었다.

"그런데 연구부장님 댁이 강남이라고 하지 않았어요? 왜 딸이 여기에 있는 학교 다니지? 이사 오셨나?"

"어? 그러게, 안곡 아니면 대치동에서 너무 멀어진다고 재초빙되어야 한다고 했었는데. 이상하네."

1교시 수업이 있다고 들어가자고 서두르던 원경은 수업에 들어갈 생각도 하지 않고 학적관리[10]를 담당하고 있는 실무사에게 가서 속닥거렸다. 1교시 수업이 끝나고 나온 연우를 붙잡고 원경이 교무실 밖으로 나섰다.

"자기 말이 맞아. 박나희, 개 대치동에서 입학하고 나서 1학년 3월 말에 전학 왔더라. 이상하지 않니? 초등학교부터 중학교까지 전부 대치동에서 다니던 애가 생뚱맞게 갑자기 엄마가 다니는 경기도의 학교로 전학 오는 거? 게다가 1학기 끝나자마자 다시 대치동으로 이사 갔나 봐. 일단 서류상으로는 그렇더라고. 그러면 대치동으로 다시 전학 가는 게 당연한 거잖아. 그런데 여기까지

---

10) 학적이란 입학, 졸업, 전학 등을 의미한다.

학교를 다니는 거 이상하지 않아? 아, 맞다. 그러고 보니 재작년에 전학 온 학생이 전교 1등 했다고 애들이 수군거리는 소리 들은 거 같아. 우리 학교는 대부분 안곡북중에서 오니까 다 아는 사이잖아. 안곡북초, 안곡북중, 안곡북고 라인 타고 올라오면서 한 번도 1등 놓친 적이 없는 애가 밀려나서 엉엉 울었다고 애들이 뒷말이 많았어. 평소에는 전교 1등이라고 잘난 척한다고 욕하던 애들이 타지에서 온 애가 1등 하니까 그건 또 싫은지 담합해서 텃세부리고 따돌린다고 담임이 골치 아파했어. 애들이 전에 다니던 중학교에서는 반에서 1, 2등도 못 하던 애가 어떻게 전교 1등 하냐고 수상하다면서 말이 많았나 봐."

"중학교 성적을 어떻게 알고요? 우리도 모르는데?"

전학을 올 때는 고등학교 생활기록부만 전송된다. 나희는 3월말에 전학 왔으니 아무런 내용이 없는 빈 생활기록부나 마찬가지였다.

"애들이 우리보다 소문은 빠르잖아. 하긴 어떨 때는 우리보다 애들이 낫다는 생각이 들 때가 있어. 솔직히 박성원 일도 우리는 그냥 모른 척했잖아."

3-4. 연우, 2018년 3월 2일 금요일

올해 전체 교직원 첫 회식.

모두 참석해야 한다는 교장의 고집에 따라 연우도 억지로 끌려 나가 앉아 있었다. 교장의 옆자리를 비워뒀음에도 불구하고 교감은 기어이 박성원 선생의 옆자리를 파고들었다. 공교롭게도 몇 자리 건너였다. 신발을 벗고 들어와 앉는 좌식 식당이라서 연우를 비롯한 옆자리의 선생들이 조금씩 이동했다. 사이가 좋지 않은 교장이 불편해 그런 거라 생각했다.

"내가 그렇게 불판 쓰는 집은 잡지 말라고 말했건만. 하여간 상조회장도 만만치 않아. 꼭 교장 선생님 아는 집에서 회식을 해야 하는 건지."

몇 년 전 폐암 1기로 수술을 받았던 교감이 들으라는 듯 투덜대는 소리가 신경 쓰였다. 말과는 달리 거의 흡입하다시피 고기를 먹어대는 모양이 우스웠다. 왜소한 골격에다 깡말라서인지 튀어나온 입과 오목한 턱이 더 뚜렷하게 두드러져 보이는 교감의 얼굴이 보기 싫어 연우는 일부러 고개를 반대쪽으로 돌렸다.

교감은 작년 인사위원회 당시 위원들의 반대에도 불구하고 연우에게 업무를 몰아줬다. 모두들 처음 발령받아 오는 사람을 왜 그리 미워하는지 의문스러웠지만 교감의 뜻을 따를 수밖에 없었다고 했다. 부장단 회식에서 술에 취한 교감에게 연우에게만 과다한 업무를 부여한 이유를 물었더니 고아에, 빽도 없고, 선물도 안 가져오고, 아부성 발언도 못하는 교사라기에 길을 들이기 위해 그랬다고 대답했단다. 시간만 나면 교감의 욕을 하는 과학부장이 전해 준 이야기였다. 작년 발령받은 교사들 대부분이 교감의 소문을 듣고 학교에 처음 인사 오는 날 무언가를 선물로 들고 왔는데 연우만 빈손이었다는 얘기를 전하면서, 과학부장은 교감에게 넥타이라도 하나 선물하라고 귀띔했다. 그래야 교감이 트집을 잡지 않고 결재를 해준다는 말에 연우는 이를 갈았다.

단체 회식은 언제나 위경련을 불러일으켰다. '교사들의 단합'을 위해 '업무의 연장'인 회식에 반드시 참석하라는 교장의 말도 이해되지 않았다. 사이가 좋지 않은 학생들을 억지로 짝꿍을 시키면 오히려 사이가 벌어지는 경우가 더 많았다. 게다가 업무의 연장이라면 초과근무수당을 지급해야 하는 거 아닌가, 라고 묻고 싶었다.

안곡북고는 교사들 분위기가 좋지 못한 것으로 유명했다. 상관이 나쁠 때는 보통 상관의 욕을 하면서 아랫사람들이 뭉치는 것과는 반대였다. 교감은 뇌물과 아부를 기준으로 업무분장[11]을 했다. 누군가는 놀고 누군가는 과다한 업무에 시달리는 불공정한 상황은 교사들 사이를 한없이 멀어지게 만들었다. 그리고 교장과 교감은 그런 사실이 외부에 알려질까 전전긍긍하면서도 교사들의 갈등이 드러날 때면 묘하게 즐기는 기색을 보였다. 교감은 싸움구

---

11) 교사들의 업무분장은 특별한 가이드라인이 정해져 있지 않고 모호한 경우가 많다. 그래서 3월 학기가 시작되기 전 업무분장을 할 때면 각 학교마다 교사들의 갈등이 증폭되는데, 결국은 교장이나 교감의 뜻대로 결론나기 마련이다.

경을 좋아하고 그 다툼에 끼어들어 자신의 권력을 증명하는 것은 더 좋아했다. 교감이 만든 업무분장표는 명확하지 않고 두루뭉술해서 매번 담당자를 놓고 서로 업무를 미루느라 다툼이 끊이지 않았다. 결론은 언제나 하나였다. 교감의 기분이 내키는 대로 그때그때 담당자가 바뀌었다.

고기 냄새에 빈속이 더 쥐어짜는 듯 아파왔다. 허리를 펴고 앉아 있을 수 없어 배를 움켜쥐고 웅크리는데 시커멓고 마디가 불거진 교감의 손이 보였다. 손도 보기 싫어 시선을 돌리려는데 교감의 손이 슬며시 박성원 선생의 엉덩이를 스치는가 싶더니 무릎 위를 덮은 앞치마 속으로 파고들었다. 박성원은 언제나 그랬듯 짧은 미니스커트 차림이었다. 앞치마가 들썩이며 스타킹도 신지 않은 허벅지가 보였다. 화들짝 놀라 돌린 눈길이 연구부장과 마주쳤다. 연구부장도 그 장면을 봤는지 시선을 피하고 있었다. 그제야 모두들 모른 척하고 있다는 걸 알았다. 교묘하게 교감을 피해 다른 곳으로만 향하는 시선들 사이에서 교감의 손은 끈질기게 앞치마 안에서 꾸물거렸다. 붉은 앞치마 위에 새겨진 '할머니 삼겹살'이란 하얀 글씨가 흐느적거리는 뱀처럼 소름끼쳤다. 그 생각만 해도 구역질이 치밀어 올랐다.

돕고 싶었다. 박성원은 평범한 기간제 교사가 아니었다. 안곡북고 졸업생이기도 했다. 박성원을 가르쳤던 교사들이 아직도 학교에 꽤 많이 근무하고 있었다. 어쩌면 충분히 박성원을 교감의 더러운 추행에서 구해낼 수 있을지도 몰랐다. 아무리 교감에게 받을 불이익이 두려워도 제자가 부당한 일을 당하는데 모른 척만 하고 있을 교사는 없다고 생각했다. 원경은 코웃음을 쳤다.

"자기야, 정말 교감만 나쁘다고 생각하는 건 아니지? 내가 전에 도 얘기하지 않았나? 박성원 걔가 얼마나 약았냐? 아무리 교직사 회 꼬리표가 무섭다고 해도 걔가 아무 말 안 하고 참고 있을 캐릭 터는 아니잖아. 작년에는 안 그랬을 거 같아? 그게 죽어라 싫었으 면 올해는 재계약하지 말았어야지. 물론 경력도 없고, 일도 못 하 니 다른 학교에서 일자리를 구하기 힘들었을지도 모르지. 그런데 잘 생각해 봐. 박성원, 작년에 어땠는지. 담임도 아니고, 업무도 거 의 없어. 봉사활동 확인서 수합만 겨우 5번 하는 게 일 년 동안 한 일의 다야. 올해는? 똑같은 업무에, 수업도 3학년 영어 3시간이 야. 나머지는 모두 다 창독 아니면 진로고 그나마 2학기 때는 애 들 수능 준비 바쁘니까 전부 자습시키면서 임용고시 준비하기 딱 좋겠지.[12] 우리 학교에 그런 꿀 보직이 어디 있어? 내년에 정년 앞 둔 같은 영어과 이재성 선생님도 16시간 꼬박꼬박 수업하시는데. 그뿐이야? 우리 부장님도 12시간 수업해. 담임도 아니고 부장도

---

12) 창의적 독서활동(창독)이나 진로활동은 그 목적과는 다르게 고등학교에서는 자 습으로 운영되는 경우가 많다. 다른 과목도 고3의 경우 입시를 위해 2학기에는 수업을 진행하지 않고 자습을 하는 경우가 대부분이다.

아닌데 왜 그렇게 시수 배분했다고 생각해? 작년에 그렇게 당하고도 몰라? 작년하고 올해, 자기한테 그렇게 시수 20시간 몰빵된 거 교감이 생물 유수자 부장 수업 적게 주려고 원칙 어기고 교사수급 결정해서 그런 거잖아.[13] 유수자 부장은 나이라도 많지, 박성원처럼 어린애가 3시간 수업이라니, 이게 말이 되니? 교감이 영어과 교과부장한테 딱 잘라 말했대. 박성원, 임용고시 준비해야 하니까 수업 적게 주라고. 박성원이 불쌍해? 본인이 그 상황을 아무렇지도 않게 오히려 역이용한다면 우린 어쩔 수 없는 거야."

me too. 둘 중 하나다. 그 악에 맞서 싸우다 처참히 무너지거나, 그 악에 물들어 또 다른 악이 되는 것!

"걔 손톱 한 번이라도 봤으면 그런 순진한 소리 못 하지. 네일 케어 한 달에 한 번 받는다는데 언제나 큐빅이 반짝거려. 분필 하루만 제대로 잡아 봐. 그게 남아나나? 하긴 걔가 언제 교무실에 붙어 있어야 보기라도 하지. 밤에 어디를 그렇게 쏘다니는지 휴게실에서 매일 자느라 바빠. 작년에 옆 반 진로수업 매번 늦거나 안 들

---

13) 시수, 즉 주당 수업 시간 수는 교사수급을 결정하는 가장 중요한 지표이다. 중학교의 경우 주당 18시간, 고등학교의 경우 주당 16시간이 평균적인 시수이다. 시수가 적은 교사의 경우 창의적 체험활동이나 진로활동 등의 수업을 추가로 부여한다. 창의적 체험활동이나 진로활동 등은 교사수급 계산 시 넣지 않는 것이 원칙이나 교감이나 교장이 편애하는 교사의 수업시간을 줄여주기 위해 마음대로 포함하는 경우도 있다. 이럴 경우 어떤 과목의 교사는 20시간의 수업을 담당하는데 어떤 과목의 교사는 3시간의 수업만 하는 불공정한 경우가 발생한다.

어오는 바람에 시끄러워서 내가 수업을 못 할 정도였어. 내가 열받아서 한바탕했거든. 교감 선생님과 얘기하느라 수업에 못 갔대. 더 이상 뭘 하겠어? 교감 샘이랑 긴히 할 얘기가 있어 수업에 못 갔다는 애한테. 얘기는 무슨 얘기? 뭐 했는지는 안 봐도 뻔하지. 나 같으면 교감 얼굴도 보기 싫어서 눈도 안 마주칠 거 같은데 박성원 걔는 살살 눈웃음치면서 잘만 옆에 붙어 있더라. 그런 나쁜 년 때문에 진짜 피해 본 사람들이 꽃뱀 취급 받는 거야. 대학 졸업하자마자 우리 학교 왔으니까 이제 만으로 스물넷인가? 그렇게 어린애가 어쩌면 그렇게 나쁜 것만 배웠는지, 참 세상 말세다, 말세야. 그런 애들 때문에 성접대 강제로 요구당하고 괴로워하다 자살하는 사람이 생기는 거야. 걔가 학교 다닐 때도 그렇게 남교사들한테만 살살거렸다고 말이 많더라. 남교사들이 대놓고 예뻐했다더라고. 그런 교사 밑에서 학생들이 뭘 배울지, 참 세상 무서워."

"그래도 위력에 의한 성추행이라는 증거가 있으면……."

"더러운 게 뭔지 알아? 일단 교감 발령 받고 나면 어떤 일이 있어도 교장까지는 올라가게 되어 있어. 학교운영비 유용하고, 성추행하고, 별의별 문제 다 있던 교감도 그저 교장 발령이 조금 늦어지는 것뿐이더라. 괜히 내부고발을 하잖아? 보복만 당해. 경기도는 G대학 출신이 교육청 꽉 잡고 있잖아. 교감이 G대학 출신이고. 그래서 더 겁 없이 구는 거야. 어차피 그들만의 리그인데 서로서로 눈감아 주는 거지. 털어서 먼지 안 나는 사람이 어디 있겠어?"

선과 악의 싸움에서 이기는 건 언제나 악이다. 하지만 연우가 그 사실을 도출하기까지, 그 명제를 인정하기까지, 그 가설을 증명하기까지의 과정은 악랄하고 길었다. 그리고 그 기나긴 시간의 흐름 뒤에도 연우는 그 명제를 인정할 수 없었다. 단 하나의 예외만 찾는다면 명제는 법칙이 될 수 없었다. 그 단 하나의 예외를 찾기 위해 버텼다. 학급당 30명, 학년은 기본 10학급, 부모까지 더한다면 연우가 대하는 인간은 한 해에 천 명이 넘었다. 그렇게 몇 년이라는 시간이 흘렀다. 연우는 아직도 예외를 찾아 헤매고 있었다.

3-5. 연우, 2018년 3월 26일 월요일

새벽, 전교생과 전교사가 팔로우를 했지만 폐쇄되었던 박나희의 SNS에 새로운 글이 올라왔다. 동영상까지 첨부되어 있었다.

피해자도 가해자도 모두 아니라고 우기는 우스운 상황이 벌어졌네요.
철없는 학생이 친구 계정을 도용해 벌인 일, 그렇게 덮어버리고 싶나요? 예상했던 일이지만 참 실망스럽네요.
그래요. 성추행을 한 교감도, 기간제 계약을 위해 성추행을 이용한 선생도 이해할 수 있어요.

제가 이해할 수 없는 건 그 모든 상황을 알게 되었는데도 모른 척하고 있는 다른 선생님들과 학생들입니다. 우리 학교에는 72명의 선생님과 10명의 행정직원, 900여 명의 학생들이 있습니다. 그런데 그중 아무도 나서지 않더군요.

내부고발자가 되어 힘들어질까 봐 모른 척하는 선생님, 이게 당신들이 제게 가르치고 싶은 사회인가요? 입시에 불이익을 받을까 봐 모른 척하는 학생, 이게 너희들이 꿈을 이루고 싶은 세상이야? 싸우고 싶지 않아 참는다고요? 자신의 이익과 상관없으니 넘어가겠다고요? 불의를 보고 싸우지 않는 사람은 비겁한 악인일 뿐입니다.

헐! 대박!

이걸 어떻게 찍었지?

또 해킹당한 거 아냐?

첨부된 동영상은 교감실 한구석에서 촬영된 것이었다. 닫힌 교감실 문을 배경으로 교감의 손이 옆에 선 짧은 치마를 입은 여자의 엉덩이를 주무르는 모습이 선명했다. 여자의 얼굴은 보이지 않았지만 앞으로 모은 여자의 손톱에 햇빛이 반사되어 반짝거렸다. 큐빅이 박힌 네일아트는 화려했다.

교사들은 물론이고 학생들까지 이른 시간에 등교한 특이한 날이었다. 학생부 교사들은 본교무실 앞에 몰려드는 학생들을 통제

하느라 정신이 없었다.

"당장 전학시켜!"

교감실 밖으로 고함소리가 울려 퍼졌다. 교무실에 있는 선생님들은 숨소리조차 내지 않고 귀를 기울였다. 교감실은 교무실에 임시 가벽을 설치해 만든 공간이었는데 문까지 열려 있으니 교감과 연구부장의 대화가 생생하게 들렸다. 이제는 교감실 문을 닫을 생각도 없는 모양이었다. 하긴 연구부장도, 교감도 이제는 대화할 때 휴대폰 녹음 기능을 켜놓는다고 하니 증인이 많을수록 좋다고 생각하는지도 몰랐다.

"3학년 1학기 시작하고 벌써 한 달이 지났어요. 이제 와서 다른 학교 전학시키면 우리 나희 대학 포기하라는 겁니다. 몇 번이나 말씀드렸지만 우리 나희가 올린 거 아니라고요. 나희는 공부하느라 이런 거 올릴 시간도 없어요. SNS계정 만든 것도 애들한테 따돌림받을까 봐 억지로 만든 거라고요. 교감 선생님도 보셨으니 알 거 아니에요. 이번 사건 전에 나희가 올린 글, 일주일에 하나도 안 된다고요. 나희가 바보예요? 이런 거 올리면 학교 뒤집어지고, 수시 불리할 거 뻔히 알면서 이런 거 올리게요?"

"학부모들이 교사 딸이 전교 1등 한다는 거 알면 가만히 있겠어? 그것도 원안지 검토하는 연구부장 딸이?"

"지금 그 말씀 무슨 뜻입니까? 제가 원안지 빼돌려서 딸 전교 1등 시켰다는 겁니까? 증거 있으세요?"

"내신은 전교 1등인데 모의고사는 제일 잘 본 게 전교 109등이라면서, 누가 봐도 이상하지 않아? 문과 인원이 300명인데 삼분의 일 안에도 못 든다는 게?"

"그게 증거예요? 여학생 중에 모의고사 성적보다 내신 성적이 좋은 애들이 한둘이에요? 교감 선생님도 아시잖아요. 남학생들은 내신관리에 허술해서 모의고사보다 내신 성적이 안 좋고, 여학생들은 반대라는 거. 지금 그거 우리 나희와 절 모욕하시는 겁니다. 명예훼손으로 고발할 수도 있어요."

"고발? 지금 막 나가자는 거야? 심증이라는 게 있잖아. 대치동 살면서 굳이 엄마 근무하는 경기도 학교로 전학을 한 거 자체가 수상하잖아. 괜히 학교 시끄럽게 만들지 말고 그냥 전학시켜."

"학교가 왜 시끄러운데요? 교감 선생님 저지른 일 때문에 시끄럽지, 우리 나희 때문에 시끄러운 거예요?"

"뭐가 어쩌고 어째? 전학 안 시키면 강제 전학시킬 거야. 그것보다는 낫잖아."

"나희가 뭘 잘못했다고 강제 전학을 시켜요? 막말로 교칙을 어긴 건 하나도 없는데. 재수 없게 계정 도용당해서 교감 선생님 곤란하게 했다고 강제로 전학을 하라니요? 말이 되는 소리를 하세요."

"알 게 뭐야? 경찰에서 조사했더니 그 시간에 집에서 접속한 거라잖아. 증거가 말하는 거야, 증거가! 당장 전학시켜!"

"증거 같은 소리 하네."

"뭐? 너 지금 뭐라고 했어? 지금 나한테 반말하는 거야?"

"그래. 반말했다. 어쩔래? 우리 딸 인생 망치려는데 내가 겁날 게 있겠어? 한번 해볼까? 털어서 누가 더 먼지가 많이 나오는지? 교육청에서 초과근무 수당 때문에 계속 공문 날아온다고, 우리한테는 초과근무 결재 올리지 말라고, 어쩌다 한 번 하는 초과근무, 수당까지 받아가면서 해야겠냐고, 교사라는 사람들이 희생정신이 없다고 난리면서, 당신은 일 년 365일 초과근무 올리지? 일주일에 3일씩 근처 헬스클럽에서 저녁에 운동하고 와서도, 회식하고 술 잔뜩 취해서도 초과근무 수당 타려고 학교 들어와서 지문 찍고 가는 거 모르는 사람 있어? 심증은 있지만 물증 없다고 했나? 난 물증 있어. 매일 헬스클럽 가는 거, 회식하는 거, 사진 찍어뒀거든."

"뭐, 뭐가 어쩌고 어째?"

"내가 당장 이거 교육청에 올릴 테니까 두고 봐. 누가 먼저 옷 벗나. 내가 연금도 못 타게 만들어 줄 테니 알아서 하라고."

연구부장이 교감실 밖으로 나서는데, 교감이 달려와 잡았다.

"어딜 가? 얘기 아직 안 끝났는데?"

"왜 이제는 겁나니? 그동안 신났지? 어린 기간제교사들 조물거리면서 네가 왕이라도 되는 줄 알았지?"

"그러는 넌, 작년에 나희가 국어 과목 1등급 안 나올 거 같으니까 문제 오류라고 기어이 이중정답 처리한 게 누군데? 그때 원래 이원목적분류표가 수정됐는데 하필이면 원래 정답을 썼던 게 나희였지? 그때부터 수상했어. 그때 국어 과목 선생님들이 얼마나 마음고생했는지 몰라? 털면 너는 나올 거 없어?"

교무실의 시선이 한곳으로 모인 것이 부담스러웠는지 교감과 연구부장은 금세 밖으로 나갔다.

"완전 개싸움이네. 그런데 연구부장이 교감한테 원한이 있었나? 나희 일로 부딪히기 전에는 딱히 서로 맞붙을 일이 없었잖아. 매번 기획회의 때마다 같이 편먹고 다른 부장들 물 먹인다고 수석교사님이 둘이 똑같다고 욕했었는데. 한두 번도 아니고, 교감 발령 받은 뒤부터 사진을 찍었다면 일부러 터뜨리려고 그런 거잖아."

원경은 고개를 갸웃거리며 말했다.

누구에게나 약점은 있었다. 그 약점을 극복하는 가장 쉬운 방법은 다른 이의 약점을 파고드는 거였다.

제4장

잠자는 천사들

왜 악한 자들은 늘 강한 것입니까?
악마가 자신의 현관에 등을 밝혀 두었는데 어찌 천사들이 잠들 수 있나요?
– 톰 웨이츠(미국의 가수, 영화배우)

4-1. 연호, 1999년 4월 4일 일요일

마미가 미군과 바람나 미국으로 도망간 뒤 시작된 연우의 사춘기는 심각했다. 어찌나 신경질과 짜증이 심한지 감당할 수 없을 정도였다. 떡볶이가 먹고 싶다고 해서 사다줬더니 속이 좋지 않다며 휙 방으로 들어가 버리질 않나, 내가 신발을 아무렇게나 벗어던지는 바람에 자신의 운동화가 더러워졌다며 현관에서 서럽게 울기도 했다.

신경이 예민해져서인지 몸도 자주 아팠다. 체하거나 속이 쓰리다며 방 밖으로는 잘 나오지도 않더니 겨울방학 직전에는 내리 결석을 했다. 연우 담임선생님에게 아파서 학교에 가지 못한다고 전화를 할 때마다 심장이 떨렸다. 혹시라도 용걸이 알게 될까 봐 마음을 졸였다. 다행히 용걸은 부장검사가 된 뒤 훨씬 바빠져서 매일 자정이 되어서나 집에 들어왔다. 연우는 간신히 출석일수를 채우고 6학년으로 진급했지만 올해도 벌써 출석일수가 아슬아슬했다.

새벽, 난 연우의 비명에 놀라 잠에서 깼다. 비명을 지르며 데굴데굴 구르는 연우를 보고는 재빨리 119를 누르려 전화를 들었지만 용걸이 전화기를 빼앗았다.

"건상이 부르는 게 훨씬 빨라."

다행히 건상은 10분도 되지 않아 왔다. 잠옷 차림에 귀찮다는 표정으로 연우의 방에 들어갔던 건상은 하얗게 질린 얼굴로 용걸을 불렀다. 나도 따라가려 했지만 용걸은 거기 있어, 한마디만 하고 방문을 닫았다. 숨을 죽인 채 방문에 귀를 대보았지만 연우의 신음소리만 들릴 뿐이었다.

어린 시절부터 다녔던 온누리 병원 의사인 건상은 친절한 편이었다. 높은 이자였지만 할아버지의 돈을 빌려 의대에 진학했고, 또다시 용걸의 돈을 빌려 개원을 했기에 용걸에게 부채감을 갖고 있는 건상은 결코 우리 집안일에 대해 입을 열지 않았다.

용걸에게 죽어라 얻어터지고 고열로 벌게진 얼굴로 찾아가면 아무것도 묻지 않고 해열제와 진통제 주사를 놓아주곤 했다. 산후조리원과 붙어 있는 병원이었지만 다행히 병원 이름에는 '산부인과'가 들어가지 않았고, 내가 유일하게 찾아갈 수 있도록 허락받은 병원이었기에 다른 곳을 찾아갈 엄두는 내지 못했다. 예방접종 일정까지 챙겨줄 정도로 우리 남매는 특별취급을 해주는 건상이니까 분명 연우의 병을 고치는 데도 최선을 다할 거라고 생각했다.

하지만 이상하게 초조하고 불안했다. 연우가 어제 아침부터 배가 아프다고 칭얼거렸는데 무시한 것이 못내 마음에 걸렸다. 방으로 들어간 용걸은 한참이 지나서야 거실로 나왔다.

"뭐래요? 맹장이래요?"

용걸은 넋이 나가 내 말이 들리지 않는 듯했다. 난 몇 번이나 다시 묻다 지쳐 용걸의 팔을 잡아 흔들었다. 멍하니 있던 용걸은 내 손길에 화들짝 놀라 바라보았다.

"넌 그냥 조용히 있어. 건상이가 치료하는 데 방해되니까."

용걸은 한숨을 내쉬며 담배를 피워 물었다.

건상이 온 지 두 시간, 용걸은 한시도 가만히 있지 못하고 왔다 갔다 서성이며 줄담배를 피워댔다. 담배연기에 숨이 막혔지만 난 거실에서 연우의 방문만 쳐다보았다. 다행히 연우의 신음소리는 더 이상 들리지 않았다. 하지만 건상이 밖으로 나오지 않고 있는 게 못내 불안했다. 아무래도 종합병원에 가는 게 좋지 않을까, 얘기를 꺼내려고 용걸의 눈치만 살폈다. 용걸은 우리 남매가 건상 외에 다른 의사에게 진료 받는 것을 끔찍하게 싫어했다. 나중에 맞아죽더라도 말해야겠다고 겨우 용기를 끌어모은 순간 건상의 부인인 지호가 들이닥쳤다.

"네 아버지가 전화하셨더라. 연우가 많이 아픈데 너 좀 봐 달라고. 나랑 같이 성당에 가자. 마침 오늘이 부활절이라 행사도 많이 해서 재미있을 거야."

지호는 평소에도 김치나 밑반찬을 가져다 줄 때마다 성당에 나오라고 권유를 했지만 오늘은 유난히 고집을 피우며 내 손까지 잡아끌었다.

"하지만 연우가 아픈데……."

"갔다 와. 민수도 같이 데리고 가면 되겠네."

용걸의 말은 곧 명령이었다. 하지만 난 고개를 저었다.

"연우가 아프니까 너더러 성당에 가라는 거야. 괜히 너까지 있으면 치료하는 데도 방해되고, 치료하고 나서도 연우 안정 취하는 데 방해될 테니까. 그냥 아줌마 따라가서 기도나 하고 와."

부드러운 말투와 달리 용걸의 눈은 싸늘했다. 지호는 억지로 날 일으켜 세우며 말을 보탰다.

"연우도 아픈데 너까지 있으면 아버지도 신경 쓰일 거야. 건상 씨는 치료할 때 누가 옆에 있는 거 싫어해. 네 아버지도 그래서 방에 못 들어가고 있잖아. 그러니까 그냥 가서 기도나 하자."

오랜 실랑이 끝에 결국 난 민수에게 전화를 했다. 나만 억울하게 지루한 미사에 참석하기는 싫었다. 새벽에 깨어나서인지 졸려 죽을 지경인데 미사는 일어섰다 앉았다를 하는 통에 제대로 잠을 잘 수도 없어 짜증이 치밀어 올랐다.

지호가 잠깐 전화를 받으러 나간 사이 기나긴 미사가 끝났다. 민수는 하품을 하며 내 손을 잡아끌었다.

"그 아줌마도 갔는데 우리도 그냥 도망가자."

그 순간 지호가 돌아왔다.

"연우는 이제 괜찮아졌나 봐. 그러니까 걱정 말고 저녁까지 놀다 오라고 네 아버지가 전해달래."

한마디로 저녁까지는 들어오지 말라는 명령이었다. 민수네 집에 가서 놀려고 했지만 지호는 성당의 행사에 참석하라고 당부했다. 아니, 거의 강요했다. 다행히 청소년부 아이들의 장기자랑 공연이나 부활절 달걀 만들기 등 그 뒤의 행사는 꽤 재미있었다. 행사 도중 문득 시선이 느껴져 고개를 들면 지호의 눈과 마주치곤 했다. 마치 내가 다른 곳에 가지 못하게 감시하는 듯했다. 도대체 왜, 라는 의문이 들었지만 깊게 생각하지 않았다. 종교란 인간을 맹목적으로 만드는 법이니까.

성당에서 제공하는 점심을 먹으며 안면을 익힌 중학교 선배들에게 중학교 생활에 관해 묻느라 다른 모든 것은 잊어버렸다.

"누가 괴롭히면 말해. 내가 해결해 줄 테니까."

든든한 중3 선배의 말에 행사 뒷정리까지 자진해서 돕고 나니 벌써 자정에 가까운 시간이었다. 그제야 연우가 기억났다. 난 연우에게 줄 부활절 달걀을 들고 미친 듯이 달리기 시작했다.

혹시라도 용걸이 너무 늦었다고 야단치면 어쩌나, 걱정하며 살며시 현관문을 열었다. 용걸의 검은 구두가 없는 것을 확인하고서야 안도의 한숨을 내쉬었다. 난 재빨리 연우의 방으로 뛰어 들어갔다.

"연우야, 오빠 왔어. 달걀도 가져왔다! 이것 봐, 예쁘지?"

연우는 누운 채 멍한 눈을 들어 나를 보았다.

"아직도 아파?"

연우는 고개를 모로 돌리며 힘없이 말했다.

"숨을 안 쉬는 거 같아."

"뭐?"

"죽었나 봐."

"도대체 그게 무슨 소리……"

난 너무 놀라서 입을 다물지 못했다. 연우가 바라보는 곳에는 자그마한, 정말 너무 작은 아기가 누워 있었다.

"이 아기는 도대체 누구야? 왜 여기 있어? 도대체……"

"숨을 안 쉬는 거 같아. 살려줘. 오빠가 살려줘."

수많은 내 물음에 대답 없이 연우는 같은 말만 반복했다. 그제야 아기가 눈을 감은 채 미동조차 없다는 것을 깨달았다. 난 재빨리 구급차를 불렀다. 구급대원들은 도착하자마자 아기에게 인공호흡기를 씌웠다. 병원으로 옮겨지는 내내 수많은 질문들이 쏟아졌다.

어른은 아무도 없는 거야? 아기는 동생이니? 엄마는? 2킬로그램도 되지 않는 미숙아인데 왜 인큐베이터에 들어가지 않은 거지?

아빠한테 아직도 연락이 안 되니?

내가 대답할 수 있는 질문은 아무것도 없었다. 그리고 병원에 도착한지 얼마 되지 않아 경찰이 와서 똑같은 질문을 퍼붓기 시작했다. 난 울먹이며 고개를 저었다. 아무것도 잘못한 것이 없는데 무언가 잘못한 느낌이 들었다.

야단치려는 게 아냐. 혹시 아기를 길거리에서 발견했니? 아무래도 버려진 아기 같은데? 죽이려고 작정한 거지. 하여간 인간 같지도 않은 것들! 그나저나 저 애는 어떻게 해? 보호자 올 때까지 여기서 데리고 있어야 하나? 보호자는 연락이 됐어? 왜 이렇게 안 오는 거야? 전화 목소리 들으니까 거하게 한잔하고 있는 모양이더라. 아이고, 팔자 좋네. 애새끼는 내팽개치고 술이나 마시러 다니고. 그러니까 여편네가 도망갔지.

경찰은 나에게서 대답을 듣는 걸 포기했는지 자기들끼리 이야기를 나누기 시작했다. 용걸이 도착하자 경찰들은 거들먹거리며 나에게 했던 질문을 반복했다.

늦둥이 본 기념으로 친구랑 술 한잔하는 사이에 우리 애들이 말썽을 부렸네요. 아마 동생이 너무 예뻐서 아이들이 몰래 인큐베이터에서 데리고 나온 것 같습니다. 다행히 아기도 아무 이상 없다고 하니 문제 삼지 않았으면 좋겠습니다. 아기가 있던 병원이 저랑 술 같이 마신 친구가 운영하는 병원이거든요. 참, 제가 명함 드렸나요?

경찰은 곧바로 저자세가 되어 굽실거렸다. 아, 저희가 서울지 검 부장검사님을 못 알아뵙고, 죄송합니다. 아니요, 제가 죄송하죠. 아기는 곧바로 원래 있던 병원으로 옮기겠습니다. 그렇게 소동은 끝이 나는 듯했다. 그리고 집으로 돌아오자마자 용걸은 허리벨트를 풀었다.

"건상이는 한국대 나온 실력 있는 의사야. 다른 의사들은 다 돌팔이라고. 괜히 다른 병원 갔다가 사생활이 새어나가기라도 해서 내 승진에 문제 있으면 네가 책임질 거야? 도대체 생각이 있는 거야, 없는 거야? 내 허락도 없이 아기를 데리고 병원에 가? 너 때문에 다 망쳤잖아! 이제 어떻게 할 거야? 네가 다 망쳤다고!"

깨어났을 때는 건상의 병원이었다. 갈비뼈가 부러졌다고 했다. 내가 퇴원하던 날, 용걸은 내 팔뚝보다도 작은 아기를 떠넘기며 말했다.

"네 동생이다. 네가 살렸으니 네가 알아서 돌봐. 출생신고 해야 하니까 이름도 짓고."

빨갛고 꼬물거리는 아기에 홀려 용걸의 말이 제대로 들리지 않을 정도였다. 목도 가누지 못하는 아기는 너무 작고 연약해 보였다.

내 방에는 짐이 산처럼 쌓여 있었다. 용걸이 아기용품을 사 온 모양이었다. 기저귀, 분유, 육아서적, 옷가지와 이불까지 있었다. 침대에 눕히려다가 혹시나 떨어질지도 모른다는 생각에 바닥에 요를 깔았다.

솜털이 보송보송한 얼굴은 말랑말랑 보드라웠다. 나와 똑같은 새까만 눈동자를 마주하니 괜스레 눈물이 났다. 연우와는 연년생이어서 아기를 이렇게 가까이에서 보기는 처음이었다. 나를 보며 방긋 웃는 아기를 보느라 시간 가는 줄 몰랐다.

한밤중이 되어서야 난 연우를 기억해냈다. 난 아기를 데리고 연우의 방으로 향했다.

"예쁘지? 우리 동생이래."

누워 있던 연우는 흘낏 아기를 쳐다본 뒤 다시 눈을 감았다.

"나 아직도 아프니까 데리고 나가. 자고 싶어."

짜증이 잔뜩 섞인 목소리였다. 살려줘, 애원하던 연우였건만 그 뒤에도 연우는 아기에게 심드렁했다.

베이비시터를 구할 때까지 나는 며칠간 집에서 아기의 이름을 지으며 시간을 보냈다.

"연지? 연서?"

아기 구경을 온 민수의 말에 난 고개를 지었다.

"우리와 비슷한 이름은 싫어. 돌림자는 쓰고 싶지 않아. 이 아기는 우리 남매와는 아무 연관 없는 사람처럼 자랐으면 좋겠어."

서지민.

상처투성이 우리 남매와 이름 한 글자 공유하지 않았으면 했다. 여자인지 남자인지조차 모호하면서도 세상에 쉽게 스며들 수 있는 흔한 이름, 한 달간의 고민 끝에 아기의 이름은 지민으로 결정되었다.

지민의 출생신고를 하고 온 날, 용걸은 내 품에서 잠든 지민을 바라보며 씁쓸한 웃음만 지었다. 용걸은 한 번도 지민을 안아주지 않았다. 지민의 양육에도 신경 쓰지 않았다. 분유, 기저귀, 이유식, 예방접종, 베이비시터 고용……. 수없이 많은 육아의 결정들은 오로지 내 몫이었다. 그 무관심에 감사했다. 용걸은 당장이라도 가져다 버리고 싶은 귀찮은 물건처럼 지민을 바라보았다. 내게는 너무나 익숙한 그 눈빛에 소름이 끼쳤다. 그래서 난 되도록 지민이 용걸의 눈에 띄지 않도록 주의를 했다.

이상한 일이었다. 용걸은 연우를 좋아했다. 연우의 입술이 부르트도록 뽀뽀를 해대고, 연우를 껴안고 자는 일도 많았다. 그게 연우가 딸이어서라고 생각했었다. 하지만 똑같은 딸인데도 용걸은 지민을 껄끄러워했다. 용걸의 외면과 무시라는 묘한 동질감 때문에 내가 지민을 연우보다 아꼈는지도 모르겠다.

연우는 자신에게 쏠렸던 관심이 지민에게 옮겨가기라도 할까 걱정인지 더 심술궂어졌다. 어쩌다 용걸이 지민을 바라보기라도 하면 나보다 더 빨리 지민을 용걸의 눈앞에서 치워버렸다. 사춘기는 어른이 되어가는 과정이라는데 연우는 오히려 어린아이처럼 변해

갔다. 나 몰래 자고 있는 지민을 꼬집어 상처 입히기도 하고, 내가 사다 준 지민의 인형을 품에 안고는 자기 것이라 우기기도 했다.

"원래 막내였던 아이가 동생이 생기면 그렇게 샘을 내기도 한대. 게다가 사춘기이기도 하잖아."

민수의 위로는 이해되지 않았다. 나에게 지민은 오로지 사랑만을 불러일으키는 존재였으니까. 내가 없으면 살 수 없는 존재가 있다는 것만으로 난 살아갈 이유가 생겼다. 처음이었다. 생에 집착이 생긴 것은.

지민이 생기고 나서야 나는 마미의 존재에 대해 생각했다. 주민등록등본상 지민은 용걸과 마미의 아이였다. 용걸은 검사라는 직업의 품위를 손상한다며 끝내 마미와 이혼해주지 않았다. 하지만 지민은 어디에서 온 걸까? 완벽하게 이기적인 용걸이 혈연이 아닌 아이를 데려다 기를 리가 없었다. 게다가 지민은 누가 봐도 우리 남매와 닮았다. 그렇다면 용걸이 다른 여자와 바람이 난 걸까? 지민이도 나처럼 엄마에게 버림받은 걸까? 수많은 의문들이 꼬리를 물었다. 하지만 난 곧 지민의 탄생에 대한 의문들을 잊었다.

희망은 냉혹하게 기만당하거나 잔인하게 배신당하기 일쑤지만, 체념은 모락모락 피어오르는 아지랑이처럼 마음을 편하게 만들어 준다. 꿈은 노력보다 행운으로 실현되기 마련이다. 그것이 용걸의 허리벨트가 가르쳐 준 가장 큰 교훈이었다. 그래서 나의 방어기제는 언제나 외면과 회피, 무관심의 도돌이표를 따라 맴돌았다. 찢어지고 벌어진 상처는 무관심하게 내버려둬야 고통이 덜한 법이었다.

그래서 어느 날 갑자기 나타난 지민도 아무런 의심 없이 당연하게 받아들였다. 게다가 지민의 출생에 관한 의문에 거부감이 들 정도로 나는 지민의 사랑스러움에 눈이 멀어 있었다. 그저 지민과 함께 있는 것이 좋아 다른 것들은 다 무시했다. 그게 내가 가장 잘하는 일이었다. 내 행복을 위해 다른 모든 것들을 모른 척해버리는 것. 그 비겁함이 현재의 상황을 만들어낼 줄 알았다면 결단코 나는 다른 선택을 했을 것이다.

4-2. 연우, 2018년 4월 4일 수요일

연우는 생일케이크의 촛불에 불을 붙였다. 스물, 지민이 살아 있었다면 올해 스물이었다. 스무 살이 되면 뭐든 할 수 있을 거 같아, 지민은 그렇게 말하며 배시시 웃곤 했다. 하지만 지민은 결국 스무 살이 되지 못했다.

연우 혼자만으로는 생일상이 너무 초라할 거 같아 달팽이를 케이크 옆에 놓았다. 지민이 상추를 씻다 달팽이를 발견했다며 좋아서 팔짝팔짝 뛰어왔던 일이 바로 작년 이맘때였다.

불면증에 좋다는 말을 듣고 지민은 항상 상추를 밥상에 올렸다.

씻기도 번거롭고 효과도 없다며 연우가 말려도 소용없었다. 지민은 기어이 상추를 한 장 한 장 정성껏 씻어 연우에게 먹이려 애썼다.

"이것 봐, 언니. 달팽이야. 너무 귀엽지?"

지민의 손바닥에 놓인 달팽이는 작은 모래 알갱이 같았다. 화분에 놓아두니 물컹한 몸을 내밀고 느릿느릿 기어가기 시작했다. 달팽이를 키우겠다는 지민에게 강아지를 사 주겠다고 먼저 제안했다. 낮 동안 혼자 있는 지민이 외로울 거란 생각을 못 했다.

"강아지는 껴안을 수도 있고, 반응도 있으니까 덜 심심하지 않을까? 너처럼 하얗고 작은 아기 푸들로 사자."

"난 달팽이가 좋아. 낯선 이가 나타나면 집 속으로 숨어들어가는 것도, 언제든 숨기 위해 그 무거운 집을 짊어지고 다니는 것도, 너무나 연약해서 다치기 쉬운 그 몸도, 상처받을까 봐 숨는 건데 모두들 딱딱한 집만 보고 강하다고 생각하는 것도. 언니랑 닮았잖아. 그래서 달팽이가 좋아."

달팽이 따위와는 닮고 싶지 않았다. 하지만 지민의 들뜬 기분을 망치고 싶지 않아 아무 말 하지 않았다. 달팽이(Snail)와 뱀(Snake)의 어원은 같다. 이브에게 선악과를 먹으라고 꾀던 간교한 뱀의 이미지가 떠올라 마땅찮았다. 꿈틀대는 모양도 소름끼치게 징그럽고, 비겁하게 항상 숨을 곳을 짊어지고 다니는 것도 싫었다. 아니, 뱀보다는 이브가 더 증오스러웠다. 이브가 선악과를 먹지 않았다면 연우의 삶은 훨씬 아름다웠을 것이다. 결국 인간이 문제였다.

지민은 이미 달팽이에게 연우와 지민의 앞 글자를 따서 '연지'라는 이름까지 지어준 뒤였다. 정말 꺼림칙했지만 어쩔 수 없었다. 그렇게 달팽이와의 동거를 받아들였다.

꾸물꾸물, 연우가 생일 축하 노래를 부르는 동안 달팽이는 케이크를 향해 기어갔다. 뚝뚝, 주인공이 없어 꺼지지 못한 촛불이 눈물을 흘렸다. 마침내 케이크 위에 안착한 달팽이가 꿈틀대며 케이크를 먹어치운다. 그렇게 자신을 사랑해줬던 주인이 없는데도 달팽이는 그저 케이크의 달콤함에 홀려 있었다. 그 무심함과 냉정함이 부러워 연우는 달팽이가 케이크 위를 휘젓고 다니는 것을 바라보기만 했다.

달팽이는 동종이나 알, 자식을 잡아먹기도 할 정도로 이기적인 생존본능을 지닌 대표적 동물이다. 자웅동체인 달팽이는 극단적인 상황에 처하면 혼자서도 번식을 하는 경우가 있는데, 연지는 자신이 낳은 알을 모두 먹어치웠다. 지민의 말이 맞았다. 달팽이와 연우는 닮았다.

4-3. 민수, 2018년 4월 12일 목요일

사이버범죄 수사대에서 협조를 요청한 안곡북고 교감 me too

사건의 수사는 지지부진했다. 박나희는 계정 도용으로 인해 수시 원서접수에 불이익을 받을까 봐 전전긍긍했다. 조사 내내 억울하다고 울다가 탈진까지 하는 바람에 제대로 된 진술조차 못 했다. 힘없이 쓰러져서도 진짜 범인을 잡아 달라고 울먹이는 나희에게 건진 단서는 전혀 없었다.

박나희의 복제폰은 성추행 피해자 박성원의 책상 서랍 깊숙한 곳에서 발견되었다. 그나마 박성원이 결혼을 두 달 남겨놓고 파혼당한 뒤 학교에 사표를 내면서 짐을 싸다 발견한 것이었다. 물론 박성원은 전혀 모르는 일이라고 잡아뗐다. 교감은 혼란스러운 상황을 피하기 위해서 진단서를 제출하고 출근하지 않았다. 박나희나 교감 주위에 원한을 가진 사람들이 있는지 탐문 중이었지만 교사들은 증언을 꺼렸다. 모두들 혼란스럽고 시끄러운 상황이 싫다며 수사를 닦달하면서도 협조할 생각은 없었다.

아침 9시, 출근하자마자 민수 자리의 전화벨이 울렸다. 누군지 뻔했다. 안곡북고 교장은 매일 같은 시간에 전화를 걸어와 수사 상황을 물었다.

"어젯밤에 교감 선생님이 약국에서 파는 수면유도제를 먹고 전화했어요. 제가 재빨리 구급차까지 불렀는데 병원 측 말로는 먹은 수면유도제의 양이 얼마 되지 않아 위세척도 할 필요가 없었다고 하더라고요. 교감 선생님은 모함당한 거라고 억울하다고 하는데 진짜 억울한 사람은 저예요. 제가 이번 학기를 끝으로 정년퇴임인데 하필이면 이런 일이 생겨서……."

교장의 하소연을 들어주는 것도 지겨웠다. 중빈이 녀석은 꼭 이럴 때 없다니까, 민수는 구시렁거리며 교장의 말에 건성으로 추임새를 넣었다. 수면제도 아니고 수면유도제라, 그저 교감의 쇼에 불과했다. 성추행 가해자의 자살소동은 연민보다 경멸을 불러일으킨다. 이제 겨우 4월 중순인데도 교장의 앵앵거리는 목소리를 듣고 있으니 더워서 견딜 수가 없었다.

간신히 전화를 끊고 나서야 중빈이 사무실 안으로 들어왔다. 왜 늦었느냐고 잔소리를 할 틈도 없이 중빈이 두꺼운 파일을 책상 위에 올려놓았다.

"아, 진짜 뭐 이런 학교가 있는지 모르겠어요. 완전 더럽다, 더럽다, 이렇게 더러운 학교 처음 봤어요. 일단 교감한테 원한 가질 만한 교사 위주로 추려봤어요. 아이들은 성추행 사실을 몰랐던 같아요. 그래도 혹시나 몰라서 교감실 청소당번 학생들 명단도 뽑았어요. 카메라 설치하려면 교감실 출입해야 하는데 청소당번 빼고는 없죠."

중빈이 건넨 명단은 꽤 길었다. 처음으로 들어온 것이 연우의 이름이었다. 당황한 기색을 감추기 힘들었다.

"이렇게 많아? 다들 입을 꾹 다물고 아무 말 안 하는데 이건 어떻게 알아낸 거야?"

워낙 넉살이 좋아 사람들에게 쉽게 다가서는 중빈이었지만, 비협조적이던 선생들이 갑자기 돌변해 대놓고 저 사람이 교감에게 가장 반감을 많이 가졌다고 지적했을 리는 없었다.

"여자 친구 찬스 좀 썼죠. 여자 친구가 올해 안곡북중으로 발령 났거든요. 한두 다리 걸치면 안곡북고에 아는 사람이 절반이 넘더라고요. 단순한 불만으로는 동영상까지 찍어서 터뜨리지 않았을 거예요. 교감이 발령받은 뒤 수업 시간표, 업무 분장표, 초빙교사 목록 등등 이것저것 가져다 달라고 하더니, 여자 친구가 보자마자 쌍욕을 하더라고요. 사립도 이렇게 하지는 않을 거라고. 일단 첫 장에 있는 사람들은 업무가 심각하게 과다한 교사들이에요. 객관적으로 봤을 때 교감, 교장에게 불만 가질 만한 교사가 이렇게 많다는 건 뒤져보면 더 하다는 거 아니겠어요? 자세한 건 녹음 들어보세요."

···

▶ REC

담당형사 : 이중빈(안곡경찰서 형사 2팀)

진 술 인 : 이희정(여, 29세, 안곡북중학교 과학 교사)

장   소 : 안곡북중학교 상담실

희정 : 와, 안곡북고 교감 소문이 그렇게 더럽더니, 진짜 사실이었네. 고등학교는 보통 평균 수업 시수가 주당 16시간밖에 안 되

는데, 이 학교는 20시간이 넘는 사람이 네 명이 넘어.

중빈 : 그게 왜?

희정 : 교사수급을 원칙대로 하지 않고 임의로 조정해야 시수가 이렇게 개떡같이 나오거든. 과목당 시수를 계산해서 교사 수급을 결정하는데 거기에 장난을 치는 거지. 수업 아닌 수업이 있거든? 진로, 창의적 독서, 스포츠, 그런 과목들은 전공과목에 상관없이 맡을 수 있고 시험도 없는 과목이야. 교사 수급을 조정하기 위해서 아무나 맡을 수 있게 되어 있지. 그걸 실제 시수에 반영하지 못하게 되어 있는데 이 학교는 임의로 시수에 반영시켰어.

중빈 : 그래도 아무 문제없어?

희정 : 물론 안 되지. 교육청에서도 그런 과목 시수는 교사수급 계산할 때 넣지 말라고 공문 여러 번 내려오고. 이건 솔직히 교육청에서 걸러줘야 하는데 일부러 모른 척한 걸 거야. 안곡북고 교감이 G대 출신이거든. 그 교감이 이래저래 워낙 말썽을 많이 일으키는데도 경기도 교육청 윗분들이 다 G대 출신이라 눈감아준다고 하더라고. 일단 올해는 그다지 문제될 게 없어 보여. 시수가 몰린 선생님들이 서연우 선생 빼고 전부 다 휴직했거든. 기간제들은 시수나 업무 알고 계약했을 테니 교감한테 불만 가질 이유가 없지.

그런데 작년은 진짜 심각해. 서연우 선생? 작년에는 진짜 죽고 싶었겠다. 2과목, 20시간 전담에 고3 담임이면서 동아리도 하고 3학년 성적처리 담당이 말이 돼? 내가 다 열이 받더라. 수업시수가 많은 경우에는 담임은 물론 동아리나 다른 업무도 거의 빼주는데 너무 이상하게도 업무가 몰렸어. 교감이 미워했나? 그리고 최윤종 선생? 병가 냈다고 했지? 당연한 거지. 22시간에 무슨 교무부야? 홍영현? 이 음악 선생도 이상하다. 24시간이야. 아무리 주요과목이 아니라도 육아 휴직할 만하네. 이렇게 시수가 몰리면 맞물리는 다른 교과 수업이 줄어들게 되어 있어. 음악 선생이 24시간 하는 대신 교무부장은 체육 수업 6시간에 3학년 진로과목 10시간, 서연우 선생이 20시간 하는 대신 3학년부장은 생물수업 3시간에 진로 12시간이라니, 아무리 일이 많은 부서 부장이라지만 이건 너무한 거 아냐? 진로는 시험도 보지 않고 자습이나 시키는 경우가 많으니 한마디로 교무부장과 3학년부장은 놀면서 월급 타간 거나 마찬가지야. 원칙상 작년에 체육, 생물 교사 한 명씩 T.O.감이 되고 음악, 지구과학이 T.O.증[14]이 되어야 하는데 진로활동을 체육, 생물 수업시수에 포함시켜서 시수계산을 했어. 정말 양심 없다. 다른 학교보다 기간제 비율이 월등하게 높은 것도 당연하지. 이딴 식으로 시수 배분하고 업무 분장하는데 누가 버텨? 기간제는 무조건 담임 안 시키는 것도 소문이 무성해. 교장이나 교감이 기간제들한테 돈 받아먹고 재계약해주고 담임도 안 시킨다고.

---

14) T.O.란 table of organization의 약자로 조직편성표, 인원편성표라는 뜻이다. T.O.감은 인원 감축을, T.O.증은 인원 증대를 의미한다.

그런데 특이한 건 이 박성원이라는 선생 시수야. 부장도 아닌데 왜 영어 수업 3시간에 창의적 독서 13시간이지? 보통 수업시수를 배분할 때는 아무래도 업무가 과다한 교사를 배려하거든. 고3 담임이라거나 교무부장, 연구부장, 학생부장처럼 업무가 과중한 사람들이 수업을 적게 가져가는데 이 교사는 좀 이상하네. 창의적 독서는 시험도 없고 그냥 자습만 시키면 되니까 서로 맡으려고 할 텐데 왜 박성원이 가져갔지? 연구부장도 영어니까, 만약 이 학교 돌아가는 꼴대로라면 연구부장이 창의적 독서를 담당해야 하는 건데, 게다가 박성원은 업무도 거의 없는 기간제 교사잖아. 이 선생 뭐 있어? 아! 박성원이 SNS에 뜬 그 기간제구나! 하하하!

중빈 : 왜, 왜 웃어?

희정 : 네 표정이 너무 웃겨서? 왜 수사상 기밀이야? 어차피 지금쯤이면 인터넷에 신상 다 털려 있을걸?

중빈 : 박성원 선생이 수업이 적은 게 그렇게 이상한 일이야? 업무가 과다하면 수업을 적게 맡는다며?

희정 : 아무리 그래도 3시간 수업이 말이 되니? 게다가 담임도 아니고. 봉사활동 확인서 수합? 이걸 한 사람 업무로 배정한다는 거 자체가 말이 안 되는 거야.

중빈 : 그래도 무작정 나쁜 점만 있는 학교는 아니겠지. 보니까 이 학교에 오래 근무한 선생님들도 많던데.

희정 : 그 사람들은 편하니까 그렇겠지. 누군가에게 업무가 몰린

다는 건 다른 누군가는 놀고 있다는 반증이니까. 보통 부장급들이 유예[15]나 재초빙 신청했네. 나 같아도 이 학교에 계속 근무하고 싶겠어. 수업시수도 적고 부장업무라고 따로 정해진 것도 없이 모호하게 총괄? 한마디로 부원들이 일하면 사인만 하면 되는 건데, 당연히 이 학교에 남고 싶겠지. 인사위원회가 있긴 하지만 결국은 교장, 교감 마음대로거든. 그러잖아도 안곡북고는 교감이 업무 분장뿐만 아니라 수업시수까지 마음대로 휘두른다고 소문이 무성해.

중빈 : 좋아. 그럼 교감한테 불만 가질 만한 사람 순서대로 꼽아 봐.

희정 : 부장 몇 명 빼고는 불만 없는 사람 꼽는 게 더 쉬울 거 같은데. 학교가 그렇게 뒤집어져도 북고 선생들은 지금 축제야. 교감 병가라. 그만큼 교감을 미워한다는 반론이지.

중빈 : 나한테는 다들 교감 선생님 좋은 분이라고 그러던데.

희정 : 대놓고 교장 교감 욕할 수 있는 교사가 몇이나 되겠어? 게다가 경찰조사 받는데 교감이 나쁜 놈이라고 욕하겠니?

중빈 : 거짓말이나 가식, 망설임 따위 알아차리지 못할 정도로 바보는 아냐.

희정 : 잘났다. 그래서 나한테까지 물어보냐?

---

15) 한 학교에 근무할 수 있는 최대 기한은 5년이지만, 교장이 유예를 허락할 경우 9년까지 근무할 수 있다.

중빈 : 미안, 미안. 내가 큰 죄를 졌다. 형제자매가 복고 다니는 애들 많아서 너희 학교까지 뒤숭숭한 거 짜증나니까 빨리 사건 끝났으면 좋겠다며? 일단 눈에 띄는 순서대로 교감한테 불만 가질 만한 사람 꼽아 봐. 서연우 선생은 어때?

희정 : 서연우? 왜 꼭 집는데? 뭔가 수상한 게 있어?

중빈 : 아니, 그냥. 네가 처음으로 언급한 사람이 서연우였잖아. 업무가 제일 과중된 사람이니까 먼저 언급했겠지. 게다가 올해 수업시수가 많은데도 휴직하지 않은 유일한 사람이기도 하고.

희정 : 작년에 서연우가 가장 업무가 과중된 건 맞아. 수업시수가 많은 최윤종은 중국어, 홍영현은 음악이고 비담임이거든. 음악, 미술, 제2외국어 이런 과목들은 대입과 그다지 상관없으니까 아이들도 수업이나 성적에 별 관심이 없어. 그런데 서연우가 맡았던 지구과학Ⅰ, 지구과학Ⅱ 과목은 자연계열 2, 3학년에 몰려 있잖아. 과학 과목은 입시에도 중요하니까 수업 부담도 크고, 시험문제 출제도 신경이 많이 쓰일 수밖에 없거든. 그것만으로도 힘든데, 이 선생님은 중학교에서 고등학교로 발령받은 거잖아. 수업 내용도 완전히 처음부터 다시 준비해야 되는데, 고3 담임에, 동아리에, 새로 발령받은 학교라 돌아가는 사정도 잘 모를 거고 아마 제정신으로 버티기는 힘들었을 거야.

사실 학교 옮기면 무조건 담임에 비선호 업무 맡을 각오해야 하거든. 저번에 간호사가 '태움 문화' 때문에 자살한 뉴스 나왔을 때, 내가 그랬지? 학교도 마찬가지라고. 학교 옮기면 '태워질' 각오를 해야 한다고. 담임이나 힘든 업무는 무조건 새로 발령받은 교사에게 떠넘기는 거야. 일종의 텃세지. 바뀐 환경에 힘들어 죽을 지경인데 일이 몰아치니 거의 학교 옮긴 첫해는 죽어지내야 해. 그러니까 아이 있는 교사들은 발령받은 첫해 1학기를 휴직하는 경우가 많아. 아무래도 기간제 선생님한테는 주요 업무를 맡기지 않으니까 꼼수를 쓰는 거지. 매년 겪는 일인데, 생각할 때마다 우스워. 바뀐 환경에 적응할 수 있도록 조금 더 배려해줘야 되는 거 아닌가? 학생들에게는 타인을 배려하라고 말하면서 정작 자신들은 이기적으로 구는 거 우습지 않나? 그런 관례를 고려한다고 해도 서연우 선생한테 악감정이라도 있는 거 같다는 생각이 들 정도로 업무가 몰렸어. 아무런 상관없는 내가 이렇게 억울하고 화가 나는데 정작 본인은 어떻게 견뎠을까?

내가 슬쩍 서연우 선생이랑 친했다는 김유미라는 생물 선생한테 물어봤는데 교감이 어떤 사람인지 뻔히 알고 있으면서도 내신(발령신청) 쓴 거라고 하더라. 동생이 많이 아픈데 한국대 병원이 바로 앞이잖아. 언제라도 병원으로 뛰어갈 수 있도록 병원에서 가까운 학교로 옮길 수밖에 없었대. 동생 병원비 때문에 휴직도 못 했다고 하더라. 성적관리담당인데 작년 1학기 기말 때는 세 과목이나 문제 오류가 나서 재시험을 치르는 바람에 난리도 아니었나 봐. 게다가 담임학급원수도 다른 반은 22명인데 34명이나 되고,

성적편차가 커서 진학지도도 힘들었다고 하더라. 학교폭력사건도 여러 건이었고, 어떤 애가 교사한테 대놓고 욕하는 바람에 교권보호위원회까지 열렸다고, 김유미 선생 말로는 우리 학교에 근무할 때도 어둠의 무리를 끌고 다닌다고 할 정도로 학급운이 없었다고 하는데, 작년에는 불쌍해서 못 볼 지경이었다더라.

중빈 : 야, 어떻게 우리가 일주일 동안 매달렸던 것보다 네가 하루 만에 알아낸 게 더 많아? 다들 얼마나 몸을 사리는지.

희정 : 너도 공무원이잖아? 적게 벌고 길게 살자, 그게 공무원의 모토거든? 모험이 싫어 안정적인 직업을 택한 인간들이잖아. 내부고발자가 되기에는 너무 소심한 모범생들이야. 나도 그렇고. 만약 네가 부탁하지 않았으면 이런 얘기 해주지 않았을 거야.

혹시나 내 말 듣고 오해할까 봐 걱정이라서 말해두는데 서연우 선생은 아냐. 워낙 원리원칙주의자라 우리 학교에 있을 때도 학생이나 학부모 민원이 많았다고 하더라. 예고 준비한다고 학원 때문에 일찍 가야 되거나 늦잠 자다 늦었을 때 진료확인서만 내면 질병조퇴나 지각 처리해주거든. 그런데 기어이 정직하게 말하라고 해서 무단 처리했대. 그런 사소한 것들도 원칙대로 해서 욕 많이 먹었나 보더라고. 무단 처리하면 내신 성적에서 감점되거든. 하도 민원이 많이 들어와서 교장, 교감까지 나서서 융통성 좀 발휘하라고 설득하는데 딱 한마디했대. 그건 융통성이 아니라 변칙과 편법을 가르치는 거라고, 그런 사람이 성공하는 사회라는 것을 가르치고 싶지 않다고. 그래서 작년에 고3 담임하면서 애들하고 많이 싸웠나 보더라. 대입에서 논술시험이나 적성시험 준비하는 애들 학원 가면서 진료확인서 발급받아 오는 거 원칙대로 처리하겠다고 하니까 학부모 민원도 많이 들어오고, 애들하고 사이도 나빴나 봐.

중빈 : 그건 서연우 선생이 옳은 거 아냐? 원리원칙을 지키라고 가르치는 게 왜 나쁜 선생이 되는 거야? 오히려 학교에서는 원리원칙 지켜야 하는 거 아냐? 어린애들한테 편법부터 가르치면 되겠어?

희정 : 그게 말처럼 쉽지가 않아. 우리 반 애는 지각하면서 경기도 이천에서 감기 진료 받았다고 진료확인서 가져왔더라. 감기에 걸렸는데 왕복 40킬로미터 떨어진 병원에 갔다는 게 말이 되냐? 그래도 교장이 질병지각 처리 해주라고 하더라. 민원 들어오는 거 싫다고. 수능 후 고3 질병지각, 조퇴, 결석은 99%가 거짓이라고 생각하면 돼.

중빈 : 원리원칙주의자라는 게 서연우 선생을 편들 이유가 돼? 솔직히 그런 동료 있으면 짜증나지 않아?

희정 : 당연히 내 동료면 짜증나지. 꼭 내가 원칙 안 지키는 나쁜 사람 되는 거 같잖아. 그런데 그런 원칙주의자가 뒤에서 몰래 일을 저질렀을까? 작년에 그렇게 업무과다로 힘들었는데도 참고 견뎠는데, 올해는 수업이 많긴 하지만 비담임에 업무도 가벼운 편인데, 이제 와서 새삼 일을 저질렀을까? 만약 교감한테 유감이 있었다면 작년에 국민신문고나 교육청에 민원을 넣었겠지. 원칙주의자니까.

"나도 네 여자 친구랑 비슷한 생각이야. 사이버범죄 수사팀에서도 이 정도 해킹 능력은 최상급이라고 하고. 일단 복제폰을 만들거나, 박나희 학생 가정 무선인터넷망에 접속하는 기술은 제쳐두고서라도 휴대폰이 위치추적에도 잡히지 않았어. 휴대폰 전원을 꺼도 위치추적은 가능해. 휴대폰 배터리까지 분리해야 위치추적이 되지 않는다는 걸 잘 알고 있는 거지. 일반적으로 교사가 접할수 있는 범죄 정보는 아니야."

휴대폰 음성 재생이 멈추자마자 민수가 먼저 입을 열었다. 어떻게든 연우가 용의자로 지목당하는 것은 용납할 수 없었다. 그 끔찍한 삶에 또 다른 무게를 얹고 싶지 않았다.

"그렇다고 못 접할 정도의 정보도 아니죠. 게다가 교감실 청소 담당교사가 바로 서연우 선생이에요. 충분히 의심할 만한 상황이라고요."

중빈은 뚫어지게 민수를 쳐다보았다. 민수는 그 눈빛을 피하려 파일을 뒤적였다.

"박나희에게 원한을 가진 학생 짓일 수도 있어. 교장 말로는 이번 사건으로 박나희가 그 학교 선생 딸인 게 알려져서 한국대 학교장 추천을 못 받을 수도 있다고 하더군. 학부모들이 매일 교장실에 항의하러 찾아온다고. 박나희가 한국대 학교장 추천을 받지 못

하면 2등인 학생이 받는다고 하는데, 그 아이도 조사해 보자고."

"글쎄요. 전교 2등이면 공부하느라 바쁜 아이일 텐데 이렇게 복잡한 범죄를 계획할 시간이 있었을까요? 차라리 박나희 엄마인 연구부장과 사이가 나빴던 교사일 가능성이 더 높아요. 직속상관을 좋아하는 사람은 없다는데 하필이면 서연우 선생은 연구부 교사이기도 해요. 어쨌든 연구부 교사들을 먼저 조사하는 게 좋겠어요."

"또 교사야? 왜 꼭 교사라고 생각하는데?"

"안곡북고 교직원 중에 범인이 있는 건 확실해요. 박나희는 첫 번째 SNS가 올라온 사실을 인지한 즉시 경찰서에 휴대폰을 제출하고 새 걸로 장만했는데 그 휴대폰도 며칠 만에 복제가 됐어요. 휴대폰 분실 후 워낙 주의했기 때문에 친구가 복제했을 가능성은 적어요. 안곡북고는 등교하자마자 휴대폰을 담임에게 제출하게 되어 있는데, 수거한 학생 휴대폰을 졸업생이 절도한 사건이 벌어지고 나서는 교무실 옆에 휴대폰만 모아두는 사무실을 따로 만들었어요. 그 사무실 디지털 번호 키를 아는 사람은 교직원밖에 없어요. 게다가 박성원 서랍 안에 복제폰을 넣었다면 교무실에 쉽게 출입할 수 있는 교사가 분명해요. 일단 사건으로 가장 피해를 본 사람은 교감이니까 최근 3년간 같이 근무한 교사들을 모두 살펴보죠."

민수는 더 이상 중빈을 설득하는 것을 포기했다. 결국 연우를 용의선상에 올려야 할 모양이었다.

"그렇게 낙담한 표정 짓지 말아요. 서연우 선생이 범인이라는 건 아니니까."

"뭐?"

"서연우 선생이랑 알고 지내던 사이 맞잖아요. 삼겹살집에서 반
말 쓰던데요?"

젠장. 술에 취해 방심했다. 하긴, 어차피 학력이야 공적인 사항
이니 속이는 게 더 의심스럽다.

"친구 동생이야. 초등학교 후배이기도 하고. 십 년도 넘게 연락
끊겼다가 이번 사건으로 만난 거야."

"첫사랑, 뭐 그런 거예요? 보는 눈빛이 아련하던데?"

아무 대답 하지 않으려 했다. 너무나 아파 잊고 싶은 첫사랑. 그
첫사랑 이후 처음으로 설레었다. 14년 만에 만났기에 떨리는 거라
생각했다. 여동생처럼 여겼기에 지켜주고 싶은 거라 착각했다. 하
지만 연우의 소주잔을 채워주다 스친 손끝은 다음 날까지도 간질
거렸다. 그 기분 좋은 얼얼함이 견딜 수 없이 그리웠다. 연우에 대
한 감정이 연민인지 사랑인지 민수도 혼란스러웠다.

초등학생 시절에도 연우는 대하기 어려운 아이였다. 어른의 눈
빛이라 처음 만난 순간에도 말을 놓기 조심스러웠던 아이, 연호
옆에 항상 붙어 있는 우울하고 조용한 아이, 어쩌다 가까이 다가
가면 소스라치게 놀라며 뒤로 물러서 항상 거리를 유지해야 했
던 아이가 연우였다. 그런 연우에게 설렌다는 것은 믿기 힘들었다.

"아니, 내 첫사랑은 다른 사람이야."

"정말이요? 누군데요?"

"있어. 이젠 없는 사람."

민수의 대답에 중빈은 어색하게 입을 닫았다. 아마 그 사람이 죽었다고 생각하는 모양이었다. 민수도 궁금했다. 과연 첫사랑이 잘 살아가고 있는지.

"사랑은 사랑으로 잊는다잖아요. 서연우 선생이랑 이제라도 잘 해 봐요. 선배도 완전히 맘이 없는 건 아닌 것 같던데? 얼굴도 예쁘고, 나이도 서른둘, 서른셋, 딱 좋네. 거기서 더 나이 들면 노총각, 노처녀 소리 들어요."

"뭐야?"

뒤통수를 갈기려 든 손을 붙잡은 중빈이 씩 바보 같은 미소를 지었다.

"한 대 때려 봐요. 서연우 선생 참고인 조사할 때마다 따라붙을 테니."

재빨리 내린 민수의 손을 보는 중빈의 시선이 불편했다. 언제나 생글생글 웃는 눈빛에 서렸던 장난기가 사라졌다. 입꼬리는 웃고 있었지만 눈빛은 날카롭고 진지했다. 낯선 눈빛을 피하며 긴장으로 뭉친 어깨를 주물렀다.

4-4. 연호, 2001년 4월 3일 화요일

사춘기의 연우는 언제나 아슬아슬했다. 어느 날은 지민을 안고 예쁘다며 물고 빨다가, 어느 날은 지민의 손길을 싸늘하게 내치고, 어느 날은 나 몰래 지민을 굶기기도 했다. 가끔은 연우가 지민을 보는 시선이 용걸과 너무 닮아 소름끼칠 때도 있었다. 어쩌다 내가 잔소리를 하면 나도 오빠 동생이야, 나도 아직 어리다고, 소리를 지르며 울음을 터뜨렸다. 그 격렬한 감정의 변화와 변덕이 사춘기의 당연한 현상 중 하나라고 생각했다. 나는 되도록 혼자서 지민을 보살피려고 노력했다.

다행히 지민은 유난히 순한 아이였다. 칭얼거리는 법도, 우는 일도 없었다. 육아에 서투른 내가 잠결에 뜨거운 분유를 그냥 줘도, 머리를 감기다 샴푸 거품이 눈이 들어가도, 당황하고 놀라서 어쩔 줄 몰라 하는 나를 달래듯 지민은 생글생글 웃어주었다. 그 방긋, 헤벌쭉 웃는 모습에 나는 가슴을 쓸어내리며 안심하곤 했다.

기분이 좋을 때면, 연우는 지민을 안고 기도처럼 말하곤 했다. "이 아이는 아픈 걸 몰랐으면 좋겠어, 오빠. 이 아이는 아무런 고통을 느끼지 못했으면 좋겠어. 매일 밤 빌어. 어차피 다쳐야 하는 게 세상이라면 상처에도 아프지 않게 해 달라고, 고통을 모를 정도로 강하게 만들어 달라고."

가끔은 억지로 내게도 기도를 강요했다. 나는 기도하지 않았다. 신의 존재는 항상 의문의 대상이었다. 존재한다는 증거도 없고, 존재하지 않는다는 증명도 불가능한 존재. 신의 존재를 인정한다고 해도 내게 잔인하고 냉정했던 신을 떠받들 수 있을 정도로 나는 너그럽지 못했다. 언제나 내 기도를 모른 척하던 신이었다. 차라리 내가 기도하지 않는 게 낫다고 생각했다. 신이 심술부릴까 두려웠다. 그렇게 간절히 지민이 고통을 모르고 자라길 바랐다.

지민의 두 돌을 하루 앞둔 날이었다. 용걸은 지민의 생일선물을 산다며 조퇴까지 하고 와서 연우를 데리고 백화점에 갔다. 난 쇼핑은 질색이었다. 연우가 함께 가자고 졸랐지만 지민을 핑계로 집에 남았다.

자정이 되어서야 연우는 용걸의 손을 잡은 채 집으로 돌아왔다. 연우가 입은 하얀색 프릴이 잔뜩 달린 원피스가 살랑거렸다. 예뻤지만 어딘가 어색했다. 연우는 새 옷이 불만스러운지 잔뜩 굳은 얼굴이었다. 연우는 중학교 교복 외에는 치마를 입지 않았다. 어쩌다 용걸이 하늘거리는 공주 원피스를 사 와 억지로 입히면 싫은 기색이 역력했다. 그래서 그 모습이 낯설다고 착각했다.

"연우랑 지민이랑 똑같은 옷으로 샀다. 여기 지민이 옷이다. 난 건상이가 술 마시는데 나오라고 난리라 잠깐 나갔다 올 테니까 문단속 잘 하고."

용걸은 쇼핑백을 건네고는 다시 집 밖으로 나섰다. 쇼핑백 안의 옷을 꺼내 보면서야 깨달았다. 이런 디자인의 옷을 입기에 연우는 이제 나이가 들었다. 왜소한 골격과 작은 키 때문에 사람들은 종종 연우를 초등학교 저학년으로 착각했다. 하지만 사춘기 특유의 감성 때문인지 우울, 절망, 체념……, 세상의 모든 부정적 감정이 가득한 연우의 눈빛은 죽어가는 노인네를 연상시켰다. 그 부조화스러운 모습을 놀리려는데 방에서 잠을 자던 지민이 깨서 밖으로 나왔다. 연우를 보고 반가워하면서 쪼르르 달려가 안기려는 지민을 연우가 확 밀쳤다. 쾅. 지난주에 카펫을 걷어낸 거실 마룻바닥에 미끄러진 지민은 그대로 뒤로 넘어갔다. 바닥에 대자로 뻗은 지민 대신 연우가 비명을 지르며 달려갔다. 당연히 울 거라 생각했던 아이는 아무렇지도 않게 일어나 연우의 품에 안겼다.

"미안해, 미안해. 내가 밖에서 더러운 게 묻어서 그랬어. 너까지 더럽혀질까 봐. 너 아프라고 그런 거 아냐. 정말 미안해. 우리 지민이는 착하기도 하지. 울지도 않고."

연우의 품에 안긴 지민은 방긋방긋 웃으며 애교를 부렸다. 그 웃음에 안심했다. 둘이 화해할 시간이 필요하다고 생각해 돌아서는 순간, 연우의 비명이 울렸다.

지민의 머리를 쓰다듬던 연우의 손이 피로 번질거렸다. 하지만 지민은 울지 않았다. 울지 않으니 어떻게 해야 할지 더 당황스러웠다. 지민의 목덜미를 타고 흘러내린 피는 이미 연우의 옷을 흥건히 적시고 마룻바닥에 웅덩이를 만들고 있었다. 그런데도 지민은 우리를 보며 생글생글 웃었다.

나는 티슈로 지민의 뒤통수를 꽉 눌렀다. 금세 티슈 한 통이 다 비었지만 피는 멈추지 않았다. 멈추기는커녕 부글부글 거품을 내며 쏟아져 나오는 속도가 빨라졌다. 우리 모두 피범벅이 되었는데도 지민은 당황해서 우왕좌왕하는 연우와 내가 장난을 친다고 생각하는지 방긋방긋 웃기만 했다. 지민 대신 우리가 울었다. 피범벅인 손으로 눈물을 훔쳐내자 세상이 온통 핏빛이었다. 무섭고 두려워 숨을 쉬기도 버거웠다.

"어떻게 해, 어떻게 해?"

덜덜 떨리는 손으로 지민의 머리에서 솟구치는 피를 막는 연우의 모습이 아직도 생생하다. 지민의 얼굴에 핏기가 가시고 입술이 파랗게 변했을 때야 나는 지민을 업고 달리기 시작했다. 너무 당황해 구급차를 부를 생각도 하지 못했다. 그저 무작정 지민을 업고 달렸다. 다행히 택시 기사는 지민의 피가 시트에 묻는 것도 아랑곳하지 않고 병원을 향해 전속력으로 달렸다. 응급실에 도착하자마자 의사들이 달려왔다. 피투성이 아이 둘과 갓난쟁이, 의료진들은 아무것도 요구하지 않고, 우리를 향해 달려왔다. 그 순간의 기억이 나를 버티게 하는 힘 중의 하나였다. 아무것도 묻지 않고 무조건 지민을 위해 달리던 사람들.

"이 아이는 아픔이나 고통을 몰라요. 다른 사람보다 통증을 느끼는 감각 수용기인 통점이 적은 데다 통각을 뇌에 전달해주는 부분이 망가졌어요. 선천적 무통각증이라고 하죠. 아픔을 느끼는 건 생존본능과도 관계가 있어요. 아픔을 느끼지 못하면 오히려 상처 입기 쉬워요. 상처를 입어도 고통스러운 줄 모르니까요. 뜨거워도 뜨거운 걸 몰라서 화상도 많이 입고, 어디가 부러져도 모르고 있다가 뼈가 어긋난 채 붙어버리는 경우도 많아요. 여름에는 열사병으로 겨울에는 동상으로 죽기도 하고, 배고픔을 느끼지 못해서 굶어죽는 경우도 있어요. 그래서 대부분 어릴 때 고열로 사망해요."

철없는 우리의 소원이 이루어졌을 때야 신이 얼마나 심술궂은지 깨달았다. 순진한 어린아이들이 빌었던 작은 소원의 대가를 신은 고스란히 받아냈다. 연락을 받고 달려온 용걸에게도 의료진은 협박 아닌 협박을 했다.

"요즘에는 관리를 잘하는 경우, 운 좋게 성인이 될 때까지 살기도 합니다. 성인 중 가장 많은 사망원인은 맹장염이에요. 아픔이 없으니 모르고 있다 맹장이 터져 내장이 전부 썩어서 죽어버리는 거죠. 그래서 세밀하고 지속적인 관리가 필수적이죠. 우리 병원에서 하고 있는 진통제 개발에 지민이의 병을 관찰하는 게 도움이 될 것 같습니다. 물론 지민이도 의학적 도움을 받을 수 있는 좋은 기회이고요. 허락해주시겠습니까?"

옆에서 듣고 있는 나는 거세게 고개를 저었다. 지민을 실험대상으로 던져줄 수는 없었다.

"그렇게 되면 사생활이 공개될 수밖에 없겠죠. 걱정 마세요. 병원비가 없어서 치료를 못하는 경우는 없을 테니까요."

'인류를 위한 신약개발'이라는 거창한 명분을 내세우는 의료진의 설득에도 용걸은 흔들리지 않았다. 자린고비였던 할아버지는 꽤 많은 재산과 토지를 용걸에게 물려주었다. 서울과 경기도의 경계선에 위치한 우리 동네의 대부분이 용걸의 땅이었다. 게다가 동네는 곧 재개발까지 될 예정이라 돈은 문제되지 않았다.

나와 연우는 미친 듯이 관련 자료를 뒤졌다. 겨우 중학생인 우리들이 이해하지 못하는 내용이 더 많았다. 그래도 최선을 다했다. 다행히 용걸은 암치료비가 아까워 할머니를 그냥 죽게 만들었다는 할아버지와 달리 돈을 쓰는 데 주저하지 않았다. 간호사 자격증이 있는 베이비시터를 고용한 뒤, 나는 미친 듯이 쇼핑을 했다. 매트리스와 쿠션, 가구 모서리 보호대, 서랍안전잠금장치, 팔찌 겸용 체온계, 손 싸개, 수십 종류의 온도계…… 지민의 물건이 쌓이는 만큼 불안감과 두려움도 쌓였다.

집 안은 언제나 24℃를 유지했고, 식사시간은 알람을 맞춰놓고 정확히 지켰다. 매일 건상의 병원에 가서 지민의 상태를 점검했다. 그 빡빡한 일상에도 매 순간 지민이 살아 있음에 감사했다. 지민의 병에 충격을 받아서인지 연우의 예측 불가능한 감정기복은 자취를 감추었다.

갑자기 불안과 초조가 몰려오는 순간이면, 난 집으로 달려와 텅 빈 지민의 방에 함께 갇혔다. 바닥은 물론 벽까지 푹신한 매트리스와 쿠션으로 가득한 방에서 지민을 안고 있으면 비로소 안심이 됐다.

하지만 그것도 지민이 자라기 전가지였다. 언제까지 가둬둘 수는 없었다. 나는 지민을 불쌍할 정도로 닦달했다. 다칠 만한 물건은 만지면 안 되고, 함부로 눈을 비비거나 몸을 긁어서도 안 되고, 피가 흐르면 즉시 어른에게 알려야 하며, 체온계의 숫자가 37이 되면 내게 전화를 해야 하고…… 조심해야 할 목록은 줄어들지 않았다. 그래도 지치지 않았다. 철저하게 교육시키기 위해 내 몸에 상처를 내어 보여주기도 했다. 자신의 상처에 무감한 지민은 벌어진 내 손목의 상처를 보고는 울음을 터뜨렸다. 손목에서 치솟는 피를 보는데도 무감각했다. 지민을 보호할 수 있다면 이까짓 상처쯤이야 아프지 않았다.

"약속할게, 오빠가 시키는 대로 할게, 그러니까 칼 내려놔."

수건을 가져와 피를 닦아주며 지민은 새끼손가락을 걸었다.

지민은 마치 육체의 통각점이 모두 마음에 박힌 아이처럼 타인의 고통에는 민감하게 반응했다. 난 괜찮아, 난 아픔을 모르는 천사거든, 그러니까 아픈 건 다 나한테 줘. 지민은 내가 컨디션이 좋지 않은 날이면 날 껴안고 속삭였다. 다음 날이면 멀쩡해진 나 대

146

신 지민이 감기에 걸려 열이 올랐다. 그렇게 지민은 타인의 고통과 아픔을 빨아들이면서도 누군가를 원망하지도, 운명에 좌절하지도 않고 살아내려 노력했다.

4-5. 연호, 2018년 4월 12일 목요일

내게 있어 지민은 순수하고 절대적인 선(善)이었다. 지민을 지키기 위해 난 살아남았다. 지민의 세상은 모든 행동이 제한된 폐쇄적인 공간이 전부였다. 그래도 지민은 언제나 동화처럼 아름다운 세상을 꿈꿨다. 그 꿈을 이루어주겠다고 맹세하며 나자르 본주를 매달았다. 그 순간을 민수가 지켜보았을 거라고는 상상조차 못 했다. 계획이 조금씩 어긋나고 있었다. 하지만 지민에게 한 약속은 지켜야 했다.

서민들은 교사를 꿈의 직업이라 말한다. 하지만 아니었다. 학연이나 지연을 들먹이면서 카르텔을 만들고, 횡포를 부려서 누군가의 삶을 무너뜨리고, 그렇게 권력에 희생당하는 사람들을 보면서도 자신의 안위를 위해 모른 척하고……. 꿈은 이미 더럽혀졌다.

휴대폰을 복제하는 것은 쉬웠다. 학교란 모든 인간이 모여 있는 곳이다. 현대사회에서는 위대한 지도자도 희대의 연쇄살인마도 학교를 거칠 수밖에 없었다. 작년 연우의 학급원이었던 도진은 반

아이들의 휴대폰을 복제해 불법도박을 하다 체포되어 소년원으로 송치되었다. 사건 당시 얼굴을 익혀 두었던 도진의 친구는 아무것도 묻지 않고 휴대폰 복제방법을 알려주었다. 세상에는 돈만 주면 뭐든지 다 하는 인간들이 널렸다.

모든 일이 계획대로 순조롭게 진행되고 있었다. 단 한 가지, 민수의 존재만 빼면. 민수는 어떻게든 연우에게 향하는 의심의 방향을 틀고 내 존재를 감추려 애쓸 테니, 오히려 도움이 될 수 있었다. 어차피 엉켜야 할 운명이라면 긍정적으로 생각하기로 했다. 민수와의 관계는 항상 일방적으로 나에게만 유리했다. 마음 한구석에서 피어오르는 민수에 대한 죄책감과 연민 따위는 무시했다. 이왕 악해지기로 마음먹었다면 철저한 악이 되기로 했다.

제5장

지옥

우리는 모두 악마를 품고 있기에 이 세상을 지옥으로 만든다.
- 오스카 와일드(소설가)

5-1. 연우, 2017년 7월 5일 수요일

1학기 기말고사가 끝난 다음 날이었다.

9시 종이 울리기 10분 전, 억지로 자율학습실에 앉아 있는 시늉을 하던 두 명마저 가방을 싸기 시작했다. 자율학습실 개방은 10시까지였지만 학생들이 모두 가면 한 시간 일찍 퇴근할 수 있었다. 무덥고 습한 날씨에 에어컨도 틀지 않고 있을 지민이 걱정이었다.

사채업체의 독촉 전화를 받고 난 뒤 지민은 생활비를 아끼느라 갖은 애를 썼다. 좋아하는 피자나 치킨도 시켜 먹지 않았고, 즐겨 보던 케이블 방송도 해지해 버렸다. 병원에서 인스턴트 음식을 금지했다고, 수능 전에 공부에 집중하고 싶다고, 어설픈 거짓말을 믿어주는 척하지 말았어야 했다. 결국 지난주 지민은 열사병으로 쓰러졌다.

"너 바보야? 이 더위에 에어컨도 안 틀고 있으면 어떻게 해? 그깟

전기세 몇 푼이나 한다고. 응급실 비용보다는 그게 훨씬 더 싸!"

지민은 아무런 변명도 하지 않았다. 무통각증은 일상이 전쟁이라고 말씀드렸잖아요, 주치의가 경고와 한탄이 섞인 말을 내뱉을 때야 아차 싶었다. 무통각증은 더위도 느끼지 못한다는 사실을 까맣게 잊고 있었다. 어린 시절, 집 안 온도는 24℃에서 오르내리지 않았다. 어쩌다 폭염주의보나 한파주의보로 기온이 변할 때면 집 안의 온도 조절 때문에 학교에도 가지 않을 정도로 주의했었다. 하지만 지민이 성장하고 나서는 알아서 조심했기에 잊고 있었다. 그렇게 중요한 사실을 잊어버렸는데도 단순한 건망증인 줄만 알았다.

출근할 때 켜놓은 에어컨은 퇴근하면 꺼져 있었다. 야단도 치고, 달래도 봤지만 지민의 고집도 만만치 않았다. 아니, 언젠가부터 연우의 당부 한마디에 지민이 오히려 걱정 섞인 잔소리를 퍼부었다.

"한 시간마다 알람 맞춰놓고 체온 재고 있어. 체온이 37도만 넘으면 켜지 말라고 해도 내가 에어컨 켤 테니까 걱정하지 마. 어차피 덥지도 않은데 에어컨 켜는 거 에너지 자원 낭비야. 언니나 야근 좀 그만하고 일찍 들어와. 이러다 과로로 쓰러지면 어떻게 해? 기말고사 문제 내느라고 며칠 밤샌 이후에도 제대로 쉬지를 못 했으니 몸이 회복이 안 되지. 이 여름에 감기가 말이 돼? 나 입원했을 때 옆 병상 아줌마가 뭐라고 했는지 알아? 내가 아니라 언니가 입원한 건 줄 알았대. 그 정도로 언니 상태 안 좋아 보여. 병가라도 쓰면 안 돼?"

연우도 병가를 쓰고 드러눕고 싶었다. 하지만 어떻게든 돈을 벌어야만 했다. 아픔을 느끼지 못하는 아이, 피곤해서 하루라도 체크하는 것을 잊은 날이면 지민은 상처로 가득했다. 고통을 느끼지 못하는 아이, 지민은 언제나 최악의 순간에 병원에 가야 했다. 그렇게 반복되는 입원과 퇴원에 꽤 많았던 용걸의 재산과 보험금은 순식간에 바닥을 드러냈다. 교원공제회, 각종 은행, 제2금융권, 사채, 내려갈 수 있는 곳까지 내려가야 했다. 겨우 대출금을 갚으면 또다시 지민이 입원했다. 이제는 간병인을 쓸 여유조차 없어 지민을 홀로 병원에 남겨두고 학교로 출근해야만 했다.

자본주의 사회에서 가난은 불행의 필요충분조건이었다. 한 번도 쉰 적이 없는데 구질구질한 가난의 구렁텅이는 연우를 끌어당기기만 했다. 돈으로 행복을 살 순 없지만 돈으로 불행에서 빠져나갈 수는 있었다. 가끔은 이 끔찍하고 간절한 노력을 멈추고 싶었다.

지민은 항상 환하게 웃으며 연우의 출근길을 배웅했다. 언젠가부터 그 웃음을 보면 도망가고 싶었다. 왜 그 웃음에 매달려 이런 고통을 당해야 하는지 알 수 없었다. 정작 지민은 고통조차 모르는데.

자습실 뒷정리를 하고 나오는데 어두운 복도에서 윤주가 불쑥 튀어나왔다. 지각, 조퇴, 결석, 수단과 방법을 가리지 않고 학교에 두 시간 이상 머물지 않는 3공주 무리 중 하나였다. 유림, 승현과 함께 점심시간이 끝난 뒤 조퇴했던 윤주의 얼굴을 보자마자 한숨부터 나왔다. 이 시간에 학교에 다시 왔다면 뭔가 일이 생겼다는 뜻이었다. 악운과 불운이 모두 몰아닥치려는지 학급원들의 말썽이 끊이지 않았다. 1999년생, 세기말에 태어난 아이들은 연우의 인생에 혼란과 불안만을 몰고 왔다.

윤주는 푹푹 찌는 복도 구석에서 한 시간이나 기다렸다며 투덜거렸다. 연우는 윤주에게 차가운 얼음물을 건네며 자리에 앉았다. 벌컥벌컥 물을 들이켜는 윤주에게서는 희미하게 술 냄새가 났다. 연우는 차가운 얼음물을 들이켰다. 그래도 답답한 가슴은 뚫리지 않았다. 입안의 얼음을 와드득 씹으며 윤주가 입을 열 때까지 기다렸다.

"꼭 비밀 지켜주실 거죠?"

고개를 저으면 달라질까? 차라리 윤주가 아무 말도 꺼내지 않았으면 했다. 모르면 마음이 편하니까. 10시에 가까운 시간이었지만 30도가 넘는 더위에 짜증만 치밀어 올랐다. 교무실 에어컨을 켤 생각은 하지도 못했다. 그저 지민이 걱정이었다. 조금이라도 빨리 집에 가고 싶었다. 윤주가 닫힌 교무실 문을 살피며 몇 번이나 물어도 머릿속엔 지민이 생각뿐이었다. 그래, 그래, 비밀 지켜줄게. 와드득 얼음을 씹으며 건성으로 대답했다. 몇 번이나 다짐을 하면서 짜증이 치솟아 넘쳐나기 직전, 윤주는 입을 열었다.

"유림이 아무래도 임신한 것 같아요."

"또?"

짜증이 폭발하며 연우를 집어삼켰다.

5-2. 연우, 2017년 7월 6일 목요일

유림은 언제나 그랬듯, 4교시 중간쯤 학교에 왔다. 점심시간이 끝날 무렵 반장인 형주의 손에 이끌려 교무실에 온 유림에게서는 담배 냄새가 짙게 풍겼다. 단추가 벌어질 정도로 작게 줄인 블라우스와 걸을 때마다 속옷이 보일 듯 말 듯 아슬아슬한 교복 치마 대신 남색 체육복 바지에 박스티셔츠 차림이었다. 기말고사 문제 오류로 재시험을 3번이나 치르는 바람에 성적처리업무가 폭주해 유림의 옷차림이 달라졌다는 것도 눈치채지 못하고 있었다.

"오라고 했다면서요?"

치켜뜬 눈으로 묻는 아이에게 다가오라 손짓했다. 두꺼운 아이라이너를 그린 눈이 찌푸려지고 새빨간 틴트를 칠한 입이 비죽인다. 유림은 먼발치에서 되물었다.

"왜요?"

연우는 일어서 유림에게 다가갔다. 유림이 뒷걸음쳤다. 연우는 유림의 어깨를 재빨리 붙잡는 동시에 배에 손을 댔다.

"아이, 씨팔. 뭐 하는 거예요?"

순식간에 연우의 팔을 밀어내며 유림이 소리를 질렀다. 거친 욕설과는 달리 뒤로 물러선 유림의 시선은 연우를 비켜갔다.

"따라와. 상담실에 가서 얘기하자."

"아이, 씨팔. 재수가 없으려니까. 지가 선생이면 다야? 내가 경찰서에 아동폭력으로 신고할 거야. 씨팔."

씨팔, 씨팔, 유림의 욕설이 연우의 뒤를 따랐다. 요즘은 욕설 따위로 야단치면 선생만 우스워지는 세상이었다. 아이들 대화에 욕설은 추임새에 불과했다. 지금은 그저 '임신'이라는 당면한 문제를 해결하는 것이 급할 뿐이었다.

학기 초, 유림은 3시간이나 상담을 하고 나서야 임신했다는 것을 인정했다. 같은 일을 반복하기에 연우는 많이 지쳐 있었다.

"이번에도 엄마한테 전화하면 당장 학교 옥상에서 뛰어내릴 거예요. 선생님도 그렇게 골치 아픈 건 싫죠? 이번 주 내에 해결할 테니까 걱정 마세요."

상담실 문을 닫자마자 앉지도 않고 유림이 쏘아붙였다. 연우가 고개를 끄덕이자마자 유림은 문이 부서져라 닫으며 나가버렸다. 붙잡지 않았다. 궁금한 것도 없었다. 이번에도 원조교제를 하다가 임신한 모양이었다.

5-3. 연우, 2017년 7월 7일 금요일

종례가 끝날 때까지 기다렸지만 유림은 결국 학교에 나오지 않았다. 전화를 받은 유림 어머니는 한숨부터 내쉬었다.

"제가 지금 교회 자선행사 때문에 밖에 나와 있거든요. 새벽 기도 나올 때 분명히 학교 가라고 깨우고 나왔는데, 요즘도 우리 유림이 학교에 자주 늦나요?"

유림은 단 한 번도 제시간에 등교하지 않았고, 연우는 단 한 번도 확인전화를 하지 않은 적이 없었다. 유림 어머니는 현대기술을 유용하게 사용할 줄 아는 사람이었다. 연우의 휴대폰, 교무실 번호는 모두 자동으로 수신 거부되었다. 오늘도 연우가 다른 선생님의 휴대전화를 빌렸기에 가능한 통화였다.

"이렇게 열심히 기도를 하는데, 아니지, 예수님께서는 우리를 위해 십자가에 못 박히셨는데 이런 불평을 하는 것도 우습지만, 정말 힘드네요. 선생님도 많이 힘드시죠? 선생님도 교회 다니신다고 했었나요?"

시간대를 바꾸고, 또 다른 휴대폰을 빌려도 유림 어머니와의 대화는 쳇바퀴 돌듯 똑같았다. 쳇바퀴는 뱅뱅 돌아 '교회를 다니셔야 해요. 그러지 않으면 지옥에 갑니다.'라는 결승점으로 향했다. 유림의 말에 의하면 그 교회는 이단으로 자주 뉴스에 나오는 광신도 집단이었다.

"한 번만 더 말썽 부리면 또 필리핀에 있는 교회에 보내겠대요. 말만 교회지, 완전 사이비 광신도들만 모아 놓은 데라고요. 거기 가면 퇴마의식을 한답시고 하루 종일 굶기고 때린단 말이에요."

유림은 학기 초에 임신 사실을 들켰을 때, 울면서 애원했었다. 그때 끝내 어머니에게 알렸던 일이 마음에 걸렸다. 그래, 이번에는 사흘만 시간을 주자, 라고 생각하며 전화를 끊었다. 그리고 다음 날 새벽, 유림 어머니는 처음으로 먼저 전화를 걸어왔다. 부드럽게 설교하던 목소리는 날카롭게 떨렸다.

"지금 안곡 한국대 병원에 입원해 있어요. 누구한테 맞았는지, 아니면 치고받고 싸운 건지, 도통 입을 열지 않아요. 경찰 부르면 당장 뛰어내려서 죽어버리겠다고 하는데, 다친 애 붙잡고 캐묻는 것도 못할 짓이고……. 그래도 이대로 넘어갈 수는 없어요. 분명히 학교 애들과 싸웠을 텐데 도대체 선생님은 우리 애가 이렇게 맞을 때까지 뭐 하셨어요? 일단 아이가 워낙 충격을 받은 상태니까 자세한 사정을 듣지는 못했지만, 학교폭력이라면 담임선생님이 제일 책임이 큰 거 아시죠? 이제껏 우리 유림이 보살펴주신 것 때문에라도 일 크게 만들고 싶지는 않아요. 그러니까 유림이 출석이나 신경 써 주세요. 수업일수 모자라서 또 유급당하면 진짜 곤란하니까. 무슨 뜻인지 잘 이해하셨죠?"

전화를 끊자마자 달려간 병실은 유림 어머니의 교회 신도들로 북적였다. 손을 잡고 유림의 침상 주위를 둘러싼 채 찬송가를 부르는 모습이 낯설어 연우는 멈칫했다. 선생님, 유림 어머니의 말에 사람들의 시선이 몰렸다.

"벌써 새벽예배 시간이라 우린 이제 가야겠네. 저녁에 또 올게."

"그래도 기도는 하고 가야지."

웅성이던 손님들은 유림의 회복을 비는 기도를 한 뒤 병실 밖으로 나섰다. 손님을 배웅하겠다며 유림 어머니까지 나가자 1인실인 병실은 금세 고요해졌다.

유림의 상태는 생각보다 나빠 보이지 않았다. 오른쪽 눈에 멍이 들었고 왼쪽 팔에 깁스를 하고 있는 게 보이는 전부였다. 아파서 누워 있으면서도 짙은 화장은 여전했다. 두꺼운 화장 때문에 상처가 보이지 않을 수도 있었다.

"얼마나 다친 거야? 패싸움이라도 했어?"

순간 나온 말에 연우 자신이 더 놀랐다. 이해할 수 없는 가치관을 가진 학생이라 해도, 용납할 수 없는 행동을 하는 학생이라 해도 연우의 학급원이었다. 이러면 안 되지, 라고 자신을 달래며 살가운 목소리를 내기 위해 헛기침을 했다.

"미안. 선생님도 너무 놀라서."

"제가 출석일수 모자라서 유급된 거지, 바보라서 유급된 건 줄아세요? 거짓말도 적당히 해야지. 미안하긴 뭐가 미안해, 그냥 짜증났겠지."

"아무리 그래도 사람이 다쳤는데 짜증났겠니? 혹시 교통사고였니?"

그나마 무난한 가능성을 제시했다. 유림 어머니의 말대로 학교폭력일 가능성이 높았다. 유림이 가해자일 가능성은 더 높았다. 학교폭력의 징계 종류는 서면사과, 봉사활동, 특별교육이수, 출석정지 등으로 다양했다. 여러 번의 학교폭력 사건을 일으킬수록 그 처벌 수위가 높아지는데 유림은 마지막 단계인 강제전학만을 남겨두고 있었다. 여름방학이 코앞이었다. 이제 졸업을 한 학기 남겨두고 강제전학을 시키는 것은 맘에 걸렸다. 그래서 연우는 일부러 '교통사고'를 언급했다. 그저 유림이 교통사고라고 인정만 하면 모른 척하고 싶었다. 하지만 유림은 씩씩대며 연우를 노려보기만 했다.

"교통사고가 아니면 길 가다 넘어졌니?"

또 다른 변명을 제시하자 유림이 피식 비웃었다. 닫힌 문을 몇 번이나 확인한 뒤, 유림이 이를 갈며 내뱉었다.

"김형주, 나기훈, 정진태, 김지열, 민동규, 진태현."

모두 연우네 반 남학생들이었다. 유림과는 달리 모범적인 아이들.

"걔들이 왜?"

"그 새끼들이 팼어요."

믿기 힘들었다.

"왜?"

"그 새끼들 중 누구 하나 애새끼니까요."

머릿속이 하얗게 변했다. 일단 유림 어머니에게 문자 메시지를 보내, 병실에서 상담을 하는 동안 들어오지 말라고 부탁했다. 마침 예배 시간이라고, 상담이 끝나면 연락 달라는 답장이 왔다. 알겠다고, 고맙다고, 답장을 두드리는 손가락이 덜덜 떨렸다. 어떻게 해서는 유림의 이야기를 피하고 싶었다. 하지만 유림은 한풀이라도 하듯 숨도 제대로 쉬지 않고 두서없이 말을 쏟아냈다.

"너무 더운데 돈도 없고 집에 가기는 싫고, 그날따라 윤주도 승현이도 학교에 안 나오고, 말썽 부리면 또 필리핀에 있는 기도원에 보내버린다고 엄마가 하도 난리쳐서 조퇴도 못 하고 종례까지 학교 있었던 김에, 저녁급식 먹고 자율학습실에서 엎드려 잤어요. 야간자율학습 끝나는 것도 모르고 잤는데 형주가 깨워서야 일어났어요. 그래서 같이 나왔는데 형주 그 개새끼가 더운데 맥주 당기지 않느냐고 묻더라고요. 좋다고 했죠. 공짜 술을 누가 마다하겠어요? 형주 그 개새끼가 전교 일등입네 하고 잘난 척하면서도 은근슬쩍 저한테 수작 걸곤 했었거든요. 형주랑 기훈이랑 같이 탄천에서 마시다가 지나가는 사람들이 하도 힐끔거리기에 학교로 왔어요. 본관에 있는 숙직 할아버지 숙소에서 최대한 먼 한빛관 뒤로 가는 동안에도 형주 새끼는 계속 저한테 집적댔어요. 기훈이 새끼가 소주 몇 병 더 사 오면서 다른 애들도 불렀다기에 그러려니 했어요. 어차피 다 같은 반 애들이고, 무슨 일 생길 거라곤 상상도 못 했어요. 다 얌전한 좀생이들이잖아요. 씨팔, 다 같이 소주 한 10병 마셨나, 형주 새끼가 취했는지 자꾸 허벅지를 주무르기에 쌍욕을 했는데…… 씨팔, 개새끼들이 평소에는 내가 욕하면 눈도 못 마주치는 주제에……. 씨팔, 순식간이었어요, 형주 그 새끼가 날 억지로 타고 오른 건. 씨팔, 처음에는 놀라서 어, 버벅거리던 다른 새끼들이 어느 순간 낄낄거리면서 바로 옆에 와서 뚫어져라 구경하고 있었어요. 씨팔, 그나마 술에 덜 취한 거 같은 기훈이 새끼한테 도와달라고 소리 질렀는데, 형주 새끼가 제 입을 막더라고요. 망설이던 기훈이 새끼가 그걸 보고는 고개를 돌리더라고요. 개새끼들, 씨팔, 씨팔. 기훈이 새끼가 마지막이었어요. 다들 나한테 싸재끼고는 널브러져 있다가 한참 후에야 깨서는, 어디가서 말하면 죽여 버린다고, 네 말 따윈 아무도 안 믿어준다고, 원조교제하다가 임신해서 애 뗀 년 말을 누가 믿어주겠냐고, 호주머니 털어서 있는 돈 다 던져놓고는 도망가버리더라고요. 재수 없었다고 생각하고 잊어버리자, 원조교제나 조건만남 했다고 생각하자, 그러려고 했어요. 개새끼들 말처럼 강간당했다고 해도 누가 믿어줄 거 같지도 않고. 그런데……."

임신했겠지, 연우는 속으로 중얼거렸다. 공포는 배란을 촉진해 임신율을 높인다. 그래서 성폭행을 당한 여성의 임신율은 월등히 높다. 영장류 집단에서는 새로운 지배자가 암컷과 교미하기 전에 그 암컷의 어린 새끼들을 죽인다. 무리 중 자신의 새끼가 많아질 수록 지배자의 권력이 강해지기 때문에 암컷에게 공포심을 심어

줘 자신의 새끼를 임신할 확률을 높이기 위해서다.

"그저 수술비용만 달라고 형주 새끼한테 말했어요. 일단 형주 새끼가 제일 먼저 시작하기도 했고, 아버지는 한국대 의대 교수고, 어머니도 매번 명품으로 도배하고 학교 오는 거 보면 그 정도는 쉽게 줄 거 같아서. 순순히 돈 준다고 해서 그런 줄 알았어요. 다른 사람들이 보면 안 되니까 안곡산 밑으로 오라고 해서 나갔는데, 나머지 새끼들이 덮치더라고요. 산으로 끌려가서 나무에 거꾸로 매달린 채 다섯 시간 동안 맞았어요. 병신 새끼들이 미친 듯이 배를 갈겨 차더라고요. 뭐 하러 수술비용 들이느냐고, 진료 기록도 안 남게 자기들이 알아서 해주겠다고. 내가 신고하겠다고 했더니 개새끼들이 뭐라는 줄 알아요? 아무도 내 말 안 믿어줄 거래요. 자기들은 전부 공부 잘하는 모범생이고 난 집에서도 내놓은 자식이라고…… 씨팔, 한참을 기절해 있다가 혼자서 응급실 왔어요. 씨팔, 의사는 이제 다시는 아기 가지지 못 할 거라고 하는데 엄마는 들은 척도 안 했어요. 아니다, 아버지, 죄를 용서하소서, 하면서 기도했나? 씨팔, 어쩌다 임신했냐 묻지도 않아요. 엄마라는 인간이 그런데 누가 내 얘기를 믿어주겠어요? 선생님도 내 말 안 믿죠?"

맞아. 믿기지 않아. 믿고 싶지 않아. 그래서 연우는 듣고만 있었다. 중간중간 말이 끊기는 순간에도 끼어들지 않았다. 순간순간 생각했다. 왜 나에게만 이런 일이 일어나나? 듣고 싶지 않았다. 그저 유림이 원망스러웠다. 왜 하필 나에게 이런 얘기를 털어놓는 거야? 네 엄마는? 네가 죽고 못 사는 친구인 윤주나 승현이는? 왜 하필 나야? 왜 내게만 털어놓는 거야?

"엄마가 죽어라 매달리는 목사 나부랭이는 꼴도 보기 싫고, 윤주나 승현이한테 말하면 복수한다 어쩐다 난리칠 거 뻔하고, 재수 없게 소문나는 것도 쪽팔리고, 그냥 누구한테든 털어놓고 싶었어요. 그래도 꾹 참고 조용히 있었어요. 그런데 이젠 안 되겠어요. 그 개새끼들 전부 다 벌 받는 꼴 꼭 봐야겠어요. 선생님이 책임지고 그 새끼들 벌 받게 해주세요."

어떻게 하라고? 나보고 어쩌라고? 분하고 억울했다. 짜증과 화가 치솟았다. 1학기 내내 연우는 온갖 나쁘고 악한 감정과 어이없는 짜증을 받아내는 쓰레기통이었다. 34명의 고3 아이들은 학업 스트레스로 생긴 분노와 좌절을 연우에게 퍼부었다. 이제는 더 이상 버틸 힘이 없었다. 왜 자신에게만 이런 일이 생기는지 누군가에게 따지고 싶었다. 모른 척 체념하고 싶었다. 하지만 무관심과 냉대로 상처 입었던 과거가 연우의 발목을 잡았다.

5-4. 연우, 2017년 7월 10일 월요일

연우는 교장의 시선을 피하며 유림에 관한 이야기를 꺼냈다. 교감까지 와서 들어야 하는 심각한 얘기냐며 되물었던 교장은 연우가 말하는 내내 짜증 섞인 한숨만 쉬었다. 이야기가 길어질수록 교장의 얼굴이 일그러졌다.

"정유림? 이름이 익숙한데? 학교폭력위원회에 몇 번이나 가해자로 올라왔던 애잖아. 게다가 3월에 임신했다고, 6개월이 넘어서 낙태하기 힘들다고 태아 뼈 녹이는 주사까지 맞고 수술한 애, 걔 맞지?"

약속이 있다며 빨리 끝내라고 닦달했던 교감은 자신이 몰랐던 이야기가 나오자마자 짜증을 내며 잔소리를 퍼붓기 시작했다. 도대체 학생 관리를 어떻게 했기에, 로 시작한 잔소리의 결론은 모든 게 연우 탓이라는 거였다. 연우는 대답하지 않았다. 교감이 화를 내는 이유는 뻔했다. 학생의 징계사안을 교감을 거치지 않고 교장에게 직접 보고해 일처리를 한 괘씸죄였다. 남자인 교감보다는 여자인 교장에게 임신에 관한 말을 꺼내기가 쉬워서였고, 학교 명예 실추를 염려한 교장이 조용히 넘어가자고 결정했다. 하지만 교감은 연우의 변명 따위는 무시했다. 그렇게 건방지게 교칙과 절차를 무시하고 마음대로 일처리를 하니 이런 사단이 벌어진 게 아니냐는 교감의 잔소리를 끊으며 교장이 입을 열었다.

"한 번 유급당한 애라 이번에는 졸업할 수 있게 봐달라고 해서 모르는 척 넘어가줬더니 초등학교 옆에서 삥 뜯다가 걸린 애 맞지? 초등학생 부모와도 합의 보고, 워낙 큰일 겪어서 제정신이 아니라고 봐달라고 해서, 학교 평판도 걸리고 어차피 눈감아주기로 한 거 봐줬더니, 뭐가 어쩌고 어째? 그때 임신한 것도 성매매하다 그랬다고 소문났었잖아! 그런 년이 무슨 성폭행을 당했다고 지랄이야? 그걸 믿어? 서 선생 너, 바보야?"

미술 전공이라 성대가 혹사당하지 않아서인지 교사치고는 꽤 높은 교장의 음정이 파르르 떨렸다.

3월, 유림이 중절수술을 받고 퇴원한 지 한 시간도 지나지 않아 발생한 사건이었다. 후미진 골목길에서, 유림은 지나가던 초등학생을 붙잡아 돈을 요구했다. 돈이 없다는 아이에게는 피우던 담배를 가래를 뱉어 끄고는 삼키라고 시켰다. 겨우 가래 묻은 담배를 입에 한 번 넣었다 뺀 초등학생은 구역질을 하며 도망쳤다. 담배 냄새 가득한 입을 다물지 못하고 울어대며 집에 돌아온 아이를 본 엄마는 당장 경찰을 대동하고 골목길로 향했다. 유림은 또 다른 초등학생의 돈을 빼앗는 현장에서 연행되었다. 저녁 8시, 안곡경찰서에 걸려온 전화를 받던 순간을 연우도 생생하게 기억하고 있었다. 하지만 그렇다고 해서 이번 일을 모른 척할 순 없었다.

"하지만 유림이 말로는……."

교장이 피식 웃으며 말을 막고 나섰다.

"반 애들 여섯 명이 강간을 했다고? 그럼 당했을 때는 왜 가만히 있었대? 가만히 있다가 이제야 왜 난리야?"

"그 아이들이 임신한 유림이를 나무에 거꾸로 매달아 놓고 폭행까지 하는 바람에 도저히 참을 수 없었답니다. 들은 이상 저도 제가 할 일을 하는 게 맞는다고 생각했습니다. 아무리 유림이 평소 행실이 불량했다고 해도……."

"입 닥쳐라. 어디서 훈계질이야? 내가 그냥 교장 된 줄 알아? 나도 이 일, 저 일, 별의별 일 겪으면서 여기까지 왔어. 딱 보면 몰라? 그년이 어디서 또 몸뚱이 험하게 굴리다 임신하고서는 겁나니까 괜히 멀쩡한 애들 물고 늘어지는 거잖아! 그 여섯 명 학부모 중 학교운영위원회 위원이 두 명이야. 한 명은 학년 대표고."

한국대 의대 교수, 유명 로펌 대표, 재벌 방계 대기업 임원……. 술집을 운영하면서 사이비 교회에 다니는 유림의 어머니와는 사회적 지위가 달랐다. 교감이 당연하다는 듯 교장의 편을 들고 나섰다.

"게다가 걔들은 공부도 잘해. 전부 한국대 가능성 있는 애들이라고. 내가 공부 잘하고, 부잣집 애들이라고 편드는 거 같아? 걔들 단 한 번이라도 교칙 어겨서 걸린 적 있어? 지각 한 번 한 적 없고, 교복 깔끔하게 입고, 수업 시간에도 당연히 열심히 하겠지. 선도부 아니면 학생자치부에 학교생활도 열심히 하는 아이들이야. 형주는 게다가 반장에 전교 회장이잖아. 나 볼 때마다 90도로 인사하는 애들이야. 다른 선생들이 이 얘기 들으면 어떻게 반응할 거 같아?"

모르겠다. 연우는 자신이 말할 틈도 없이 다다다다 쏟아지는 교장과 교감의 말에 정신이 아득해졌다. 주말 내내 고민하느라 2시간도 자지 못했다. 노려보는 교감의 시선을 피해 고개를 드는데 종이 울렸다. 그새 5교시가 끝나 있었다. 월요일, 7시간의 수업 일정 중 연우의 유일한 공강 시간이었다.

"내 말 무슨 뜻인지 알아들었지?"

"저, 다음 시간에 수업이 있어서요."

"대답 안 해?"

"일단 수업 준비하러 가보겠습니다."

연우는 고개를 꾸벅하고 교장실을 나섰다. 쯧쯧, 말귀를 못 알아들어, 저렇게 고지식하고 융통성이 없어서야, 교장의 투덜대는 소리가 연우의 뒤로 바짝 따라왔다.

생각하고 또 생각했다. 유림이 입원해 있는 동안에도 성폭행범으로 지목된 학생들은 아무렇지도 않게 주말자율학습을 하러 학교에 나왔다. 아침 8시 자습에도 지각 한 번 하지 않고 열심히 공부하는 학생들이었다. 제일 먼저 범행을 벌였다는 형주는 언제나처럼 나서서 교사들의 일을 도왔다. 무거운 짐을 들고 가는 교사가 있으면 달려가 대신 들어주고, 얼굴 한 번 찌푸리지 않고 교사들의 심부름을 했다. 사흘간 제대로 잠들지 못한 연우가 멍한 채로 있다가 수업에 늦었을 때, 학생들을 조용히 자습시키고 있던 사람도 형주였다. 한국대 의대 교수 아버지를 둔 형주는 모든 것을 간섭하고 통제하는 부모 밑에서도 바르게 자란 특이한 케이스라고 생각했었다. 기특하기도 하고 대단해 보이기도 했었다. 하지만 아니었다. 형주는 속에서 썩어 들어가고 있었던 것이다.

"선생님 요즘 너무 까칠해 보이세요. 그냥 오늘은 제가 청소시키고 문 잠글 테니까 쉬시는 게 어때요?"

종례 전, 형주는 먼저 다가와 물었다. 연우 대신 옆자리의 교사가 방긋 웃으며 끼어들었다.

"역시 우리 형주는 뭐가 달라도 달라. 어쩌면 저렇게 배려심이 깊을까? 너 같은 애가 의사가 되면 얼마나 환자들을 위할까? 진짜 한국대 의대 교수들이 눈이 삐지 않은 이상 넌 붙여줄 거다. 그렇지, 서 선생?"

대답하지 않았다. 언젠가부터 세상은 모호하고 흐릿해졌다. 선명하게 드러나는 동화 속 선악 따위는 존재하지 않았다. 연우에게 나쁜 짓을 저지른 인간이 다른 누군가에게는 죽도록 사랑하는 이였고, 다른 이에게 악한 짓을 저지른 인간이 연우에게는 은인이 되기도 했다. 그 불분명함이 언제나 연우를 망설이게 만들었다. 바쁜 와중에도 열심히 생각했다. 무엇이 옳은 걸까? 잠도 자지 않은 채 고민했다. 무엇이 아이들을 위해 가장 좋은 길일까? 하지만 오랜 시간 고민한다고 해서 판단이 달라지지는 않을 거라는 확신이 들었다.

선과 악의 가장 큰 차이점은 한계와 전염력이다. 선은 제한된 범위에서 지루하고 답답할 정도로 느리게 전파되는데, 악은 한계를 모르고 기하급수적으로 악을 재생산한다. 형주 무리가 그랬던 것처럼 여러 명이 모이면 잠재되어 있던 악은 팽창해 폭발한다. 판단력은 흐려지고, 죄책감은 뭉개진다. 현실에서는 권선징악 따위는 이루어지지 않는다. 그래서 선은 언제나 악에게 순식간에 잡아먹힌다. 동화 속에서나 존재하는 게 권선징악이다. 어린아이들이나 믿을 수 있는 이야기이니까. 물론 예외는 있다. 그래서 선이 악을 이길 때를, 그 드물고 보기 힘든 순간을 우리는 기적이라 부른다. 평생을 살면서도 보지 못할 가능성이 높은 순간, 눈앞에서 보고도 믿지 못할 동화가 현실이 되는 순간 말이다. 그 동화를 연우가 망칠 수는 없었다. 지민이 살아갈 세상이었다.

지민이 살아가야 하는 세상이 좀 더 아름다워지길 바랐다. 엉뚱한 행운보다는 노력하는 사람들이 성공하고, 타인의 어려움과 고통을 자신의 위안으로 삼기보다는 진심으로 같이 아파할 줄 아는 사람들이 행복한, 그렇게 아름다운 세상이 되길 바랐다. 그래서 연우는 모른 척할 수 없었다.

5-5. 연우. 2017년 7월 11일 화요일

강한 자에 맞서려면 더 강하게 나가는 수밖에 없었다. 연우는 최후의 수단을 꺼냈다.

"교장 선생님, 그냥 방송국에다 얘기해 볼까요? 객관적인 입장에서 지금 어떻게 해야 맞는 건지?"

말뿐인 협박이었다. 지민이 방송에 노출될 가능성은 1%도 용납할 수 없었다.

"뭐가 어쩌고 어째?"

"교장 선생님 말씀은 가슴을 반쯤 드러내놓고 짧은 치마를 입었다고 강간당할 만했다는 것과 똑같습니다. 저도 유림이 좋아하지 않아요. 어떻게 좋겠어요? 매일 학생부에 복장불량, 과도한 화장 등으로 지적받아서 선도위원회에 회부되고, 학급 여학생 왕따 시켜서 학교폭력위원회 회부되고, 수업시간에 화장하지 말라고 하는 선생님한테 미친년이라고 욕하면서 의자 집어던져서 교권침해위원회에 회부되고……. 저도 지쳤습니다. 저도 정말 유림이가 싫어요. 하지만 그렇다고 해서 유림이가 당한 성폭행을 모른 척하는건 제 교사 윤리에 어긋난다는 생각이 들었을 뿐입니다."

"우리 탁 까놓고 얘기해 보자. 서 선생 말이 맞는다고 치자고. 그여자애가 자율학습시간 끝나고 남자애들한테 끌려가서 한빛관 뒤에서 강간을 당했다고, 그러다 임신을 했다고, 그게 맞는다고 인정해 보자고. 서 선생이 원하는 대로 이 일 공론화시키면 서 선생한테 뭐가 좋아? 학교에서 벌어진 일이야. 게다가 대중들이 달려들어 물어뜯기 딱 좋은 성폭력 사건이야. 언론은 미친 듯이 달려들 테고, 사람들은 흥분해서 날뛰겠지. 그래서? 유림이는 대중의 호기심에, 언론의 추적에, 신상 다 까발려질 테고. 서 선생은 괜찮을거 같아? 학교 밖에서 벌어진 일도 담임 물고 늘어지는 판에 이번일은 학교 안에서 벌어진 거잖아. 학교 안에서 벌어진 일은 무조건 담임 책임인 거 알지? 그리고 재판해봤자, 아직 어린애들이야. 게다가 유림이가 애들한테 돈도 받았다며? 이런 경우에는 무조건 집행유예야. 기훈이 아버지가 대법원 판사 출신 로펌 대표야. 유림이가 순진한 애들 꼬드겨서 성매매하고서는 협박해서 합의금까지 받아 챙기려고 한다고 난리더군. 무고, 협박으로 맞고소하겠다고 하더라. 태현 어머니의 큰아버지가 HK그룹 회장인 거 알지? 오늘 아침에 HK그룹 법무팀장이라는 사람까지 찾아왔어. 학교에서 학생 관리를 제대로 못 해서 태현이 입시에 방해가 되었다면서 학교에도 책임을 묻겠다고 딱 잘라 말하더라. 기훈이네 아버지도 그렇고, 형주네 어머니도 그렇고, 모두들 아직까지는 조용하지만 언제까지 조용할 거 같은데? 막말로 진짜 일 커지면 서 선생이 자기 아이 누명 씌운다고 물고 늘어질 거라고. 게다가 유림이 걔 취미가 한 달에 한 명 찍어서 괴롭히는 거라며. 작년에만 열두 달, 열두 명이고 올해도 대여섯은 되겠지. 이 일 알려지면 걔들 모두 신나서 달려들 거야. 어떻게든 정유림 물먹이려고. 그 아이들이 모두 서 선생 이상한 사람이라고 물고 늘어지면 거기 맞설 자신 있어? 세상에 털어서 먼지 안 나오는 사람 없어. 서 선생 먼지 하나 없이 깨끗하다고 자신할 수 있어? 아니, 자신해도 마찬가지야. 애들 꼬투리 잡고 뭉치면 무서운 거 알잖아. 어쩌다 꿀밤 한 번 때려도, 엎드려 자는 애 세차게 깨워도 재수 없으면 아동학대로 고소당하고 폭력선생으로 매도당하는 세상이야. 서 선생도 유림이 때문에 고생 많이 했다며? 걔랑 사이도 안 좋고. 그런데 왜 걔를 위해 그런 희생까지 해야 해?"

머릿속에 폭풍이 휘몰아쳤다. 무엇이 옳고 그른지, 맞고 틀린지 모르겠다. 선을 행해달라는 게 아니었다. 악을 벌해야 한다는 주장이 몰고 올 파장에 한숨이 나왔다. 연우는 견딜 수 있었다. 하지만 언론에 제보했다가 혹시나 누군가가 지민의 존재를 알고 물고 늘어진다면?

"다른 학생들은 무슨 죄야? 비행기도 못 뜨게 만드는 수능이 이제 백일 조금 넘게 남았어. 괜히 조사니 뭐니 해서 친구들 경찰서에 불려 다니면 사건에 관계없는 애들도 싱숭생숭해서 공부 못할 텐데 그 피해를 어떻게 할 거야? 한국에서 대입이 얼마나 중요한지, 학벌이 얼마나 무서운지 서 선생도 잘 알잖아. 유람이 같은 애 구하자고, 나머지 학생 인생 망치면서 꼭 이걸 물고 늘어져야겠어? 학생만 인생 망쳐? 내가 내년 여름이면 정년퇴임인 거 몰라? 겨우 1년 남았어. 이딴 걸로 문제 생기면 어떻게 할 거야? 그래, 나까지도 넘어간다고 치자. 나야 솔직히 교장까지 했으니 괜찮아. 당장 교장 발령 기다리는 교감은 어쩔 거야? 교무부장도 교감연수 마치고 발령만 기다리고 있는데, 서 선생이 이런 식으로 나오면 모두 힘들어. 그날 자율학습 감독교사들도 걸리고, 숙직자도 걸리고, 학교경찰관도 걸리고…… 끝도 없어. 서 선생 경력 별로 안 됐지? 끝까지 선생 할 거 아닌가? 이제 알 건 알잖아."

연우는 손톱만 물어뜯었다. 선과 악, 옳고 그름, 판단의 기준은 살아갈수록 모호해진다. 윤리적 잣대란 관습에 따라, 시대에 따라 변한다. 상황은 보편적 윤리를 무너뜨리고 짓밟는다.

교장실을 나오자마자 교감이 불렀다. 평소와 달리 교감은 사근 사근한 어조로 연우를 달래기 시작했다.

"올해 고생 많지? 수석교사에, 과학부장에, 3학년부장까지 모두 같은 과학과라 수업시수가 서 선생님한테 몰렸던 거 알아."

당연히 알고 있겠지. 교감 본인이 원칙을 어기고 교사수급을 마음대로 조정했으니까. 정년퇴임이 얼마 남지 않은 교장은 학교 일이 어떻게 되는지 따위는 관심이 없었다. 아니, 다른 선생님들의 말에 따르면 예전에도 학교 일은 그저 교감에게 맡겨두고 교장실에 틀어박혀 있기만 한다고 했다.

교장의 일과는 정해져 있었다. 느지막이 출근해 거울을 보며 화장을 하고 고데기로 머리를 말았다. 그렇게 오전 일과가 끝나고 점심을 먹고 난 뒤엔 텔레비전 드라마를 보며 오후를 보냈다. 그러니 업무 분장을 비롯한 학교 행정은 오로지 교감의 뜻대로 종횡무진했다.

"게다가 수업도 많은데 고3 담임까지 맡았으니 힘들었겠지. 애들까지 서 선생 고생시키려고 작정한 모양이네. 같은 반에 피해자와 가해자가 모두 있으니 담임 입장에서 얼마나 힘들어? 내가 다 안타까워.

올해 고생했으니까, 내년에는 내가 선생님 고생한 만큼 배려하려고 노력할 거야. 담임도 안 주고, 업무도 최대한 없게 만들어줄게. 동생이 아프다고 했었지? 고3 담임이라 동생 보살피는 것도 힘들 거야. 병가나 연가 마음대로 써. 아무리 그래도 가족을 최고로 우선해야지."

지민이 열사병으로 응급실에 실려가 입원했을 때, 교감은 보호자가 연우밖에 없다는 것을 알면서도 조퇴마저 반려했었다. 연우의 수업시수가 많아 시간표를 변경하기 어렵다는 이유였다. 부드러운 설득이 연우를 둘러쌌다. 자비로운 목소리에 반사적으로 나오는 비웃음을 참았다. 파르르 떨렸다. 지민, 모든 결정은 지민을 위해서 해야만 했다.

5-6. 연우, 2017년 7월 12일 수요일

학부모들은 연우를 찾지 않았다. 대신 교감과 교장을 닦달했다. 진태를 제외한 다섯 명의 학부모들은 학교운영위원회나 학부모회 등 학교의 각종 학부모 관련 업무에 적극적으로 참여를 하는 편이었고, 원래 연우보다는 교장을 상대하는 일이 더 많은 학부모들이었다. 그래서인지 학부모들은 교장실에 모여 대책회의를 하면서도 연우와의 상담은 거절했다. 전화 통화조차 힘들었다.

"솔직히 선생님이 지금 누구 편에 서야 할지 잘 생각해 보세요.

제가 세상 조금 더 산 사람으로서, 우리 형주 1학기 동안 보살펴
주신 거 고마워서 드리는 충고입니다."

형주 어머니와의 짧은 전화 통화 한 번이 전부였다. 가해자의 학
부모들은 연우에게 문자 메시지만 보냈다. 모두들 유림과 관련해
각자 할 말이 많았다. 수업 중에도, 퇴근 후에도 시달렸다. 발신번
호 제한으로 욕으로 도배된 문자가 하루 종일 왔고, 책상 위에는
죽은 벌레가 잔뜩 놓여 있기도 했다. 교감과 교장은 차라리 병가라
도 내고 쉬라고 했다. 그사이 마음대로 처리하고 싶다는 뜻이었다.

14층, 베란다에 나가면 안곡 한국대병원이 눈앞이었다. 언제 병
원에 갈지 모르는 지민을 위해 월세로 얻은 아파트였다. 지민이 잠
든 밤이면 한국대 병원 입원실의 불이 하나씩 꺼지는 것을 보며
술을 마셨다. 둔해지는 감각을 느끼며 뛰어내리고 싶었다. 응급실
로 실려 가는 환자들이 부러웠다.

'네가 뭔데 내 아들 인생을 가로막아?'

'네가 선생이냐?'

'재수 없어!'

'증거도 없는데 한쪽 말만 듣고 이러는 거 문제 있지 않나요?'

자정을 넘기면 문자 메시지는 분초를 다투며 메시지 함을 가
득 채웠다.

부모가 맞벌이를 하는 데다 학교일에 참여하지 않는 진태는 겁

176

에 질린 채 연우에게 와서 잘못했다며, 용서해달라고 빌었다. 믿지 않았다. 반성은 잘못했다는 걸 알고 변화하려는 노력이 동반된다. 하지만 진태는 그저 과거의 순간이 지금 자신에게 도움이 되지 않는다는 사실에 후회할 뿐이었다. 아침 일찍 와서 유림의 책상서랍 안에 토사물이 묻은 걸레를 몰래 넣는 진태를 우연히 본이후로는 아무것도 생각하고 싶지 않았다. 그저 모든 인간이 소름끼치게 지겨웠다.

교장과 교감의 끊임없는 협박에 세뇌되었는지 지민이 노출될까두려워 경찰에 신고할 수도 언론에 제보할 수도 없었다. 대신 정신과 의사에게 부탁해 항우울제의 강도와 양을 최대치로 올렸다. 항우울제는 보통 졸리게 만들지만 가끔 부작용으로 불면증을 일으키기도 한다. 연우의 경우 원래 불면증이 있어서인지 그 정도가 많이 심했다. 언제부터 수면제를 복용하기 시작했는지 기억조차 나지 않는다. 졸피뎀, 작고 길쭉한 알약 하나, 이게 얼마나 사람을 안심하게 해 주는지 겪어보지 못한 사람들은 모른다.

피곤해 죽을 지경인데, 온몸의 근육이 딱딱하게 굳어서 움직일 때마다 신음이 새어나올 지경인데 잠이 오지 않을 때, 그 너덜너덜한 정신이 희미해지길 기다려야만 하는 고통을 없애줄 가장 값싸고 효율적인 위안. 뒤척일 때마다 떠오르는 상처와 고통의 기억들을 희미하게 만들어주는 간단한 방법.

의사는 부작용의 위험을 분명하게 경고했다.

"향정신성 의약품, 쉽게 말해 마약류로 분류되는 의약품인 거 아시죠? 중독되면 점점 더 양을 늘려야 하는 것도 문제지만 환청, 환각, 자살충동, 해리장애 등등 부작용도 심각하기 때문에 되도록 자제하셔야 합니다."

졸피뎀을 먹고 나면 순식간에 잠이 든다. 잠들기 위해 누운 그 순간 떠오르는 수많은 기억들 따위는 없다. 아픔은 뭉근하게 사라진다. 상처는 희미하게 흐려진다. 그깟 부작용쯤이야. 지금 내가 죽을 것만 같은데. 그 기억으로부터 도망치지 못하면 당장 미쳐버릴 것만 같은데, 그깟 부작용쯤이야. 어차피 끝은 죽음, 두려우면서도 바라게 되는 바로 끝, 죽음, 수면은 죽음의 다른 이름이었다.

정신과 의사는 부작용을 줄이기 위해 여러 수면제를 혼합해 처방했다. 효과가 강해질수록 수면제를 먹고 잠든 다음 날 부작용은 심해졌다. 몸이 굳어져 움직이지 않기도 하고, 하루 종일 멍한 상태로 보내기도 했다. 그 정도 부작용 따위는 충분히 수용할 수 있었다. 한 병원에서 처방받을 수 있는 수면제의 양에는 한계가 있었다. 몇 군데 병원을 전전하기 시작했다. 그것도 안 되면 인터넷에서 구입하기도 했다. '데이트 강간 약물'이라는 검색어 하나만 치면 판매처가 줄줄이 떴다. 렌돌민, 마이슬리, 아모반, 할시온, 졸피뎀. 수면제의 강도는 점점 세졌지만 잠은 쉽게 찾아오지 않았다. 그 싸구려 위안조차 허락되지 않던 시간이었다.

5-7. 연우, 2017년 7월 17일 월요일

누구의 엄마인지 밝히지도 않은 여자는 잠이 막 들려는 순간에 딱 맞춰 전화했다. 새벽 4시, 술 취한 목소리는 끝도 없이 쌍욕을 뱉어냈다. 겨우 30분쯤 선잠에 들었다 출근하려는데 지민이 쪼르르 현관으로 달려 나왔다.

"다녀오세요."

두 손을 배꼽에 댄 채 긴 머리카락이 마룻바닥에 닿도록 고개를 숙이는 지민을 보는데 울컥했다. 솔솔라라, 듣기만 해도 날아갈 듯 가벼운 평소의 목소리가 아니었다. 도도레레, 낮은 음계를 내뱉는 지민의 어깨는 가늘게 떨렸다.

자신의 고통에 무감한 아이는 타인의 감정에 민감했다. 실없는 농담을 하고 입이 아플 정도로 웃어도 지민은 연우의 기분을 귀신처럼 알아차렸다. 지민의 위로와 애교에 연우의 기분은 금세 좋아졌다. 스르르, 연우의 나쁜 감정은 지민에게 옮겨가 아이의 몸을 갉아먹었다. 연우의 기분이 좋아진 만큼 지민의 몸 상태는 나빠졌다. 그래서 요즘에는 퇴근해서도 방에 처박혀 있기만 했다. 기말고사가 끝났는데도 매일 늦은 퇴근에다 주말까지 대책회의에 불려 나갔으니 아마 지민도 무슨 일이 벌어졌다는 것은 눈치챘을 것이다. 아이를 안심시켜줘야 하는데 솔직히 그럴 여유까지는 없었다. 일단 오늘 저녁에 얘기를 하자, 그렇게 매일 미루고만 있었다. 혐오스럽고 추한 인간들의 이야기로 지민의 머릿속을 더럽히고 싶지 않았다.

연우는 장난스럽게 지민의 어깨를 손가락으로 쿡 찔렀다.

"뭐야? 서지민? 너 언니 나가는데 겨우 그 인사만 하고 들어가서 도로 자는 거야? 이 잠꾸러기⋯⋯."

일부러 툴툴대며 지민의 목에 팔을 걸었다. 머리카락 사이에 숨은 지민의 뺨에 뽀뽀를 하려는데 통통 부은 입술이 보였다.

"뭐야! 너 입술 왜 그래?"

지민은 어떻게든 숨기려는지 고개를 모로 돌렸다. 연우는 지민의 턱을 잡아 돌렸다. 윗입술은 물집이 잡혀 우툴두툴했고, 오른쪽 끝은 이미 물집이 터졌는지 누렇게 딱지가 앉아 있었다.

"어제 저녁에 세수하려고 보니까 이렇더라고."

체력이 약한 지민에게 헤르페스 바이러스는 자주 출몰했다. 특히 열이 날 때는 입술이 가장 먼저 짓물렀다.

"열 난 거야? 몇 도나? 왜 언니한테 말 안 했어?"

열이 난다는 것은 몸에 문제가 생겼다는 가장 중요한 신호였다. 지민의 이마를 짚으니 미열이 느껴졌다. 혹시나 다른 곳은 이상이 없는지 이리저리 살피는데 지민은 시선을 피하기만 했다.

"난 괜찮다니까. 빨리 출근해."

"너 정말 이렇게 말 안 들을래? 언니가 휴대폰에 앱 깔아줬잖아. 알람 울릴 때마다 체온 재라고 했잖아. 혹시라도 37도 넘으면 당장 연락하라고 했잖아. 안 되겠다. 당장 병원 가자."

혼자 아프게 내버려두었다는 사실에 화가 나서 엉뚱한 화풀이를 하며 지민이 갈아입을 옷을 찾으러 방문을 여는데 쉰내가 확 몰려왔다. 두터운 오리털 이불이 세 채나 나와 있었다. 자주색 극세사 이불은 마르지 않아 땀으로 척척했다. 에어컨을 틀지 않으면 견딜 수 없는 폭염과 열대야가 열흘째였다.

"내가 뭐 찾으려고 옷장 여는데 이불이 툭 떨어져서……."

말도 안 되는 변명을 믿어주는 척하며 옷장 서랍을 여는데 눈이 알싸했다. 어떻게든 열을 내려 보려 이불을 뒤집어쓰고 있었을 지민의 모습이 떠올랐다. 두꺼운 이불을 치우며 구급차를 불렀다.

"저 이제 열도 내렸는데 꼭 입원해야 해요?"

응급실에서 수액을 맞으면서도 지민은 끝까지 입원하지 않겠다고 우겼다. 의사들은 갖가지 검사를 했다.

"위염이 심각해요. 며칠 전부터 소화가 안 되고 더부룩했다고 하는데 아마 위경련이었을 거예요. 여러 번 말씀드렸지만 지민이는 통각이 없으니 주위에서 잘 관찰해야 해요. 식도까지 염증이 번져서 물 삼키기도 힘들 텐데 본인은 그것도 모르니 다행이라고 해야 하나?"

혼잣말처럼 내뱉는 의사의 말이 질책보다 무서웠다. 스트레스가 쌓인다고 집에 있을 때면 매운 음식만 먹었다. 매운 맛은 통각이라 지민은 느끼지 못한다. 아무리 매운 것을 먹어도 매운 줄 모른다. 혀가 얼얼해도, 속이 쓰려도 지민은 느끼지 못한다.

"여러 번 말씀드렸듯이 지민이 같은 경우는 세계적으로 드물어요. 지금까지 살아남은 게 기적이라고 할 수 있죠. 이제라도 저희 연구에 동의해주시면 좀 더 체계적으로 관리할 수 있는데, 아직도 반대하시는 건가요?"

책임지지도 못할 주제에, 너 따위가 뭐라고 반대해서 아이의 인생까지 갉아먹니? 의사의 말은 그렇게 들렸다. 아마 지난번 입원비 정산을 못 해 퇴원이 늦춰졌던 것도 이미 알고 있을지 모른다.

입원실은 다행히 금세 나왔다. 당연하다. 지민은 그들의 특별한 연구대상이기도 하니까. 6인실의 병실은 커튼만 치면 각자의 공간으로 변한다. 지민은 익숙하게 병상 앞에 딸린 컴퓨터를 켜고 침대 등받이의 각도를 조절한다.

학생들은 그들의 유전자가 고유하다는 것을 증명하듯 각기 다른 문제를 연우에게 떠안겼다. 성적에 대한 스트레스는 이성, 교우, 가족이라는 관계와 복잡하게 얽혀 깊고 넓게 퍼져갔다. 무기력하게 하루 종일 잠만 자는 전교 꼴등 동훈은 성적만 좋았더라면 친구들이 자신을 무시하지 않을 거라며 툴툴거렸고, 단 한 번도 행복한 적이 없었다는 전교 1등 형주는 부모님의 지나친 기대만 없었다면 불면증과 식이장애 따위는 생기지 않았을 거라 울먹였다.

모든 인간은 각자의 불행을 껴안고 있었다. 그 불행이 감당할 수 없이 터져 나오는 경우가 문제였다. 어리다는 건 고민의 무게를 감당하기 힘들다는 거니까. 흡연, 음주, 가출은 애교 수준이었다. 강도, 강간, 살인, 사회면을 장식할만한 범죄까지 일어나는 곳이 학교였다. 사회가 정한 기준의 모범생들이 범죄를 저질렀을 때가 가장 견디기 힘들었다. 모범적인 학생에 대한 신뢰가 배반당했다는 이유 때문이 아니었다. 모범생은 이른바 금수저라 불리는 아이들이 많았다. 그들이 저지른 범죄는 부모에 의해 비틀리고 뒤틀어져 조용히 무마되었다. 그리고 그 아이들은 좋은 대학에 입학해 좋은 직업을 가지고 결국 사회지도층이라는 이름을 달곤 했다. 아무리 겪어도 그 불합리하고 모순되는 현실을 받아들일 수 없었다.

지민을 위해 모른 척해서는 안 된다고 생각했다. 지민이 사는 세상은 정의가 실현되고, 권선징악이 당연하기를 바랐다. 누군가의 편이라서가 아니라, 자신에게 이익이 되기 때문이 아니라, 그저 옳다고 믿기 때문에 그 편에 설 수 있는 사회이기를 바랐다. 그래서 원리원칙주의자가 되어야 했다. 사람들이 융통성 없는 사회 불만론자라고 뒤에서 욕해도 상관없었다. 그 사람들 틈에 속하지 못해도 상관하지 않았다. 혹시나 연우가 없는 미래를 혼자 살아가야만 하는 지민을 위한 일이었으니까.

그런데 가끔 무서웠다. 아무리 노력해도 바뀌지 않는 이 세상이 두려웠다. 서연우라는 이름 앞에 나쁜 선생이라는 단어를 붙이고 싶지 않아 죽도록 노력했다. 하지만 미친 듯이 노력해도 그들에게는 우아한 수영이 아니라 허우적거리는 것으로 보일 뿐이었다. 그게 연우의 한계였다.

"언니, 언니."

지민의 작은 목소리에 눈이 번쩍 뜨였다.

"어, 어? 무슨 일이야?"

"언니, 아파?"

"아냐. 안 아파."

본능적으로 대답했지만 앞이 제대로 보이지 않았다. 눈의 초점이 어긋나 세상이 흔들리고 흐렸다. 눈살을 잔뜩 찌푸리고, 거세게 문지르고, 몇 번을 깜박이고 나서야 지민의 눈과 마주할 수 있었다.

"아냐. 언니, 아파. 자면서 막 끙, 끙 신음소리 냈어. 아야, 아야, 아파, 아파. 그렇게 말했잖아."

그렁그렁한 눈이 밟혔다. 잠든 것이 아니라 기절한 것이었다. 보호자 침상이 축축하게 젖어 있었지만 꼼짝할 수 없었다. 위경련으로 인한 통증으로 일어나 앉기는커녕 숨을 쉬는 것도 힘겨웠다. 오랜 고질병이었다. 누군가가 복부를 붙잡아 힘껏 비트는 듯한 통증에 신음이 저절로 나왔다.

"아, 아니, 안 아파."

그 눈의 물기를 없앨 수만 있다면 사소한 거짓말 따위는 문제가 아니었다. 지민의 작은 손이 연우의 이마에 닿았다.

"나도 만져보고 뜨거운지 아닌지 알 수 있었으면 좋겠네. 그래도 식은땀 잔뜩 흘리는 거 보면 열나는 게 맞아."

아픔을 느끼지 못하고 배워야만 했던 아이는 오랜 병원 생활 덕분에 누구보다 많은 종류의 아픔과 상처를 알게 됐다.

"요즘 학교 일이 많이 힘들어? 밤에도 매일 전화나 문자 오는 것 같은데 무슨 일이 있어? 얼굴도 어둡고, 잘 웃지도 않고."

울컥했다. 숨긴다고 숨겼는데도 지민은 다 눈치채고 있었던 모양이다. 연우의 분노와 짜증이 옮겨가 지민이 열에 시달린 것이었다. 잠도 못 자고 휴식도 취하지 못한 채 괴롭힘을 당하면서도 견뎌야 하는 게 지민 때문이라고 생각했다. 어쩌면 그런 무의식이 작용해 지민에게 분노와 절망을 드러냈을 수도 있었다. 아무런 이유도 모른 채 연우의 분노와 절망을 받아내야만 했던 지민은 얼마나 힘들었을까?

"계속 전화 오는데 언니 잠 좀 자라고 내가 휴대폰 무음으로 해 놨었어. 혹시 급한 전화인지도 모르니까 연락해 줘."

주르르르, 누구누구의 어머니라는 부재중 통화 중 가장 위 목록을 눌렀다.

"몇 번이나 말씀드렸지만 우리 형주는 성폭행이 아니라 성매수를 한 거라니까요. 도대체 유림이 개는 무슨 억하심정으로 우리 아이를 걸고넘어지는지 모르겠어요. 한두 명도 아니고 전부 다 모범생인 학생들이잖아요. 개는 자기가 대학 포기했다고 같이 망하자는 거예요. 선생님도 우리 형주 어떤 앤지 아시잖아요. 태어나서 지금까지 한국대 의예과만 목표로 해서 살아왔던 애예요. 제가 그렇게 키웠어요. 그런데 수시도 얼마 안 남은 시점에 이렇게 말도 안 되는 일로 공부 방해받을 거라고는 생각도 못 했어요. 성매수도 잘못이긴 하지만 그 나이 남자애들이 호기심도 있는데 유림이 그게 살랑살랑 꼬리를 쳐놓고는 이렇게 나오니, 정말 저도 억울해요. 바로 옆에 성매매 하는 아이가 있는데 그 유혹 이겨낼 남자 고등학생들이 얼마나 되겠어요? 이건 유림이가 더 문제가 크다고요. 세상에, 어린애가 간도 크지. 1인당 1억씩 합의금을 달래요. 완전히 꽃뱀이라니까요. 끝까지 가고 싶은 심정이 굴뚝같지만 교장 선생님도 사건 크게 알려지면 대입에도 영향 있고 서로 좋을 게 없으니까 합의하라고 하셔서 1인당 2천씩 주기로 했어요. 내일 합의금 주고 마무리할 테니까 선생님도 그렇게 알고 계세요. 집안에 일이 있어서 오늘 늦게 출근한다고 하셨다면서요? 교장 선생님이 그냥 내일까지 나올 필요 없다고 하시네요. 괜히 나오셔서 합의 무산되게 만들까봐 걱정이신 거죠. 저도 그렇고요. 솔직히 이번 일 겪으면서 선생님한테 섭섭한 거 너무 많아요. 교사가 중간에서 역할을 잘해야……"

휴대폰을 내려놓아도 형주 어머니의 목소리는 공기를 가르고 울려 퍼진다.

모른다. 진실은 언제나 희미하고 아른거려서 잡히지 않는다. 그깟 옳은 일 따위, 그깟 선한 일 따위, 포기하면 삶이 더 가벼워진다.

"나쁜 일이야?"

까맣고 반질반질한 지민의 눈동자 안에 비친 연우는 지쳐 보였다. 커다란 눈동자에 물기가 차오른다.

"많이 힘들어? 저번에도 말했지만 병원 연구에 협조하면 병원비는 무료로 해 준다니까……."

세상의 시선에 상처받았던 아이였다. 또 다른 누군가의 시선 아래 놓아두고 싶지 않았다.

"병원비는 걱정 말라니까. 언니 이제 선생 8년 차야. 돈 많이 번다니까."

"그런데 왜 이렇게 요즘 안색이 안 좋아?"

"그냥, 내가 너무 힘들어서 나쁜 짓을 모른 척했어. 아니, 그것도 나쁜 짓이지. 그래서는 안 되는데 너무 지쳐서 포기해 버렸어."

"그래. 잘했어."

엉뚱한 대답에 황당해 지민을 바라보았다.

"잘했어. 언니도 인간이었네."

지민은 연우의 머리까지 쓰다듬어 주며 말했다. 부드럽고 포근한 손길에 위경련이 서서히 가라앉았다.

"무슨 뜻이야?"

"세상에 나쁜 짓 안 저지르고 사는 사람이 어디 있어? 가끔 언니 얘기를 듣다 보면 언니한테 강박관념이 있는 거 같아서 걱정이었거든. 우린 인간이잖아. 그러니까 불완전한 게 정상인데 언니는 죽도록 그 정상에서 벗어나기 위해 노력하는 거 같아. 우린 결코 완벽할 수 없어. 알면서도 나쁜 짓을 저지르고, 몰라서 실수를 하고, 그게 인간이야."

"점점 더 나쁜 짓을 할지도 모르는데? 뻔히 알면서도 나쁜 짓을 저지르고 싶은데?"

도망치고 싶었다. 어디가 아픈지 말할 수 없는 환자를 진료하기 위해서는 수많은 검사가 필요했다. 열이 난다는 단순한 이유만으로도 보험이 되지 않는 CT나 MRI가 필수 검사가 되어 버렸다. 이젠 사채업자도 돈을 빌려주지 않을 만큼 재정상태가 엉망이었다. 이대로 도망치고 싶었다.

베란다의 캐리어에는 이미 필요한 짐들을 모두 다 넣어두었다. 언제라도 그 캐리어만 들고 집을 나갈 수 있도록. 이 아이는 언제까지 날 믿어줄까? 내가 떠난다고 해도 이 절대적인 믿음은 계속될 수 있을까?

"그렇게 하면 언니는 행복할 거 같아?"

아이는 순진한 눈빛으로 되묻는다.

"아마도 불행하지는 않겠지."

"그러면 그냥 그렇게 해. 불행하게 사는 것보다는 나쁜 짓을 저지르는 게 나을 거 같아."

"네가 불행이나 행복이 뭔지는 알아?"

"몰라. 난 그런 복잡한 거 생각 안 해. 나쁜 짓이 뭔지도 몰라. 언니가 나쁜 짓을 해서 행복할 수 있다면 그건 나한테 나쁜 짓이 아냐. 내가 아는 건 그거 하나야. 그러니까 괜찮아. 저지르고 싶다면 저질러. 언니가 나쁜 짓을 저지른다면 반드시 이유가 있을 테니까."

"그 이유가 뭔지 따져 묻지도 않고?"

"그 이유가 언니의 행복이라면 상관없어. 설사 그게 살인이라도. 괜찮아. 이유가 없어도 이해할 수 있어. 나쁜 짓을 저지른 언니도 여전히 내가 가장 사랑하는 사람일 테니까. 언니가 원하는 대로 살아."

괜찮아, 도망쳐, 난 이해할 수 있으니까. 지민의 눈은 그렇게 말하고 있었다. 하지만 연우는 아무런 대답을 하지 못하고 고개를 돌렸다.

"우리 지민이도 이제 내년이면 스무 살, 어른이네."

"맞아. 친구들이 내년이면 대학생이니까."

찾아올 대학생 친구 따윈 없으면서도 지민은 그렇게 말한다. 지민은 몇 번이나 학교에 다니려고 시도했었다. 결국 검정고시를 치러야 했지만. 잠깐 학교를 다닐 때 사귄 아이들이 몇 명 있었지만, 입원과 퇴원을 반복하는 아픈 친구에게 써줄 시간 따위를 기대하기엔 대한민국 청소년들의 삶은 고달팠다. 지민의 곁에는 연우밖에 없었다.

"네가 어른이 되면 혼자 잘 지낼 수 있을까?"

자신도 모르게 물었다.

"지금도 잘 지낼 수 있어. 겨우 한 살 차이인데."

뜨끔해져서 고개를 돌렸다.

연우는 항상 간신히 삶을 붙잡고 있었다. 삶이라는 가느다란 줄 끝에 매달린 사람이 바로 지민이었다. 하지만 흔들리고, 불안하고, 힘들어서 가끔은 그 줄을 끊어버리고 싶었다. 줄을 놓으면 간단한 데, 그럴 수는 없었다. 달랑달랑 절벽에 매달려 흔들리는 줄을 내 버려두고 갈 수는 없었다.

"간병인도 필요 없어. 하도 자주 입원해서인지 간호사 언니들이 얼마나 친절하게 도와주는데. 그러니까 언니도 밤에는 집에 가서 자. 난 연지랑 있으면 되니까."

지민은 어항에 담긴 달팽이를 가리키며 말했다.

5-8. 민수, 2018년 5월 4일 금요일

한국대학교 축제에서 엽기적인 사건이 벌어졌다.

한국대 의예과 학생들로 이루어진 봉사 동아리는 희귀병 환자를 위한 기부금 모금 행사로 물풍선 던지기를 계획했다. 동아리 원들이 돌아가면서 과녁으로 섰는데, 기부금을 두 배로 내면 특별히 과녁이 될 사람을 지정할 수 있었다. A군(20살, 남)이 지정 과녁이 되어 물풍선을 맞은 순간, A군의 몸에서 폭발음과 함께 연기가 나기 시작했다. 주위에 있던 친구들이 놀라서 다가갔지만, 폭발을 막지는 못했다.

국립과학수사연구원에 따르면 나트륨 가루가 잔뜩 든 주머니가 A군의 호주머니에 들어 있었으며, 나트륨은 반응성이 높아서 물과 만나면 폭발을 일으킨다고 한다. A군은 병원으로 옮겨졌지만 성기의 80%가 손상된 상태이며, 의료진은 완전한 회복이 불가능하다고 진단했다. 경찰은 동아리 회원들과 물풍선을 던진 A군의 고등학교 동창 B양(20살, 여)을 조사 중이다.

- ○○일보 -

"와, 진짜 안곡북고, 올해도 사건이 끊이질 않네. 그래도 작년에는 자잘한 사건들이었는데 올해는 이상하게 엽기적인 강력사건들이야. 안곡북고 특수전담팀을 하나 꾸려야 되나? 어쨌든 관악서 쪽에서 협조 요청했으니까, 너희들이 가봐. 어차피 북고 관련사건 맡고 있으니까, 동선이 그게 나아. 어쩌면 이리도 쉴 틈을 안 주는지."

형사팀장이 민수의 책상 위에 신문을 집어던지며 한숨을 내쉬었다.

"이게 북고랑 무슨 상관인데요?"

민수는 눈으로 기사를 훑으며 물었다. 성기손상이라니, 해외토픽에서나 볼 법한 엽기적인 사건이었다.

"피해자랑 가해자가 둘 다 안곡북고 졸업생이야. 작년에 같은 반이었고."

"물풍선을 던진 여자애를 꼭 가해자로 볼 순 없죠. 나트륨을 넣어둔 게 그 여자애라는 증거가 나왔어요?"

"여자애 가방 안에서 나트륨 반응으로 인한 작은 구멍이 발견됐어. 그리고 작년에 둘 사이에 문제가 있었나 봐. 자세한 사실은 사건 파일 확인하고 관악서 팀한테 물어. 왜 갑자기 안곡북고 관련된 사건이 이렇게 많이 터지는 거야?"

"안곡북고 관련된 사람이 범인인가 보죠. 나트륨 반응이라……, 과학적 지식이 상당한 거 보면 범인이 과학 전공인가?"

중빈은 사건 파일을 획획 넘기며 장난스럽게 덧붙였다. 그 날카로운 시선 끝이 민수를 향하는 게 마뜩찮았다.

"아, 진짜 머피의 법칙이 아니라 서연우의 법칙으로 바꿔야겠네요."

중빈이 파일을 넘겨주며 말을 이었다.

"작년 아이들 담임이 서연우 선생이에요. 우연이라기에는 너무 수상한데요? 영화에서 이렇게 여러 사건에 관련된 사람이 나오면 딱 한 가지 경우밖에 없죠. 범! 인!"

민수는 놀라서 파일을 들췄다. 정말 연우의 이름이 적혀 있었다. 앞선 사건들이 획획 지나갔다. 모두 연우를 괴롭혔던 사람들, 정말 이 사건들이 우연일까? 우연이 아니라면? 아니다. 우연이 아닌 다른 가능성 따위는 없었다. 연우는 벌레 한 마리 죽이지 못해 연호나 민수를 부르며 비명을 지르곤 했다. 대신 벌레를 잡아 주러 가면 연우는 멀찌감치 떨어진 방구석에서 벌벌 떨고 있었다. 어쩌다 외식을 할 때면 메뉴조차 고르지 못할 정도로 자신의 의견을 내세우는 법이 없었다. 그렇게 우유부단하고 심약한 성격으로는 절대 범죄를 저지를 수 없었다. 민수는 번들거리는 중빈의 눈을 똑바로 마주했다.

"네가 그래서 문제야. 영화에서 보고 강력계 형사 멋있다고 생각해 지원한 놈들 생각이 다 그래. 그저 한곳에서 사건이 우르르 발생하면 영화처럼 연쇄범 소행이라고 생각하지. 한 해에 안곡북고 관련된 사건이 이것보다 더 많은 적도 있었어. 워낙 빈부격차가 큰 지역이라 사건 발생이 많다고. 엉뚱한 생각 하지 말고 객관적으로 사건에 다가서야지."

피식, 중빈의 웃음이 낯설었다. 자신도 모르게 목소리에 날이 섰다. 중빈은 미심쩍다는 듯 민수를 빤히 바라보았다. 뭔가 아는 듯한, 숨기고 있는 뭔가를 캐내려는 듯한 눈빛을 견디기 힘들었다. 연우는 아니었다. 연우는 그저 재수 없게 사건들과 연관된 것뿐이었다.

"농담도 못 해요? 설마 진짜 서연우 선생님이랑 뭐 있는 건 아니죠? 그렇더라도 사건 해결되고 나서 시작해요. 안 그럼 나 왕창 오해할 겁니다."

"엉뚱한 소리 하지 말고 관악서 팀 자료나 봐."

"선배는 인정하지 않을지 몰라도 서연우 선생님은 교감 me too 사건의 주요 용의자이기도 해요. 그런 의미에서 서연우 선생 조사는 저나 다른 사람이 하는 걸로 하죠."

고개를 끄덕이는 것 외에는 방법이 없었다. 이미 연우에 대한 조사는 중빈이 전담하고 있기도 했다. 의심하고 싶지 않았다. 아니, 의심하지 않았다. 그래서 중빈의 말에 반박하지 않았다. 연우에 대한 신뢰를 지키기 위한 양보였다. 중빈마저도 연우가 무죄라고 믿는다면 스물스물 올라오는 의심을 완벽하게 떨칠 수 있었다. 낯선 경찰에게 시달릴 연우가 안타까웠지만 필요한 과정이었다.

제6장

순수(純粹)

모든 사악한 것들은 순수한 것에서부터 시작한다.

– 어니스트 헤밍웨이(소설가)

6-1. 민수, 2018년 5월 8일 화요일

▶ **VIDEO REC**

담당형사 : 장인호(관악경찰서 강력형사 5팀)

진 술 인 : 정유림(여, 20세, 안곡학원 수강생)

장   소 : 관악경찰서 제3수사실

화면 안의 유림이 다리를 떨 때마다 짧은 치마 안의 검은 레이스 속옷이 보였다. 달달달달, 다리를 떨면서 유림은 손톱을 물어뜯었다. 녹색의 매니큐어가 바스라져 새빨간 입술에 달라붙어 반짝였다. 짙은 화장을 한 얼굴이 짜증으로 일그러졌다.

"아, 진짜. 몇 번을 말해요. 난 아무것도 모른다니까요."

"그러니까 아는 것만 말해 보라고."

형사는 뒷모습만 보였다. 머리가 하얗게 센 걸로 보아 나이가 꽤 있는 남자 같았다.

"했잖아요."

"그래도 또 해 봐."

"장난치는 것도 아니고 왜 자꾸 같은 얘기 하고 또 하래요? 아저씨 할 일이 그렇게 없어요? 아니면 대충 시간 때우느라 그러는 거예요? 정 궁금하면 저기 저 카메라로 녹화한 거 다시 보면 되겠네."

유림이 화면을 똑바로 바라보며 손가락질을 했다.

"그런데 이거 내 동의도 없이 막 녹화하고 그래도 되는 거예요? 아, 그렇게 노려보는 것도 아동학대에 속하는 거 알아요?"

"내 눈 모양이 생긴 게 엉망이라 노려보는 것처럼 보이는 모양인데 전혀 그렇지 않으니까 오해하지 마. 그리고 아동학대? 너 얼마 전에 생일 지났잖아. 만 18세 넘으면 아동학대는 적용이 되지 않지. 학교 학생부에서는 어땠는지 모르겠지만 여기서는 똑같이 행동하면 오히려 불리할 수도 있어. 괜히 증거인멸이나 도주의 위험이 있다는 오해받아서 구속되면 네가 더 곤란하지 않겠어?"

달달달달, 떠는 다리가 순간 멈추었다 속도를 내기 시작했다.

"작년 반 애들 채팅방이 있는데, 형주가 전부 다 축제 구경 오라고 글을 올렸어요. 형주 걔가 워낙 한국대 의대 붙었다고 잘난 척이 심했거든요. 학교 자랑 하고 싶어서 난리도 아니었어요. 한국대 축제는 한국대생도 안 간다는데, 그것도 가을 축제도 아닌 봄 축제에 누가 가겠어요? 그런데 윤주가 한국대생 남자애 하나 꼬

셔보겠다고 기어이 절 끌고 간 거예요. 끝까지 갈까 말까 망설였는데 저녁 공연에 뉴키스 오빠들 나온다고 해서 간 건데 공연도 못 보고……. 물풍선 맞을 사람으로 형주를 지목한 건 형주한테 쌓인 게 많으니까 당연한 거 아닌가요? 합의 해주긴 했지만 성폭행범이 잘나가는 게 꼴 보기 싫어서요."

"확실히 성폭행이었어? 그렇다면 왜 돈은 받았어? 즉시 신고했어야지."

유림의 눈빛이 섬뜩해졌다.

"교장, 교감이랑 똑같은 소리 하시네요. 어른들은 다 그래요? 남자애들은 네가 먼저 꼬리쳤다고, 돈까지 요구했다고 하는데 너만 성폭행이라고 우기면 어쩌자는 거니? 네가 성매매 전과가 없는 것도 아니고. 무슨 억하심정으로 반 친구들을 걸고넘어지는데? 성매매보다 그게 더 나쁜 거 알아? 내 딸이 너처럼 될까 겁난다. 성매매하다가 임신한 것도 봐줬더니 정말 하다하다 별짓을 다 하는구나? 네가 우리 학교 물을 다 흐려놨어. 그냥 조용히 합의하고 끝내. 괜히 사건 알려서 학교 명예 떨어뜨리지 말고. 양쪽에서 끝까지 버티면 모두 다 강제 전학시키는 수가 있어. 어차피 대학 갈 생각도 아니잖아? 대충 출석처리해서 졸업시켜줄 테니까 좋게 끝내. 하루 종일 교장실에 앉아서 그런 말만 들었어요. 성폭행이 아니라 성매매라고, 나중에는 정말 내가 먼저 애들을 꼬인 걸까 헷갈릴 정도로."

"그런데도 결국 합의를 했잖아. 합의금도 인당 2천씩 총 1억 2천이나 받았다며. 처음에는 인당 1억씩 불렀었다며. 돈이 목적이 아니라 정말 억울했다면 형사고소하고 전학을 갈 수도 있었잖아."

"고3, 1학기가 다 끝나가는 시점에 전학을 하는 게 쉬울 거 같아요? 몇 군데 알아봤는데, 그쪽 학교에서 성폭행 피해자라는 이유로 전학을 받아주지 않더라고요."

"그래서 많이 억울했어?"

"억울해서 형주한테 그랬냐고 유도 심문하는 거예요? 나트륨? 그게 뭔데요? 먹는 거예요? 저 무식해서 나트륨 폭발 그런 거 따위 몰라요. 그리고 형주를 죽이고 싶었으면 사람 많은 데서 그런 복잡한 일 저질렀겠어요? 그냥 몰래 숨어서 집 앞에 기다리고 있다가 칼로 찔러버렸지, 내 수준이 그런 복잡한 일 벌일 정도로 높지 않다고요. 그리고 사실 형주보다 더 밉고 짜증나는 사람은 담임이었어요. 내가 작년 사건으로 진짜 복수하고 싶었다면 담임부터 죽였을 거라고요."

"담임이 왜? 너 위해서 어쨌든 애썼다고 들었는데? 네 사건 때문에 교장, 교감 선생님과도 마찰이 많았고."

"맞아요. 그게 문제였죠. 정말 내 편인 것처럼 굴었죠. 차라리 교장이나 교감은 나아요. 처음부터 내 말을 듣기는커녕 무조건 내가 나쁜 년이라고 내가 문제라고 찍어버렸으니까. 하지만 담임은 좀 달랐어요. 뭐라고 했더라? 창녀든 유흥업소 종업원이든 강간을 당하면 신고할 수 있다고 했었나? 그 비슷한 의미였던 거 같아요. 비록 나쁜 짓을 했던 사람이라도 범죄에서는 보호받아야 한다고. 그렇게 내 편 들어줄 것처럼 굴어놓고 마지막 순간에 발을 빼버렸어요. 집에 일이 있다나 뭐라나 하면서 학교도 안 나왔죠. 그사이에 결국 합의를 할 수밖에 없었고요. 돌아와서는 그 일에 대해서 변명 한마디 없었어요. 배신감이 커서인지 다른 사람보다 담임이 제일 미웠어요. 그나마 합의금이라도 받았으니 내가 참았지. 아니면 담임 머리카락 쥐어뜯어 버렸을 거예요."

"담임이면 서연우 선생님이었지? 그래도 학생들을 위해서 많이 노력하신 좋은 선생님인 거 같은데……."

형사는 묘하게 말끝을 흐렸다.

"그건 어른들 생각이고요. 아니, 저도 처음에는 괜찮은 선생님이라고 생각했어요. 원리원칙대로만 해서 조금 답답하긴 했지만, 다른 선생들처럼 누구 하나 편애하는 법 없이 공정하게 원리원칙을 지켰으니까요. 그런데 나중에는 변하더라고요. 제 일만 해도 원리원칙대로 처리해야 된다고 우기다가 갑자기 발을 뺐잖아요. 몸이 아파서 그런지 우리한테 짜증도 많이 냈어요. 차라리 병가를 내고 쉬던가, 허리가 아파서 제대로 걷지도 못하고 절뚝절뚝거리면서도, 돈은 벌고 싶었는지 꾸역꾸역 출근은 했어요. 저만 불만 많았던 거 아니에요. 다들 불만이 머리끝까지 차서 졸업식 날 담임 호명하면서 박수치라고 하는데 애들끼리 짜고 일부러 다른 반 담

임 호명할 때는 같이 박수쳐주고 우리 반 담임 호명할 때는 가만
히 있었죠. 그렇게 개망신을 줬는데도 아직 학교 다니는 거 보면
그 선생도 참 뻔뻔해요."

. . .

너무 화가 나서 일어나 밖으로 나와 버렸다. 줄담배를 피워도
억울함과 답답함이 가시지를 않았다. 유림이 앞에 있다면 대신 변
명해주고 싶었다. 연우는 결코 비겁한 아이가 아니었다. 누구보다
책임감과 정의감이 강한 아이였다. 겁이 많았지만 이유 없이 불의
를 모른 척하고 피할 성격은 아니었다. 분명 과중한 업무나 지민
의 간병 때문에 지쳐서 그랬을 것이다. 그런 이유조차 비겁한 변
명이라 생각해 유림에게 말하지 못했을 연우가 안타까웠다. 가끔
은 인간을 이해할 수 없었다. 모순되는 감정이 요동쳤다. 처음부
터 자신을 편들지 않았던 사람보다 중간에 마음을 바꾼 연우가
더 밉다는 유림의 복잡한 심정이 이해되면서도 상처받았을 연우
가 걱정스러웠다.

아이들은 순수하다. 순수하게 이기적인 본능으로 가득해 악랄
하다. 그 절대적인 무모함이 싫었다. 그래서 민수는 아이들을 싫어
한다. 세상의 부조리나 삶의 아이러니 따위는 겪어보지 않아 순수

한 아이들일수록 더 악한 법이었다. 아이들이 싫어서 학교도 싫었다. 초등학교 시절, 쉬는 시간이면 왼쪽 관자놀이가 뻐근해져왔다. 우당탕탕, 여기저기 뛰어다니며 우르르, 몰려서 큰 목소리로 떠드는 아이들을 보며 빨리 쉬는 시간이 끝나기만을 빌었다. 언제 아이들이 몰려와 자신을 괴롭힐지 몰라 두려웠다.

민수에게 아비 없는 자식이라고 놀리고 낡은 옷이 더럽다고 침을 뱉던 아이들도 순수했다. 연호에게 죽도록 얻어터지고서야 사과하던 아이들도 커다랗고 순진한 눈망울을 반짝였다. 그래서 교사가 되고 싶다는 연우를 이해할 수 없었다. 그건 연호도 마찬가지였다.

"지민이처럼 특별한 아이들을 보살피는 선생님이 되고 싶어."

연우는 그렇게 말했다. 더 이상 민수도, 연호도 연우의 진로를 반대하지 못했다.

처음 지민이 노란 가방을 메고 어린이집에 가는 날, 민수와 연호는 학교를 결석하면서까지 따라갔었다. 귀찮아하는 기색이 역력한 지민의 담임선생님을 붙잡고 유의사항을 얼마나 많이 반복했는지 집으로 돌아올 때는 둘 다 목이 쉬어 있었다.

하지만 아이들은 지민을 괴롭히고 따돌렸다. 어린 아이들의 눈에는 뜨거운 국에 얼음을 넣어 먹고, 가위를 처음 사용해 보는 지민이 이상하게 보일 만했다. 딸기잼이라 속여 고추장을 먹이고, 뜨거운 주전자를 맨손으로 붙잡으라고 시키고는 반응이 없는 지민이 신기하다며 박수를 쳤다. 개교기념일, 지민을 데리러 갔다 그 모습을 본 뒤, 연호는 지민의 정규교육을 미리 포기해 버렸다. 지민은 끝까지 그 아이들을 친구라며 편들었다. 하지만 민수는 '악'이란 단어조차 모르면서 악으로 가득 찬 그 순수함이 가장 무서웠다.

민수가 다시 사무실로 들어갔을 때, 중빈은 유림의 성폭행 사건과 관련된 학생들에게 보낼 출두명령서를 작성하고 있었다. 노트북 모니터에는 동영상 마지막 장면이 떠 있었다. 민수는 노트북을 덮어버렸다. 중빈은 한숨을 내쉬며 말했다.

"서연우 선생도 안되긴 했어요. 작년에 정말 힘들었겠어요. 업무 과다에 애들은 이렇게 끔찍한 말썽 부리지. 보니까 교장, 교감도 갑질 장난 아닐 거 같던데. 가족도 없이 혼자라면서요?"

"그건 어떻게 알았어?"

교감 me too 사건의 참고인 숫자가 많은 데다 학교 일정에 지장을 줄 수 없어 민수와 중빈은 안곡북고를 며칠째 방문하고 있었다. 연우에 관한 조사는 중빈이 전담하고 있었지만 언제나 민수가 동석했었다.

"제가 따로 한 번 더 참고인 진술을 받았거든요. 본인이 직접 말하던데요? 조부모는 혈혈단신으로 이북에서 내려왔는데 본인이 태어나기도 전에 죽었고, 외동아들이었던 아버지는 사고로 죽고, 어머니는 집 나간 뒤 연락 끊긴 지 오래라고요."

왜 혼자 찾아갔었냐고 따져 묻지 않았다. 중빈의 의심이 연우에게 향하는 것을 막을 수만 있다면 상관없었다. 그래도 연우는 연호의 사건에 대해서는 말하지 않은 모양이었다. 몇 번이나 연우와 마주쳤다. 연우는 안부인사 외엔 아무것도 묻지 않았다. 연호의 생존에 대해 듣지 못한 것처럼. 연호의 생존 뒤에 숨겨진 의미를 연우도 알기에 모른 척하는 거라 생각했다. 하지만 의심은 가시지 않았다. 연우는 연호가 살아 있다는 사실에 놀랐다기보다는 지문이 발견되었다는 상황에 당황한 듯 보였다.

다행히 연호 사건에 대한 수사는 진척이 없었다.

"14년이나 지난 일이야. 목격자 진술의 신빙성에 문제가 있지 않겠어? 실종 전에 본 걸 그 뒤에 봤다고 착각한 거 같아."

미제사건수사팀장인 태민 선배는 그렇게 말했다. 민수는 안도의 한숨을 내쉬었다. 어디에서라도 연호가 무사하기만 바랐다. 누구라도 좋으니 연호를 숨겨주었으면 하고 바랐다. 그러다 깨달았다. 연우가 연호를 도와주고 있을 가능성은 꽤 높았다. 하지만 여러 사건에 연우가 연루되어 수사 받는 동안 우연히 연호의 행방이 드러날 위험도 있었다. 이래저래 긴장을 늦출 수는 없어 연호 실종 수사상황에 대해 언제나 신경을 곤두세우고 있었다.

'오빠가 정말 친구라면 우리 오빠한테서 신경 꺼. 살아 있든 죽었든. 우리 오빠도 그걸 원할 테니까. 덤으로 나한테도 신경 꺼주면 더 고맙고.'

하루에도 수십 번씩 연우의 목소리가 귓가를 울렸다. 술에 잔뜩 취한 채 내뱉는 목소리는 떨렸다. 떨림의 이유는 불안과 두려움이 아니었다. 민수에 대한 안타까움이었다. 연우는 어떻게 연호의 존재가 드러나지 않을 거라고 확신하는 걸까? 그저 그 이유를 알고 싶었다. 그러면 민수도 밤잠을 설치며 걱정하지 않고 연호를 잊어버릴 수 있을 것 같았다.

6-2. 민수, 2018년 5월 10일 목요일

한국대 의대 폭발 사건의 피해자, 김형주는 아버지가 근무하는 안곡 한국대병원에 입원한 상태였다. 안곡산 자락에 위치한 병원은 몇 개의 건물이 둥글게 연결되어 있고, 그 뒤편으로는 11층에 이르는 병동이 위치하고 있었다. 높은 언덕 위로 올라가는데 목이 메어 헛기침을 했다. 수사 때문에 수없이 방문했던 익숙한 건물이었다. 이곳에서 지민이 수술을 받다 사망했다. 어쩌면 민수가 방문했을 때, 연우는 홀로 장례식장을 지키고 있었을 수도 있었다.

연우의 통화 목록 조회 결과는 이제껏 조사한 것 중에 가장 짧았다. 일주일에 한 번도 안 되는 통화조차 학교에서 걸려온 것이었다. 안곡산 바로 밑이 안곡북중과 안곡북고였다. 단 한 번쯤은 연우를 보러 갈 수도 있었다. 연우가 과거와 연관되고 싶어 하지 않았든, 아무리 생활에 치이고 바빴든, 그 어떤 이유도 변명일 뿐이었다. 외로움이 얼마나 사람을 비참하게 만드는지 알면서 연우를 버려두었다. 친여동생처럼 아꼈다. 하지만 힘들고 외로울 때 함께하지 못하는 이는 가족일 수 없었다.

"난 인공고환도 있는 줄 처음 알았네. 그것도 크기별로 있다니, 요즘 세상 참 좋아요. 선배님은 알았어요?"

주치의를 만나 피해자 김형주에 관한 설명을 듣고 나오는 길, 중빈은 신기하다는 듯 떠들었다. 피해자는 폭발로 오른쪽 고환을 잃고 성기와 허벅지에 큰 화상을 입었다. 주치의 말로는 몇 번의 수술을 거치면 거의 완벽하게 성형이 가능하지만 성생활은 불가능한 상태라고 했다. 이제 겨우 스무 살인 남자아이였다. 부유한 집안, 한국대 의예과 교수인 아버지와 미스코리아 출신 어머니의 외동아들, 한국대 의예과 재학 중. 피해자의 인적사항은 누구나 부러워할 만했다. 주치의는 현재 정신과 협진을 하고 있으니 되도록 피해자를 자극하지 말라고 당부했다.

청바지와 한국대 의예과 티셔츠를 입은 긴 생머리의 여자가 특실 문을 열고 나왔다. 얼핏 봐서는 형주의 친구인 줄 알았다. 형주의 어머니라고 자신을 소개한 여자는 보톡스를 과하게 맞았는지 발음과 발성이 어색했다.

"잠깐만 기다리세요. 변호사 입회하에 진술했으면 하거든요."

민수와 중빈을 문가에 세워둔 채 형주 어머니는 전화를 걸었다.

"네. 기훈이 아버님, 지금 통화 괜찮으시죠?"

민수를 대할 때와는 180도 다른 목소리였다. 지금 형사가 병원으로 찾아왔는데요, 라며 여자는 병실 문을 닫았다. 중빈은 작게 휘파람을 불며 벽에 기대섰다.

"피해자 진술하면서 변호사 부르겠다는 사람은 또 처음이네. 쩔리는 게 많아서 그러나? 서울 쪽에서 넘어온 자료 보니까 가해자가 그럴 만하다는 생각 들더라고요. 아! 그러고 보니 기훈이 아버지라고 했었죠? 성폭행범 중 하나가 나기훈이었어요. 아버지가 로펌대표라고 했는데, 그 어디더라, 엄청 유명한 로펌인데."

중빈이 고개를 갸웃하는 사이 형주 어머니가 문을 열고 나왔다.

"변호사님이 2시간 뒤에나 오실 수 있대요. 2시간 뒤에 오세요."

자신이 할 말만 하고 문을 닫고 들어가는 여자를 보며 중빈은 고개를 설레설레 저었다.

"아, 진짜. 우리가 무슨 자기네 종인 줄 아나? 막말로 우리 없으면 범인도 못 잡을 텐데. 그냥 서로 들어갑시다, 선배."

민수는 버럭 화를 내는 중빈을 달래 안곡북고로 향했다. 아직 안곡북고 교감 me too 사건의 진술 청취가 남아 있었다. 교감, 연구부장, 박성원, 박나희, 피해자가 많은 만큼 용의자도 많다 보니 진술 청취가 더뎠다. 문제는 중빈의 여자 친구가 진술한 데서 진전이 없다는 것이었다. 한마디로 시간만 걸리는 노가다 작업이었지만 안 할 수는 없었다.

안곡북고에서 교사 2명의 진술을 청취하고 약속시간에 맞춰 왔음에도 변호사가 도착하지 않았다는 말에 30분이나 더 기다려 김형주와 만날 수 있었다. 병원복을 입은 아이는 인사도 하지 않고 짜증부터 냈다.

"유림이 왜 구속 안 해요? 걔가 범인이 확실한데?"

"아직까지는 고의성에 대한 증거가 부족해서 일단 과실치사로 불구속 수사할 예정이야."

"말도 안 돼. 걔가 물풍선 던지는 걸 본 사람이 몇 십 명이 있는데 증거가 부족하다고요? 게다가 이게 계획된 범죄라는 증거는 또 있어요. 동아리 그룹 채팅방에서 물풍선 던지기를 제안한 사람 전화번호가 가짜였어요."

가짜 전화번호를 이용해 메신저에 가입하는 것은 보이스 피싱에서 흔히 쓰이는 수법이었다.

"누가 초대했으니까 그룹 채팅방에 들어갔을 거 아냐? 게다가 낯선 이름이었을 텐데 왜 다들 이상하게 생각하지 않았지?"

"신규폰 나오면 번호 바꾸는 사람도 많고, 동아리원이라고 해서 이름을 다 아는 것도 아니니까 다들 별생각이 없었죠. 어떻게 그룹 채팅방에 들어왔는지는 저도 몰라요. 그런데 지금 와서 생각해보면 그 모든 게 계획된 일이었던 거예요. 정말 소름끼쳐요. 그런데도 유림이를 구속 안 한다고요?"

"그 아인 나트륨 반응에 대한 지식도 없고, 일단 물풍선을 던졌다는 것만으로는 구속이 힘들어. 나트륨을 호주머니에 넣은 사람이 누구인지를 잡아야지. 그때 입고 있던 옷은 체육복이라고 했지?"

"네. 물풍선 맞을 거니까 동아리실에서 갈아입고 나갔죠. 분명 입을 때는 호주머니에 아무것도 없었는데, 무슨 수로 나트륨을 집어넣었는지 모르겠어요. 아마 사람들 몰려들어서 정신없는 틈에 유림이가 집어넣었을 거예요. 워낙 막 놀던 애니 소매치기범한테 그런 기술 배웠을지도 모르죠."

"하지만 유림이는 나트륨 반응에 대한 기본적인 지식도 없어. 그건 너도 인정하지?"

이상하게 가해자를 편들게 된다. 강하게 밀려오는 기시감에 자신도 모르게 이맛살을 찌푸렸다. 유림의 가방에서 나트륨 반응 흔적이 나왔다는 사실은 말하지 않았다. 유림은 누군가가 자신을 모함한다고 주장했다. 나트륨은 화학반응이 쉽게 일어나기 때문에 조심스럽게 다뤄야 하는데 미량만 가방에 흘렸다는 건 고의성이 짙었다.

"서연우는 있잖아요."

"뭐?"

"저 고3 때 담임이요. 분명히 둘이 짜고 저 물먹이려고 저지른 짓이라니까요."

"왜 서연우 선생님이 그랬다고 생각하지? 서 선생님이 너한테 원한 가질 만한 일은 없었잖아."

언성을 높이지 않으려 노력했다. 어쨌든 연우는 성폭행 사건이
벌어진 뒤 최선을 다해 해결하려고 노력했다. 사실 형주의 입장
에서는 연우가 끝까지 진실을 밝히고 처벌을 하겠다고 우기지 않
은 것에 대해 감사해야 했다. 연우가 모른 척해준 덕분에 성폭행
가해자로 몰린 학생들은 두 명을 제외하고 모두 한국대에 합격했
다. 물론 그중 가장 성공한 사람은 형주였다. 그러면서도 졸업식에
서 연우에게 그 망신을 줘놓고 오히려 연우에게 범죄를 덮어씌우
다니 믿을 수가 없었다.

"서연우 선생님은……."

달래기 위해 입을 열었지만 형주는 무시했다.

"미쳤으니까요. 그 여자는 미쳤다니까요. 그거 모르시죠? 우리 아
빠가 서연우, 정신과 진료실에서 나오는 거 봤다고 하더라고요. 작
년에도 유림이 년은 가만히 있는데 서연우가 들쑤시는 바람에 일
이 커졌던 거라고요. 자기가 무슨 정의의 사도라도 된 줄 아는 인
간이에요. 분명히 서연우가 유림이한테 시킨 거예요. 아니, 서연우가
나트륨을 내 호주머니에 넣었을 거예요. 미쳤으니까 이런 엽기적인
방법으로 날 죽이려고 했죠. 이게 제정신인 사람이 할 짓이에요?"

진술을 듣는 중빈의 눈빛이 반짝였다.

형법 제 317조, 의료법 제 19조에 의하면 직무처리 중 취득한 타

인의 비밀을 누설하는 것은 금지되어 있다. 또한 진료기록은 본인 이외에는 열람불가하고 삭제도 불가능하다. 특히 정신질환은 F코드로 보험공단에서 특별히 관리하기 때문에 열람이 더 까다로웠다. 하지만 형주 아버지가 미리 전화를 주었다며 민수와 중빈을 맞이한 정신과 의사는 꽤 협조적이었다.

"범죄에 연관되어 있다고 하고, 그것도 하필이면 우리 모교에서 일어난 불미스런 사건에 연루되어 있다고 하니, 기본적인 사항은 알려드리겠습니다. 사실 우리 병원에서는 서연우 선생님이 꽤 유명한 환자이기도 하니까요. 초진은 여동생인 서지민 양 성폭행 사건이 있은 후입니다. 실어증으로 입원했었죠. 퇴원한 뒤에는 친모가 있는 미국에서 요양하다 두 달 뒤에 돌아와 내원했습니다. 불면증과 우울증이 심했어요. 언제나 최대용량의 수면제를 처방해줘도 잠을 못 자서 괴로워했죠. 트라우마가 워낙 심했어요. 여동생은 오히려 잘 극복한 편이에요. 워낙 어렸을 때 겪은 일이고 통증을 느끼지 못해서인지 여동생은 정신적으로는 큰 문제가 없었어요. 하지만 서연우 환자는 시간이 흘러도 우울증이나 불면증이 나아지지 않아 걱정이었죠. 작년부터는 우울증이나 불면증보다 다른 증상들이 더 심각했어요. 처음에는 물건을 자주 잃어버리기 시작했고, 그다음에는 아파트 공동현관 비밀번호가 기억나지 않았다고 하더군요. 처음에는 단순한 건망증인 줄 안 모양이에요. 그런데 어느 날, 조회 중에 어떤 아이가 뒷문을 열고 들어왔는데

누구냐고 물었다더군요. 아이들이 모두 황당해서 쳐다봤대요. 서
연우 선생 반 학생이었던 거죠."

정신과 의사는 수많은 가능성을 언급했다.

"해리장애는 학대당한 과거가 있거나 극한의 스트레스에 처한
사람에게 나타날 가능성이 높아요. 서연우 환자는 특히 발병 가
능성이 높았어요. 항우울제나 공황발작제는 단기기억력을 떨어뜨
리고 정신이 혼미해지는 부작용이 있죠. 알코올중독으로 인한 전
두엽 손상, 우울증에 인한 가성 치매, 졸피뎀 부작용 등등 우리도
뭐가 원인인지는 몰라요. 알코올성 치매는 생각보다 많아요. 전체
치매 환자의 10%나 되니까. 짧은 시간에 다량의 술을 마시는 사
람에게 많이 나타나고, 블랙아웃 현상을 겪는 사람은 그 가능성
이 더 높죠. 전두엽이 손상되기 때문에 폭력적인 성향이 많이 나
타나요. 신경계 질환인 베르니케-코르사코프 증후군은 보통 비타
민 B1 티아민 결핍에 의해 발생하는 경우가 많은데, 알코올중독의
경우 티아민 결핍이 되기 쉬운 데다 알코올중독으로 지방간이나
간 섬유증이 발병하면 간에 저장된 티아민의 양이 줄어들기 때문
에 발병할 가능성이 높죠. 베르니케-코르사코프 증후군은 진행성

---

16) 환자 자신이 체험한 것과는 다른 이야기를 지어내서 기억의 틈을 메우려 하는
증세. 조현병과 망상장애와 감별해야 하는데, 둘은 없는 이야기를 체계적으로 지
어내 이야기하고 기억의 장애는 없지만 작화증 환자의 경우는 기억의 장애가 매
우 심하며 그 이야기의 체계성이 매우 떨어진다.

기억상실이나 역행성 기억상실, 작화증[16], 환각을 일으키죠. 아마도 해리장애가 서서히 진행이 되다가 작년에 업무과다로 인해 스트레스를 많이 받아서 증세가 심각해진 것 같아요."

"그래서 치료는요?"

"기억상실과 사고능력 저하는 티아민을 투여해도 보통 회복되지 않아요. 그래서 알코올 섭취를 줄이라고 당부했는데, 오히려 더 술을 많이 마시더군요. 어쩌면 서연우 환자는 자살충동으로 그러는 게 아닐까, 하는 생각이 들었어요. 그저 자신의 힘이 아닌 무언가 다른 힘으로 죽고 싶었던 거겠죠. 우울증이 그 정도로 심했어요. 트라우마, 스트레스, 알코올, 흡연, 발암 가능성도 많아서인지 결국은 올해 초에 위암 판정까지 받았어요. 여동생이 죽은 직후였죠. 아직 1기라서 충분히 완치 가능한데도 치료나 수술은 거부하고 진통제와 수면제만 처방받는다고 우겨서 내과에서도 골치라고 하더군요. 젊으면 암세포의 증식 속도도 빨라요. 순식간에 온몸에 번지죠. 아마 이대로 치료를 거부한다면 길어야 몇 개월 정도만 더 살 수 있을 거예요."

멍하니 진료실을 나왔다. 사흘에 한 번쯤 퇴근길의 연우를 미행했다. 혹시나 연호에 관한 단서를 얻을까 싶어서였다. 연우의 일과는 변함이 없었다. 탄천을 따라 걸어 용인과의 경계선에 이르면 소주 두 병과 담배 한 갑을 꺼냈다. 담배 한 모금에 소주 한 모금. 정신과 의사의 말이 맞았다. 연우는 스스로를 죽음으로 몰아가기 위해 안간힘을 쓰고 있었다. 어떻게든 연우가 치료를 받도록 설득할 방법을 찾아야 했다. 뭐라고 해야 연우가 수술을 받을까, 골몰해 있는데 중빈이 불쑥 끼어들었다.

"기억상실과 사고능력 저하. 충분히 심신미약 판정 사유네요."

"뭐?"

순간 당황해 말을 잊었다. 인간은 얼마나 냉정해질 수 있는 걸까? 민수는 중빈을 노려보았다. 중빈은 한숨을 내쉬면서도 눈길을 피하지 않았다.

"사고 난 사람들 모두 교묘하게 서연우와 연관되어 있잖아요."

"몇 번이나 말했잖아. 우연은 그저 우연일 뿐이라고. 게다가 모두 분명한 용의자가 있는 사건들이야."

매일 자신에게 되뇌던 변명을 했지만 중빈은 굴하지 않았다.

"처음에는 저도 그냥 우연이라고 생각했어요. 하지만 가해자들은 모두 누명을 썼다며 잡아떼고 있고, 피해자들은 연민이나 동정을 받기엔 문제가 많아요. 마치 피해자와 가해자를 동시에 벌주려는 범죄 같다는 생각이 들어요. 그렇다면 그들의 사정을 가장 잘 아는 사람이 가해자에게 뒤집어씌우려고 용의주도하게 꾸민 범죄일 가능성도 있어요. 의사도 말했잖아요. 폭력성이 짙어진다고. 어차피 암에 걸려 죽게 되었으니 자신을 괴롭혔던 사람들에게 복수를 하고 죽자고 결심했을 수도 있어요. 가족도 없이 혼자니 겁날 게 없었겠죠. 원리원칙주의자라잖아요. 죽기 전에 정의를 실현해 보자, 그런 생각을 했을 수도 있죠. 그나저나 여동생이 성폭행을 당했다는 사실을 선배는 알고 있었어요?"

갑자기 숨이 턱 막혀왔다.

6-3. 연우, 2018년 5월 10일 목요일

▶ REC

자꾸 기억이 흐려져. 의사는 진료할 때마다 경고하지. 알코올중독이나 졸피뎀의 부작용 때문에 기억력에 문제가 생기는 거라고. 그래도 술이나 약이 없으면 잠들지 못하니 어쩔 수 없어. 예전엔 둘 중 하나만 있어도 잠이 들었는데. 이제는 한 시간도 못 자고 악몽에 놀라서 깨어나.

술과 수면제에 취하기 시작하는 그 순간이 좋아. 감각은 무뎌지고 기억은 흐려지고. 그렇게 나쁜 기억이 소멸되는 시간이 필요해. 아니면 숨을 쉴 수가 없어. 기억하지 못하는 순간들이 안타깝지도 두렵지도 않아. 그저 지금 이 순간이 중요하니까. 게다가 나에게는 세상 누구라도 이해할 수밖에 없는 끔찍한 삶이라는 변명이 있잖아? 충분히 중독에 빠져들 수밖에 없는 이유가 바로 내 삶이었어.

언제나 온몸에 꽉 힘을 주고 살아내야만 하는 게 힘들었어. 세상의 불행과 불운은 언제나 나에게 싸움을 걸어왔지. 이래도 살아갈래? 이래도 견딜래? 아니, 아니, 난 분명히 그렇게 대답했어.

죽고 싶다. 죽고 싶다. 죽고 싶다. 매일 밥을 먹을 때마다 생각했어. 죽고 싶은데 꾸역꾸역 밥을 먹고 있는 나 자신이 징그럽고 소름끼쳤고, 죽을 용기도 없는 나 자신이 한심했지. 그런데 지민이 네가 나타났어. 내 인생의 유일한 선(善). 너라는 선(善)을 지키기 위해서는 살아남아야 했지. 살고 싶지 않더라도. 그런 내 마음을 알았던 걸까? 넌 항상 말했지.

자살도 살인이야, 나쁜 짓이야, 어떤 생명이든 그 가치의 무게는 같은 거야. 넌 밥을 먹을 때마다 기도하며 말했지. 식물도 아픔을 느낀대. 그러니까 이 밥상에 있는 생명들은 모두 날 위해 희생해 준 거잖아. 감사의 기도를 올려야지.

매일매일 네 말을 되새기며 버텼어. 아니, 그냥 네가 있으니까 버틸 수 있었어. 죽고 싶다가도 네 선한 눈빛을 보면, 네 부드러운 노래를 들으면 살아갈 힘이 났지. 그런데 이제는 네가 없어.

차라리 운명이란 게 있다고 믿고 싶어. 내 의도와는 상관없이, 내 노력과는 상관없이, 모든 게 차라리 정해져 있다고 믿고 싶어. 그래야 내 운명이 이렇게 벼랑 끝으로 몰린 걸 설명할 수 있을 테니까.

의사는 해리장애가 위험하다지만 난 신이 마침내 내게도 자비를 베풀었다고 생각했지. 내 삶을 모두 다 잊고 싶었으니까.

자꾸 기억이 흐려지고 사라져서 매일 그날 일을 써두지 않으면 실수를 할 정도야. 처음에는 노트에다 적어두곤 했었는데 술기운에 쓴 글씨는 나도 알아볼 수 없을 정도로 엉망이 되곤 하더라. 그래서 이 방법을 생각했지? 듣고 있어, 지민아? 넌 내 말을 들을 수 있는 거지?

무서워, 지민아. 중빈이라는 형사가 날 쳐다보는 눈빛이 소름끼쳐. 진짜 내가 살인자라도 된 것 같아. 예전에 어떻게 진술했는지 기억나지 않아서 사소한 사실을 다르게 얘기하기라도 하면 꼬치꼬치 캐물어. 그렇게 날 몰아세울 때면 차라리 내가 범인이라고 말하고 싶어질 정도야. 그러면 이 모든 고통이 끝나겠지.

내가 방금 전까지 무슨 얘기를 했었지? 또 잊어버렸네. 우스워. 방금 전 밥을 먹었는지 아닌지조차 기억하지 못하면서도 네가 내 곁에 없다는 사실만은 언제나 또렷해. 아니, 다른 모든 기억은 사라지고 이제는 그 기억만 남아 있어. 내 인생의 유일한 선(善), 네가 사라졌다는 사실만 기억에 가득해.

6-4. 민수, 2018년 5월 11일 금요일

민수는 안곡경찰서와 비슷하지만 낯선 경찰서의 흡연구역에서 다시 담배를 빼어 물었다. 벌써 한 시간째 서성이면서도 들어갈 엄두가 나지 않았다. 연호의 미제사건을 수사 중인 경찰서였다. 중빈이 연호의 존재에 대해 알게 되는 건 시간 문제였다. 아직 경력이

짧았지만 중빈은 꽤 능력이 출중했다. '선무당'이라는 별명이 거저 생긴 것은 아니었다. 중빈이 사건을 조사하다 연호의 생존을 알게 될지도 모른다는 불안감에 어젯밤 한숨도 자지 못했다.

미제사건팀장인 태민을 만나 미리 상황설명을 해둬야 했다. 태민은 민수와 연호가 친구라는 사실을 몰랐다. 어떤 변명을 해도 태민은 믿지 않을 게 뻔했다. 미제사건팀장답게 집요하고 끈질기게 상황에 대해 의심하고 질문할 것이다. 차라리 정직한 게 나을 수도 있었다. 태민과의 대면을 늦추려 새 담배를 꺼내 무는데 휴대폰 화면에 태민의 이름이 떠올랐다.

"오래간만에 술이나 한잔하자고. 마침 오늘 안곡에 가거든."

태민은 민수 외에 안곡에 지인이 없었다. 그렇다면 수사에 관련된 방문이었다. 민수는 애써 불안감을 감추며 물었다.

"무슨 볼일 있어요?"

"아, 너도 알지? 서연호 실종 사건. 여동생이 안곡에 사는데 통 연락이 안 돼서 집으로 찾아가려고."

그 말을 듣는 순간, 달리기 시작했다.

연호가 숨어 있을 가능성이 가장 높은 곳은 연우의 아파트였다. 연우의 아파트에 숨어 있지 않다고 해도 흔적이 남아 있을 가능성이 농후했다. 오랜 도피생활에 긴장이 풀렸는지 연호는 나자르 본주에 지문을 남길 만큼 허술해졌다. 압수수색영장이 없어도 아파트 안을 둘러볼 수 있었다. 집 안을 한 번 살펴보겠다는 형사의 부탁을 거절하는 것만으로도 의심을 받을 수 있었다. 일단 연호의 흔적을 지워야 했다. 괜스레 연우에게 알려 불안하게 할 필요는 없었다.

디지털 도어락은 장비를 쓸 필요도 없이 쉽게 열렸다. 비밀번호는 지민의 생일.

집 안에는 아무도 없었다.

민수는 거실 바닥에 드러누워 한참을 멍하니 있었다.

도대체 이 집이 아니라면 연호는 어디에 있는 걸까? 민수는 집 안 구석구석을 살피며 한숨을 내쉬었다. 혹시라도 연호의 흔적이 남아 있을까 싶어 걱정이었다. 태민이 오기 전에 문제가 될 만한 것들을 미리 치워두고 싶었다.

15평의 작은 아파트, 물건을 숨길 곳은 그리 많지 않았다. 손바닥만 한 노트는 베란다의 수납장 안, 쓰다 만 생리대 틈새에 숨겨져 있었다. 과연 숨긴 게 맞는 걸까 싶을 정도로 너무 쉽게 발견해 별것 아니라고 생각했다. 꽤 오랫동안 꺼낸 적이 없는지 노트를 넘기자 뭉쳐진 먼지들이 풀썩 날아올라 기침이 저절로 나왔다. 콜록콜록, 벌어진 입으로 다시 먼지가 날아들었다. 끝없는 기침에 눈물까지 났다. 민수는 눈을 질끈 감고 노트를 가방 안에 넣어버렸다. 힐끗 본 노트의 글귀들이 가방 안에서 튀어나와 민수의 목을 졸랐다.

- K, Ca, Na는 물과 접촉 시 발열[17]? 산성?

- 니코틴은 피부로도 흡수. 60mg이 치사량. 일반 담배를 물에 담가서 농축? 액상 니코틴 구매?

- 메탄올에 노출 시 실명, 호흡곤란, 간 손상 가능성 높음. 30ml가 치사량!

- 중추신경흥분제 초산 스트리크닌은 호흡이나 심장기능 마비된 동물 소생 위해 사용하나 효과량과 치사량의 차이가 적음. 투여량 오류가 많아 사망 위험 높은 편!

- 플루오린화 수소 누출? 독성이 강해 노출 시 실명, 질식으로 금세 사망!

- 전신마취에 사용하는 근육이완제, 염화 석사메토늄은 0.01g이 치사량으로 체내 들어간 뒤 신속하게 분해되어 인간이 본디 지니고 있는 물질로 변화! 부검으로 드러나지 않을 가능성 높음.

- 모르핀과 항히스타민제(감기, 알레르기 치료제)을 동시에 사용하면 치명적!

- 파란색 잉크는 산성으로 청산가리와 섞이면 시안화수소, 즉 청산가스를 발생시키는데 청산가스 중독사는 부검으로 밝히기 어려움! 자동차 내에서 사용하면 성공률 높음!

- 술에 취한 사람에게 해열진통제인 파다세타몰을 정맥주사하면 사망! 주사제만 과다 투여 시에는 사망하지 않음!

---

17) 칼륨, 칼슘, 나트륨은 물과 접촉 시 급격하게 열을 발생시키며 폭발한다.

필체는 두 가지가 뒤섞여 있었다. 그중 하나는 분명히 연호의 필체였다. 모서리를 동글동글하게 굴리는 것도, 자음보다 모음을 작게 쓰는 것도, 분명히 연호의 글씨체였다. 술에 취해 쓴 듯 비뚤어지고 겹쳐진 글씨도 많았지만, 분명히 연호의 필체였다. 아직도 연호가 준 생일카드나 크리스마스카드를 꺼내보곤 했다. 게다가 연호는 마침표보다는 느낌표나 물음표를 좋아했다.

어제 안곡북고 교무실에서 화학선생이 교무업무를 보조하는 행정직원인 실무사와 나누던 대화가 떠올랐다.

"메탄올 통이 비었던데 주문 부탁드려요."

"분명히 학기 초에 내가 확인했을 때는 메탄올 통이 꽉 차 있었는데, 50리터가 넘는 메탄올을 다 사용했다고요? 이상하네."

"학기 초에 누가 달고나 만드는 실험 하는 것 같던데, 그때 다 썼나 보죠."

'메탄올'이라는 단어 때문에 주유소 메탄올 유출 사건이 떠올랐지만 무심히 넘겼다. 주유소 사건수사에서 메탄올의 출처는 끝내 밝혀지지 않았다. 안도현은 아직도 자신이 무죄라며 모든 진술을 거부하고 있었다.

한국대 의예과 사건은 나트륨 폭발이었다. 관악서 수사에 따르면 관련업체에서는 나트륨을 개인적으로 판매한 적이 없었다. 나트륨과 메탄올, 모두 학교 과학실에서는 쉽게 구할 수 있는 것들이다. 나트륨과 메탄올, 모두 연호의 노트 안에 있었다. 연호는 고등학교 시절 세계적인 해킹대회에서 우승할 정도로 컴퓨터와 기계를 다루는 데 뛰어난 능력을 보였다. 교감의 me too 사건은 뛰어난 해킹 능력을 가진 사람이 저지른 일이었다.

아냐. 민수는 말도 안 되는 추측을 몰아내려 머리를 거세게 흔들었다. 수많은 질문들이 머릿속을 휘저었다. 이제까지 연우가 연호를 숨겨준 걸까? 연호는 어디에 숨어 있는 거지? 정말 연호나 연우가 저지른 일일까? 연우 혼자, 아니면 같이? 쏟아져 나오는 질문에 대답하는 사람은 아무도 없었다.

6-5. 연우, 2018년 5월 11일 금요일

연우는 졸피뎀 10알을 한 움큼의 진통제와 함께 씹어 삼켰다. 아침에 맞는 모르핀 주사는 저녁이면 완전히 효력이 다했다. 도저히 위통이 가라앉지 않을 때는 차라리 잠을 자는 게 나았다.

아직도 삶이 억지로 떠안기는 어이없음에 실소가 나왔다. 죽고 싶다고 기도할 땐 들어주지 않던 기도를 이제야 이렇게 쉽게 들어주다니. 30분이나 지났는데도 복통은 가라앉지 않았다. 정수기 옆에 놓아둔 진통제 병에는 달랑 한 알밖에 없었다. 휴대해 다니는 진통제가 남아 있을지도 모른다는 생각에 옷장 안에 있는 가방들을 뒤지기 시작했다. 있다! 연우는 병을 꺼내자마자 너무 놀라 순간적으로 병을 집어던졌다.

데구루루 굴러간 병은 벽에 부딪히고 다시 연우에게 되돌아왔다. Na. 붉은 글씨의 나트륨의 원소기호. 병은 텅 비어 있었다. 통증조차 잊었다. 그저 텅 빈 병을 들고 생각했다. 이게 왜 내 가방 안에 있을까? 이 가방을 언제 마지막으로 사용했지? 기억나지 않았다.

나트륨은 물과 격렬하게 반응하여 수소를 발생시키는데 그때 발생한 반응열로 폭발이 일어난다. 공기 중 산소와도 화학반응이 쉽게 일어나기 때문에 보통 등유 같은 비활성 액체 속에 넣어 보관한다. 연우는 병을 자세히 들여다보았다. 올해 초 연우가 '안곡북고등학교'라는 고무인을 찍은 자국이 선명했다. 분명 학교 독극물 수납장에 있는 병이었다. 아무리 생각해 봐도 병이 왜 가방 안에 들어있는지 기억나지 않았다.

문득 나트륨 폭발 사고를 당한 형주가 떠올랐다. 연우는 라벨을 떼고 목장갑을 낀 뒤 병의 안쪽과 바깥쪽을 한 시간이나 문질러 닦았다. 혹시나 의심을 받을 일은 피해야 했다.

운이 좋았다. 연호의 미제사건을 수사하고 있다는 태민은 집 안까지 들어와 살폈다. 압수수색영장은 없었지만 대충 훑어보기만 하겠다는 부탁을 거절하는 것도 의심을 살 수 있었다. 태민이 집 안 곳곳을 살펴보는 동안 위경련은 점점 심각해졌다. 태민은 식은 땀을 흘리며 배를 움켜쥐는 연우가 신경 쓰였는지 30분도 안 되어 수색을 그만두었다. 병원에 데려다주겠다는 태민의 호의를 거절할 때만 해도 태민이 가자마자 노트를 버려야 된다는 생각으로 가득 차 있었는데 그사이 또 잊어버렸다.

연우는 베란다로 후다닥 달려갔다. 잠시 후엔 또 잊어버릴지 몰랐다. 수납장 문을 열고 뒤졌지만 노트는 보이지 않았다. 분명히 베란다 수납장 생리대 틈새에 끼워 넣어뒀었는데. 지난번 생리를 할 때 분명히 그 자리에 있는 걸 확인했었는데 없어졌다. 연우는 수납장에 있는 물건을 모두 꺼내고 샅샅이 살폈지만 노트는 없었다.

내가 가져다 버리고 기억하지 못하는 걸까? 연우는 재빨리 휴대폰의 녹음 목록을 하나씩 재생하기 시작했다. 버렸다면 분명히 녹음을 해뒀을 텐데 녹음 목록에는 그런 내용이 없었다. 혹시나 해서 다이어리의 메모까지 살펴봤지만 노트를 버렸다는 내용은 없었다. 불안감이 밀려왔다. 연호의 필체는 독특했다. 이제 와서 연호의 존재가 드러나서는 안 된다. 아직은 계획이 모두 끝나지 않았다.

아냐, 아냐. 내가 버렸을 거야. 연우는 졸피뎀의 효력으로 흐려지는 정신을 붙잡으려 애쓰며 되뇌었다. 내가 버리고 기억을 못하는 거겠지. 녹음도 했는데 확인한 뒤 지웠을 거야. 그렇게 믿고 싶었다. 자신을 믿기 힘들다는 것은 필연적으로 두려움을 동반했다.

검은 모자와 마스크를 쓰고 14층에서 계단으로 내려가 재활용함에 나트륨병을 버렸다. 멍한 정신에도 증거를 남겨서는 안 된다는 생각이 퍼뜩 들어 검은 모자와 마스크도 의류 재활용함에 넣었다. 졸피뎀 때문에 다리는 후들거리고 시야는 빙글빙글 돌았다. 아파트 공동현관까지 간신히 걸어와 주저앉았다.

지민아, 지민아. 연우는 자신이 알고 있는 유일한 선(善)을 불렀다. 지민아, 지민아. 나 자신을 믿기가 힘들어. 그리고 무서워. 이러다 정말 범인으로 몰리는 건 아니겠지? 지민아, 내가 조금만 더 버틸 힘을 줘. 부탁이야.

어지러웠다. 세상은 연우에게 너무 어지러웠다.

제7장

괴물

누구든 괴물과 싸우는 자는 그 과정에서 자신이 괴물이 되지 않도록 주의해야 한다.
당신이 오래도록 나락을 들여다보면 나락 또한 당신을 들여다보는 법이다.
– 프리드리히 니체(철학자, 시인)

7-1. 연호, 2004년 3월 24일 수요일

지민에게 일어난 범죄는 전 국민의 관심을 끌었다. 대중은 언제나 타인의 희극보다는 비극에 열중한다. 텔레비전의 프로그램들은 지민의 사건을 다루기 바빴다. 용걸은 휴직계를 신청했다. 지민의 성폭행범을 직접 잡겠다는 이유였다. 르포 프로그램에서는 지민이 당한 잔인한 성폭행과 범인을 잡기 위해 휴직계까지 낸 검사의 스토리를 아름답게 포장해 방송했다.

방송을 타고나자 사람들의 관심이 쏟아졌다. 자궁, 방광, 질, 대장, 항문…… 하반신의 모든 장기가 파열되었다는 주치의 인터뷰를 본 사람들은 안타까워 어쩔 줄 몰랐다. 삼남매를 용걸 홀로 키웠다는 동네 사람들의 증언은 사람들을 눈물짓게 만들었다. 배변 주머니를 차고 링거 줄을 매단 채 휠체어에 앉은 지민의 모습은 사람들의 분노를 부채질했다. 분노, 좌절, 연민, 존경, 경외로 뒤범

벽된 드라마는 용걸을 스타로 만들었다.

　중환자실의 면회 인원은 2명으로 제한되어 있었다. 용걸은 수술 직후 방송촬영 때 딱 한 번 지민을 면회한 뒤로는 가슴이 아파 못 보겠다며 다시는 면회를 하지 않았다. 면회를 놓고 용걸과 다툴 필요가 없어 오히려 다행이라고 생각했다. 연우와 나는 오전과 오후, 2번의 면회시간을 위해 학교에도 가지 않았다. 그리고 연우가 떠난 뒤, 난 중환자실 앞에 혼자 남아 지민이 깨어나길 기다렸다.

7-2. 연호, 2004년 3월 25일 목요일

　혼수상태에서 깨어난 지민은 사건을 기억하지 못했다. 정신과 의사와 아동심리학자는 충격으로 인한 기억상실이라고 했다. 차라리 잘된 일이라고, 범인을 잡는 것보다 지민이 고통 받지 않는 게 더 중요하다고 생각했다. 주요한 증인인 나와 피해자인 지민 모두 아무것도 기억하지 못하는 상황, 수사상황은 제자리걸음이었다. 나라도 기억을 되살려야 했다.

　민수의 증언에 의하면 나는 미친 사람처럼 소리를 지르며 지민을 업고 큰길까지 뛰어 구급차에 올라탔다고 했다. 기억나지 않았다. 의사는 트라우마로 인한 단기적 기억상실의 경우, 기억을 되살리려 노력하는 것이 오히려 해로울 수 있다며 날 달랬다. 하지만 뭔가 있었다. 내가 기억해야 되는 중요한 사실이 있다는 느낌을 지울 수가 없었다. 하루 종일 그날에 대해 기억해내려 애썼다. 머리를 짓이기는 듯한 두통쯤은 참을 수 있었다. 너무 화가 나서 피가 날 때까지 벽에다 머리를 찧었지만 기억은 되돌아오지 않았다.

지민은 어리광이 늘었다. 아프지도 않는데 병원에 있기 싫다며, 집에 가고 싶다며 떼를 쓰며 울었다. 오빠, 무서워, 혀 짧은 소리로 부르며 돌아서는 나를 붙잡았다. 오빠, 가지 마, 그렁그렁한 눈망울로 바라보면 난 일어날 수가 없었다. 사건에 대해 알고 있는 의료진은 면회시간이 끝나도 남아 있는 나를 모른 척했다. 엄지손가락을 빨면서 잠든 모습은 영락없는 천사였다. 세 살 이후로는 본 적 없는 모습이었다.

"찌찌, 찌찌 빠는 거야."

가끔은 인형을 가슴에 안고 젖을 물리기도 했다. 어린 시절 연우의 모습과 똑같았다. 마미가 떠난 뒤 한동안 연우는 손가락을 입에 물고 인형에게 젖을 물리는 시늉을 하며 울곤 했다. 마미에 대한 그리움에 그런 행동을 하는 거라고 생각하며 무심히 넘겼다. 아니, 마미를 그리워하는 연우가 이해되지 않는다고 생각하며 짜증을 냈던 것도 같다. 그게 아동성학대자가 보이는 전형적인 반응이라는 걸 그때는 상상조차 하지 못했다.

"정신적 충격으로 인해 기억하지 못한다고 해도 무의식은 성폭행을 당한 사실을 기억하고 있는 거예요."

지민의 상태를 점검하러 온 아동복지사가 말했다. 여자가 주고 간 《아동성학대자의 심리적 치료》라는 책을 읽으며 연우를 떠올렸다. 외면했던 기억들이 머릿속에 휘몰아쳤다.

나에겐 때릴 때조차 손을 쓰지 않는 용걸이었지만 연우에게는 스킨십을 아끼지 않았다. 연우를 껴안고 텔레비전을 보는 시간을 용걸은 가장 좋아했다. 뉴스가 재미없어 연우의 눈빛이 멍하다고, 깡마른 용걸의 무릎 위가 불편해 잔뜩 경직된 거라고 착각했다. 쉽게 잠들기 힘들어하는 연우였지만 뉴스가 지루해 금세 눈을 감고 잠든 척 늘어진다고 생각했다.

연우가 엄지손가락을 빨기 시작한 것은 용걸이 나를 때리지 않게 되었던 무렵이었다. 당시 연우는 어리광이 심해졌다. 밤에도 혼자 자기 무섭다며 나와 함께 자고 싶다며 조르기 일쑤였다. 우리가 함께 자는 모습을 본 용걸은 불같이 화를 냈다. 더럽게 뭐 하는 짓이야, 용걸의 고함 소리에 놀라 '더럽다'라는 의미에 대해 깊게 생각하지 않았다. 그 뒤로는 내 방에서 잠든 연우를 용걸이 퇴근하기 전에 연우의 방으로 옮겨 눕혔다. 연우와 용걸, 모두를 만족시키기 위해서는 어쩔 수 없었다. 그 정도 귀찮음은 견딜 만했다. 용걸의 폭력이 없는 내 생활은 점점 안정되어갔다.

상처 없이 고통 없이 하루가 지나가고, 일주일이 넘어가고, 한 달이 흘렀다. 그즈음 연우는 부쩍 짜증이 늘었다. 어디가 아프냐고 물어도, 왜 그러냐고 물어도 연우는 대답하지 않았다. 어쩌면 나에게 말할 수조차 없는 무언가가 일어나고 있는지도 모른다고, 분명히 나쁜 일이라고, 마음 깊은 곳에서는 눈치채고 있었는지도 모른다. 혹시나 용걸이 나 대신 연우를 때리는 것은 아닐까 불안해 연우의 몸에 상처가 났는지 유심히 살피곤 했다. 상처가 없는 것을 확인한 뒤에도 늘 아슬아슬한 기분이었다.

하지만 난 어렸다. 그저 처음으로 평화로운 내 일상을 방해하는 연우가 점점 귀찮아졌다. 학교에서 돌아오면 방에 처박혀 밖으로 나오지 않았다.

지옥에서 헤맬 때 유일한 빛이었던 연우를 모른 척하는 건 쉬웠다. 이미 지옥을 벗어났는데 지옥을 견딜 수 있게 만들어주는 빛 따위는 필요 없었다. 그렇게 난 지옥 속 유일한 희망이었던 그 아이를 지옥에 버려두고 도망쳤다. 그때 난 깨달았다. 누구든 마음속에 악을 품고 있는 거라고. 사회적 관습이나 법에 억눌려서 그 악을 분출하지 못하고 있을 뿐이라고.

중학교 입학은 연우와 나를 더 멀어지게 했다. 중학교 1학년과 초등학교 6학년 사이의 간극은 절대 극복할 수 없는 것처럼 거대해 보였다. 연우가 하는 말과 행동이 모두 유치해 보였다. 연우는 아프다는 핑계로 결석을 자주 하기 시작했다. 내 무관심에 대한 반항이라고 생각했다. 아픈 아이가 점점 체중이 불어날 수는 없을 테니까. 속이 쓰려서, 기침이 심해서, 다리가 아파서, 연우는 학교에 가지 않았다. 연우가 학교에 다시 가기 시작한 것은 지민이 우리 집에 오고 나서였다. 몸무게도 서서히 줄어들어 정상으로 돌아왔다. 지민을 돌보느라 힘들어 체중이 줄어드는 거라 생각했었다. 그렇게 외면하고 회피하는 동안 평화로웠다.

지민이 집에 오던 부활절의 기억이 밀려들었다. 새벽에 비명을 지르며 배를 움켜쥐고 데굴데굴 구르던 연우, 연우를 치료를 하는데 방해가 된다며 집 밖으로 나를 내쫓던 용걸, 억지로 성당에 가자며 나를 잡아끌던 지호, 그리고 의도적으로 버려져 있던 지민……

아무리 아픔을 느끼지 못한다고 해도 하체가 너덜너덜해진 지민은 도저히 집으로 걸어올 수 있는 상태가 아니었다. 사건이 벌어진 날, 용걸은 10시경 조퇴를 한 뒤 베이비시터를 퇴근시켰다. 하지만 주말 동안 검토하려고 했던 사건 관련 서류 중 두고 온 것이 있어 지민이 좋아하는 만화영화를 틀어준 뒤 검찰청에 잠시 들렀다고 했다. 범죄는 용걸이 집을 비웠다는 3시간 동안 벌어진 것으로 추정되었다.
어린 시절부터의 세뇌가 효과적이었는지 지민은 혼자서 외출하는 일이 절대 없었다. 범죄현장으로 추정되는 대각선 철거현장에서 발견된 혈흔은 수사에 혼란을 주기 위한 증거물일 수도 있었다. 순간 널브러진 지민의 주위를 감싸고 있던 비린 밤꽃 향기가 갑자기 떠올랐다. 바로 그것이었다. 내가 잊고 있었던 중요한 기억이.

범죄는 집 안에서 벌어졌다. 바보 같은 나는 그제야 깨달았다. 그리고 용의자는 한 명밖에 없었다.

토했다.

먹은 것도 없어 신물만 나오는데도 구역질은 멈추지 않았다. 위산으로 식도와 입 전체가 헐어도 구역질은 계속됐다. 시뻘건 핏물까지 나오는데도 구역질은 멎지 않았다.

내 결론이 틀리길 바랐다. 용걸의 방문 앞에서 몇 시간이나 서성였다. 자정에 가까운 시간에도 용걸은 통화를 하고 있었다. 4·15 총선을 앞두고 정국이 어수선한 시절이었다. 범인을 잡기 위해 휴직계를 냈다는 건 말뿐이었는지 용걸은 하루 종일 누군가와 통화를 하느라 바빴다.

"여당이고 야당이고 비례대표 1번을 주겠다고 난리법석이야. 후보 등록 마감일까지 얼마 남지 않아서 빨리 결정해야 되는데 고민이네."

용걸의 목소리는 한껏 들떠 있었다.

한밤중, 잠든 용걸 곁에서 앉아 기다렸다. 재개발 때문에 대부분의 가정이 이주한 동네는 밤이 되면 검은 물감이 뒤덮은 듯 어두웠다. 구청에서는 재개발을 이유로 깨진 가로등조차 수리하지 않았다. 어둠에 눈이 적응하자 용걸의 모습이 희미하게 보였다. 가늘고 길게 찢어진 눈, 뭉툭한 콧날, 두툼한 입술, 모두들 용걸의 첫인상이 너그럽고 포근해 보인다고 했다. 아마 눈꼬리가 축 처진 것이 한몫했을 터였다. 하지만 내게는 소름끼치는 얼굴일 뿐이었다. 왜소한 체구의 용걸은 움직이지도 않고 이불 속에서 낮게 코를 골며 편안한 잠에 빠져있었다.

난 연우의 유일한 보호자였다. 내가 없으면 연우가 대신 맞을 거란 생각에 도망치지 못했다. 아마 연우도 그래서 도망치지 못했을 것이다. 차마 말할 수 없는 고통을 견디며 내 곁에 남을 수밖에 없었을 것이다. 연우에게는 내가, 나에게는 연우가 인질이었다. 우리는 서로를 사랑했기 때문에 용걸에게 끌려 다닐 수밖에 없는 불행한 신세였다. 그래서 서로의 존재를 원하는 만큼 서로가 사라지기를 간절히 바랐다. 나에게 '가족'이란 겨우 그 정도의 의미밖에 되지 못했다. 서로를 버릴 수 있는 사람들은 가족이라는 이름으로 묶일 자격이 없었다.

연민, 분노, 동정, 증오, 수많은 감정들이 끓어 넘쳐흘렀다. 연우가 왜 내게 아무 말 못했는지 이해하면서도 원망스러웠다. 추측, 의문, 확신, 부정, 수많은 생각들이 뒤섞여 혼란스러웠다. 용걸이 그런 짓을 벌였다는 것을 믿고 싶지 않았다.

아버지는 날 사랑해서 그러는 거야. 아버지는 날 위해서 그러는 거야. 내가 이 일을 견디면 아버지는 날 사랑해줄 거야. 그 무모한 믿음 때문에 난 그 끔찍한 학대를 견뎠다. 부모의 사랑은 그 어떤 것보다 위대하다고 했으니까. 그 맹목적인 믿음이 나를 더 깊은 나락으로 빠뜨렸다.

세상에서 가장 무서운 건 희망이었다. 노력하면 지금보다는 나아질 거라는 희망, 사랑받을 수 있을 거란 희망. 그래서 죽어라고 노력하는데 현실은 더 비참해지고, 사랑은커녕 오히려 버림받고, 노력은 사소한 불운에 짓밟힌다.

끔찍한 내 추측을 부정당하고 싶었다. 용걸이 내 추측에 화를 내면서 날 때려주길 바랐다. 피투성이가 되어 쓰러져도 좋았다. 연우를 버린 죗값으로 죽음까지도 달게 받아들일 수 있었다.

어둠 속에서 용걸의 눈이 처음으로 나와 마주했다. 아주 오랜만이었다. 의사인 건상이 내 몸 상태에 관해 이야기한 이후로 용걸은 내게 손끝 하나 대지 않았다. 시선도 마주치지 않았다. 용걸의 눈빛에서 두려움 비슷한 감정이 보일 때마다 내 몸 상태에 대해 만족했다. 세상의 시선 따위, 정상적인 몸 따위 상관없었다. 그저 두려움이 섞인 용걸의 눈빛이 만족스러웠다.

"당신이었어?"

용걸은 부정하지 않았다. 오히려 당당했다.

"그걸 이제야 알았어?"

확신과 확인은 달랐다. 어떻게, 어떻게, 난 허우적거렸다. 온몸에 힘이 풀려 바닥에 쓰러졌다.

"허튼소리 하면 안 된다는 말은 할 필요 없지? 너도 이제 세상 물정 알 만큼 아는 나이이니. 증거도 없는 상황에, 미성년자 자녀 따위의 증언은 아무 소용이 없다는 거 알아둬."

지민이 증거였다.

"아, 혹시나 엉뚱한 생각 할까봐 미리 말해두지만 나 대한민국 법무부 검찰국장이야. 무조건 고검장이 된다는 요직이지. 증거 조작이나 수사 결과를 바꾸는 것 따위는 간단한 일이야. 지민이도 연우도 왜 입을 다물었다고 생각해?"

난 뒤돌아 달려 나갔다.

헤맸다.

배고프지 않았다.

잠이 오지도 않았다.

폐가에서 주운 망치는 가벼웠다. 내 인생에 이렇게 가벼운 무게는 없었다.

　망치 손잡이를 타고 용걸의 피가, 내 눈물이 흘렀다.

　"괜찮아, 괜찮아."
　내 입에서 나온 말은 나를 위한 위로였다. 괜찮아, 괜찮아. 그렇게 중얼거리면 괜찮을 수 있을 것 같았다.

　용걸의 코에 티슈를 얹고 지켜보았다. 눈물이 차오를 정도로 깜박이지도 않고 보았지만 티슈는 미동조차 하지 않았다. 인간의 목숨이 이렇게 쉽게 사라질 수 있다는 것이 믿기지 않았다. 나, 연우, 지민, 우리 남매의 인생을 좌지우지했던 절대자가 한순간에 사라져버렸다. 고통의 세월이 허무했다. 이렇게 쉽게 벗어날 수 있었는데 왜 우리는 어리석게도 그 학대를 견뎌야만 했던 건지.
　재개발을 앞둔 동네는 어지럽고 지저분한 쓰레기로 가득했다. 붉은색 고무 드럼통을 주워와 용걸의 시체를 구겨 넣었다. 힘없이 모로 늘어진 용걸의 눈이 나를 노려보는 듯했다. 나를 공포에 떨게 했던 눈빛은 그대로였다. 풀어진 동공이 언제라도 반짝이며 살아날 것만 같았다. 그래도 난 그 눈을 감겨주지 않았다. 용걸이 눈을 뜨고 자신의 마지막을 보길 원했다.
　공사장 한구석에서 발견한 먼지가 잔뜩 쌓인 열경화성 수지를 드럼통 안에 부었다. 끈적끈적한 실리콘 수지가 용걸을 타고 흘러내렸다. 투명한 액체에 잠긴 용걸은 비로소 늙고 초라해 보였다. 용걸의 풀린 동공은 투명한 실리콘 수지 얼음 속에 박제되어서도 날 향했다. 붉은 고무 뚜껑이 날 노려보는 용걸의 눈을 가려주었다.

난 사흘을 누워 있었다. 밥도 먹지 않고 잠도 자지 않았다.
"내가 어릴 적에는 밥 굶는 애들도 많았어. 너희들이 내 덕분에 얼마나 호강하고 사는지 알아?"
용걸은 날 두들겨 패면서도 그렇게 우겼다.
"내가 너희를 위해 얼마나 많이 참고 견뎠는데? 이제는 도저히 못하겠다."
마미는 도망치기 전에 그렇게 말했다.
당연한 거 아닌가? 난 언제나 그 물음을 속으로 집어삼켰다. 나의 말대답은 더 큰 폭력을 불러올 뿐이었으니까. 하지만 언제나 궁금했다. 도대체 마미는, 용걸은 왜 나를 낳은 걸까?
그들은 원죄가 있었다. 아무도 내게 묻지 않았다. 태어나고 싶으냐고. 나의 선택 따위는 누구도 염두에 두지 않았다. 태어나지 않을 권리는 없이 무조건 주어진 삶이었다. 그렇기에 그 태어난 생명을 책임지고 보살필 의무는 부모라는 인간들에게 있었다. 하지만 애초부터 권리 따위는 주장할 수 없는 게 내 삶이라는 걸 일찌감치 깨달았다. 좋은 부모 따위는 바라지 않았다. 그저 갖고 놀다 버릴 수 있는 소모품이라도 사랑을 받길 바랐다.

　세상은 언제나 내게만 달랐다. 사람들이 말하는 '어버이의 은혜' 따위는 겪어본 적이 없다. 마미는 자식들의 불행 따위는 철저하게 외면했고 용걸은 자식들을 학대하는 데 주저함이 없었다. 그들은 인간이 아니었다. 인간이 아닌 그들에게서 태어난 나도 인간일 수 없었다. 그렇기에 연우에게 뭔가가 일어나고 있다는 느낌을 모른 척했다. 남자에 미쳐 자식을 버리고, 성욕에 휘둘려 어린 딸을 노리개로 삼는 그들과 난 똑같은 악(惡)이었다. 연우와 지민이 살아가는 세상에는 악 따위는 존재하지 말아야 한다. 그래서 나는 사라져야만 했다.

　다행히 용걸은 여러 개의 보험을 들어두었다. 찾아온 동창들에게 허세를 부리느라 거절을 못한 탓이었다. 용걸의 시체가 발견되면 지급될 보험금은 연우와 지민이 생활하기에는 충분했다. 자신의 행복을 위해 동생을 모른 척한 오빠 따위는 없어도 살아가는 데 문제가 없었다. 그래도 마지막으로 단 한 번만 연우의 목소리를 듣고 싶었다. 행복해, 행복해야만 해, 연우의 목소리가 듣고 싶었다. 미안하다고 말하고 싶었다. 행복해, 연우의 목소리를 들을 수 있다면 행복하게 눈을 감을 수 있을 것 같았다. 하지만 연우에게 연락할 정도로 염치없는 놈은 아니었다. 마지막은 인간답게 맞고 싶었다.

　인생에서는 운명이라는 단어로밖에 설명할 수 없는 순간이 있다. 너무나 우습고 어이없을 정도로 사소한 순간이 모여 삶을 바꾸어

버린다. 그 운명의 순간은 한 번도 내게 호의적이지 않았다. 어차피 내 의지대로 노력한 만큼 나아질 수 없는 삶이라면 마음대로 살아도 되는 것을, 나는 멍청하게도 최선을 다해 나은 삶을 꿈꿨다. 거실에 누워 햇살을 쬐며 난 삶의 의지를 완벽하게 포기했다.

몽롱하고 희미한 햇살 아래 눈을 감는 그 순간, 어디선가 벨이 울렸다. 용걸의 휴대폰이었다. 걸그룹의 발랄한 노래가 끝없이 울려 퍼졌다. 눈꺼풀을 들 힘조차 없는데 영원히 편안한 잠에 빠지는 순간을 전화가 계속 깨웠다. 어쩌면 경찰의 전화일 수도 있었다. 경찰에게 붙잡혀 마지막을 맞을 수는 없었다. 결국 난 엉금엉금 기어가 전화를 잡았다. 손가락 끝이 통화버튼을 눌렀는지 마미의 목소리가 집 안에 울렸다.

"연우 아버지, 왜 이렇게 전화를 안 받아요? 연우만 나한테 보내면 끝이에요? 약속한 양육비 아직 통장에 안 들어왔어요. 설마 약속 안 지키고 연우만 나한테 떠넘기는 거 아니에요? 지금 연우가 어떤 상태인지……."

마지막 힘을 쏟아 부어 휴대폰으로 다가갔다. 휴대폰을 들 힘도 없었다. 바닥에 놓인 휴대폰에 얼굴을 가져다댔다.

"연우 좀 바꿔주세요."

"뭐야? 너 연호니?"

놀란 마미의 목소리는 예상 외로 부드러웠다.

"네, 마미. 저 연호예요. 연우와 통화하고 싶어요."

마미는 대답이 없었다. 눈이 감기고, 목소리가 잠긴다. 시간이 얼마 남지 않았다.

"연우와 통화해야 해요. 마지막이에요. 정말, 마지막."

아무런 소리도 들리지 않았다. 전화기가 꺼졌나 싶어 화면을 보니 여전히 마미의 이름이 반짝거렸다.

"마미, 마미?"

몇 번의 물음에야 마미의 목소리가 흘러나왔다.

"너 어디니? 아버지는?"

뭔가, 잘못되었다.

"연우 바꿔주세요."

내 목소리가 떨렸나? 잘 모르겠다.

"연우 어디 갔어요?"

연이은 닦달에도 마미는 답이 없었다.

"연우 바꿔주세요. 연우 어디 갔어요?"

수없는 부탁과 질문과 애원이 무응답으로 돌아왔다. 마미를 움직이는 건 언제나 욕망이었다.

"그 사람은 죽었어요. 보험금이 꽤 많아요. 원래 들었던 게 5개 정도였는데, 휴직하면서 3개 정도 더 들었어요. 퇴직금까지 합치면 금액이 꽤 될 거예요. 수혜자는 전부 우리 남매예요."

말하는 도중 헉, 하는 숨소리가 들렸지만 나는 멈추지 않았다. 적어도 몇 십 억은 된다는 소리에 결국 마미는 입을 열었다.

"연우는 지금 병원에 있어. 어린 것이 독하기도 하지. 지민인지 뭔지, 네 아버지가 어디서 낳아 왔는지도 모를 그 애가 정상적으로 살아가기 힘들다는 인터넷 뉴스를 보고는 시무룩해서 며칠 동안 물 한 모금 못 넘기더니 그저께 아침에 보니까 수면제를 잔뜩 먹고는 욕조 안에서 손목을 그었더라. 입원시키고 간병인 구하고 하느라 나도 정신없어서 연락 못했어. 중환자실에 있는데 기도삽관까지 한 상태라 연우와 통화는 힘들 거 같아. 의사는 마음의 준비를 하라고 하더라. 살아나도 식물인간이 될 가능성이 높다고. 그런데 보험금은 너희 셋이 공평하게 나누어 받게 되는 건가? 너희는 아직 미성년자니까 보험금 수령은 내가 대신 해야겠구나. 내가 곧바로 한국으로 가도록 하마. 이젠 아버지가 없으니 너희를 보살필 사람은 나뿐이네. 내가 그동안 네가 눈에 밟혀서 매일 밤 잠 못 이뤘던 거 알지? 드디어 같이 살 수 있게 되었구나. 대학은 아무래도 미국에서 가야겠지. 그 지민인가 뭔가 하는 아이도 미국에 데리고 와야 되나? 내 속으로 낳은 자식은 아니지만 그래도 아는 사람이 보호자가 되는 게 좋겠지. 참, 네가 여기서 같이 살려면 더 큰 집으로 옮겨야겠구나. 차도 더 큰 걸로 바꾸고. 그런데 보험금 액수가 정확히 얼마인지는 언제 알 수 있을까……."

마미의 대답은 재빠르고 길면서도 매끈했다. 마미는 용걸이 어떻게 죽었는지, 지민의 상태는 어떤지, 나의 현재 상황 따위는 관심이 없었다. 그저 보험금으로 내 미래, 아니 마미의 미래를 설계하기 바빴다. 그 미래에 연우는 죽은 사람이었고, 지민은 돈에 딸려오는 덤이었다. 내가 이대로 죽어버리면 지민과 연우는 마미의 손아귀 안이었다.

마미는 세월이 흘러도 변함없이 본능과 욕구에 충실했다. 철없고 이기적인 마미를 용서하기까지는 꽤 오랜 시간이 걸렸다. 마미가 우리를 떠났던 그 나이가 까마득해졌을 때야 난 마미를 이해할 수 있었다. 나쁜 사람은 아니었다. 표현하지 못하고 쌓아두었던 자신의 욕망에 짓눌려 견디지 못하고 도망갈 수밖에 없었던 불쌍한 사람이었다. 동화 속 사악한 계모들보다는 마미가 낫다고 생각했다. 그래도 마미는 우리를 학대하지는 않았으니까.

가끔 기분이 좋을 때면, 마미는 그 '모성'라는 관념을 실천해보려 시도하기도 했다. 비록 철없이 이기적인 마미의 성격상 찰나에 분과한 순간이긴 했지만 말이다. 눈치 없는 연우가 비위를 거스르거나 내가 열이라도 나면 우리의 혈연관계는 물보다 흐려졌다. 그때 깨달았다. 마미는 그저 우리를 낳은 것만으로도, 열아홉 살에 마흔 살인 남자와 결혼한 것만으로도 자신이 가진 모든 모성본능을 분출해 버렸던 것뿐이다. 마미를 온전히 미워하고 증오할 수 없는 이유다. 나보다 스무 살 많은 마미는 가끔 나보다 어렸다. 마미는 그저 시간을 흘려보냈을 뿐이고, 나는 상처와 고통의 세월을 견뎌내야 했다. 시간이 경험의 정도를 결정하지는 않으며, 상처와 고통이 없으면 정신적 성장도 없다는 것을 깨닫고 나서야 나는 마미를 용서했다.

우리 지민이는 오빠가 지켜 줘야 해. 연우는 다시 못 올 것처럼 내게 손가락을 걸고 약속을 하라고 우겼다. 행복해야 해, 지민이와 함께 행복해야 해. 연우의 마지막 말이 날 일으켜 세웠다.

"돈 좀 보내주세요. 그 사람 보험금 받으면 2배로 갚을게요."

마미는 이유를 묻지 않았다. 그저 2배로 돌려받을 생각에 은행에서 대출을 받아서라도 돈을 보내주겠다고 했다. 마미의 그 오랜 무관심과 방치가 그리도 기쁜 적이 있었던가? 마미는 태풍의 눈에 사는 사람 같았다. 주변의 다른 이들이 강한 바람에 날아가든, 거센 빗줄기에 흠뻑 젖든 상관없이 마미는 언제나 따뜻한 햇볕 아래의 평화로운 날씨를 즐겼다.

단돈 백만 원에 난 필리핀으로 가는 배편에 몰래 탈 수 있었다. 출국기록 없이 한국을 떠났지만 만약의 경우를 대비해 인도네시아, 말레이시아, 태국을 거쳐 한국으로 돌아왔다.

행복해야 해. 연우의 부탁을 들어줄 수는 없었다. 용걸을 죽인 내가 행복한 것은 더 큰 죄를 짓는 일이었다. 하지만 지민의 행복을 위해서 난 살아남아야 했다. 연우가 깨어날 때까지, 지민이 행복해질 때까지, 난 살아남아야 했다. 세상에서 사라진 존재가 되어서라도 살아남아야만 했다. 그래서 나는 이 지옥에서 항상 삶을 간신히 붙잡고 있었다.

천사들은 지옥에서 살아남을 수 없다. 자신의 권력을 이용해 다른 이를 짓밟고 괴롭히며 희열을 얻고, 죄 없는 이들이 죄를 뒤집어쓰고, 가진 자가 더 많이 가지려 가난한 이의 것을 빼앗고, 다른 이의 행운에 기뻐하기보다는 시샘하고, 물어뜯고 싸우면서 서로를 미워하는, 지옥에서 벌어지는 그 모든 행위를 천사는 결코 이해할 수 없다. 그래서 지옥에 떨어진 천사는 손가락질 받는 이방인이 되어 버린다. 그리고 긴 외로움에 지쳐 악마들과 어울리기 위해 이해할 수 없는 이들과 닮으려 노력한다. 지옥은 천사도 악마로 만든다. 그러니 나 따위 하찮은 인간이 악해지는 건 순식간이었다. 노력이 쓰러지고 희망이 부서졌을 때 인간이 선택할 수 있는 길은 그리 다양하지 않다. 나는 그저 살아남고 싶었을 뿐이다.

7-3. 연우, 2018년 6월 11일 월요일

제1수사실.

연우는 명패를 확인하고 심호흡을 한 뒤, 노크를 하는 동시에 문을 열고 들어섰다. 흰색의 벽 한 면에는 커다란 거울이 있고, 사무실 한가운데에는 여러 선이 줄줄이 달린 의자가 놓여 있었다. 의자와 선으로 연결된 컴퓨터 앞에 앉아 있던 낯선 여자 경찰이 일어서 연우를 맞았다. 당연히 민수나 중빈이 기다리고 있을 거라 생각했었다. 몇몇 선생님들은 거짓말탐지기 조사를 받은 일을 대단한 모험담처럼 떠벌렸다. 모두 민수나 중빈이 조사를 맡았다고 했다.

경찰은 연우에게 거짓말탐지기 조사 동의서를 건네고 거짓말탐지기를 채우기 시작했다. 센서가 부착된 벨트는 왼손가락 2개, 오른손가락 1개, 복부와 가슴, 왼팔에 채워졌다. 벨트를 착용한 손가락이 묵직해 조사 동의서의 서명이 요상하게 비뚤어졌다.

심장 근처에 채워진 호흡기록기 벨트가 연우의 심장을 더 빨리 뛰게 만들었다. 팔에 두른 혈압맥박진동기에 땀이 찼다. 긴장으로 허리가 꼿꼿하게 굳어 복통이 더 심해졌다. 오히려 반가웠다. 통증으로 인해 혈압이나 맥박의 변화가 크면 탐지기에 혼란을 줄 수 있었다. 일부러 아침에 모르핀 주사를 맞지 않았다. 몰려오는 통증에 자신도 모르게 손이 복부로 향했다. 어쩌나 몸에 힘을 줬는지 의자가 끼익, 신경질적인 소리를 냈다.

경찰은 몇 가지 기본적인 질문을 하며 모니터를 관찰했다. 연결된 모니터에 어지럽게 그려지는 선들에 눈이 아파왔다. 의자 등받이에 기대 숨을 고르는데 중빈이 들어와 인사를 건넸다. 중빈은 여자 경찰의 옆자리에 앉았다. 차라리 낯선 사람이 조사를 했으면 했다. 그동안 조사를 할 때마다 중빈의 연우를 바라보는 중빈의 눈빛은 묘하게 꺼림칙했다. 연우의 거짓말을 뻔히 안다는 듯 살살 웃을 때마다 짜증이 치밀어 올랐다.

"역시 미인이라 그런지 거짓말탐지기를 차고 있는데도 수사실이 훤하네요."

쓸데없는 잡담은 하지 말라는 말을 집어삼키고 억지로 웃었다.
"빨리 수사 시작하고 끝냈으면 좋겠습니다. 제가 용의자라도 된
것 같아 기분이 좋지 않거든요."

"교감 선생님 사건과 나트륨 폭발 사건 관련해서 동의하신 분들
만 탐지기 사용하는 겁니다."

중빈의 말투가 가라앉았다. 눈치가 굉장히 빠른 사람이었다. 당
연하고 예상했던 반응이었기에 연우는 아무렇지도 않았다. 하지
만 연우는 일부러 기분 나쁜 기색을 드러내며 신경질적으로 머리
를 쓸어 넘겼다. 거짓말탐지기에 혼란을 줘야 했다.

"동의하지 않은 사람이 있나요?"

중빈은 고개를 저었다. 당연했다. 동의하지 않는 것조차 수상해
보일 테니까. 모든 교직원이 교장과 교감을 미워했다. 사소한 의
견충돌도 교장, 교감은 상대방의 인격을 무시하는 발언과 행동으
로 상처를 입혔다.

"그냥 편안하게 하셔도 됩니다."

연우는 호흡을 느리게 하려고 노력했다. 거짓말탐지기를 속이
는 건 간단하다. 거짓말탐지기는 피부의 습도나 온도변화를 감지
하는 장치일 뿐이다. 전혀 당황하지 않으면 탐지기는 구분하지 못
한다. 거짓말탐지기에 관한 과학적 사실들을 맘속으로 읊었다. 온
삶을 거짓과 위선으로 살아왔다. 이 정도 단순한 기계를 속이는

건 아무것도 아니다. 이미 연습도 충분히 했다. 오히려 이번이 의심을 벗을 기회다.

거짓말탐지기는 과학적 사실에 대한 인간의 신뢰를 바탕으로 한다. 탐지기를 믿는 멍청한 범인의 반응은 요동치고, 탐지기를 믿는 형사는 악랄한 범죄자를 풀어준다. 결국 인간을 속이는 건 맹목적인 신뢰다. 무조건적인 믿음이 연우의 가족을 무너뜨렸던 것처럼.

"다른 선생님들은 교감 선생님에게 유감이 많던데 선생님은 어떠신가요? 작년에 업무 분장도 심각하게 편중되어 있었다고 하던데 서 선생님께서 생각하는 교감 선생님은 어떤 사람이죠?"

"좋은 상사는 아니었습니다."

"좋은 인간도 아니었죠. 성추행 사실은 끝까지 부인하던데요. 박성원 선생님은 파혼까지 해서인지 정식으로 교감 선생님과 박나희 학생을 고소했어요. 모두들 서로가 가장 큰 피해자라고 우기고 있는 상황이죠. 그래도 모두들 박나희 학생이 계정을 도용당한 게 사실이라면 도대체 누가 무슨 의도로 SNS에 그런 글을 올렸는지에 관해서는 수사를 원하더군요. 박성원 선생님에 대해서는 어떻게 생각하세요?"

"접점이 별로 없어서 모르겠습니다. 작년에 대학 졸업하자마자 발령받아 오셨고, 전 작년에 너무 바빴거든요. 어떻게 생각하고 말고 할 정도로 관계를 맺지 못했습니다. 박성원 선생님뿐만 아니라 다른 선생님과도 마찬가지였습니다."

"다른 선생님들 증언으로는 올해 초에 박성원 선생님이 성추행 당하는 것에 대해 분노를 표시하셨다고 하던데요."

"혹시라도 도움이 필요한지 물어본 적이 있는데 오히려 싫어 하시더라고요. 본인도 성인이니 알아서 하겠다고 분명하게 의견을 말씀하셨습니다. 그래서 그다음부터는 상관하지 않았습니다."

교감의 me too 사건에 대한 조사는 한 시간 넘게 이루어졌다. 대부분 교감과 사이가 나쁜 선생님들에 관해 물었지만 교감과의 사이는 모두 나쁘니 특정 짓기 힘들었다. 작년에는 수업이나 업무가 너무 많아 다른 선생님은커녕 자신에게 벌어진 일도 감당하기 힘든 시기였다. 교감 사건에 관한 조사 이후로는 유림과 형주 관련 사건에 대한 조사가 이어졌다.

"작년 학생들과 사이가 나쁘셨던 거 같습니다."

졸업식에서 벌어졌던 일을 이미 들은 모양이었다. 사이가 나빴냐고? 죽이고 싶을 정도로 아이들이 미웠다. 가끔 뉴스에서 아동 학대 사건이 벌어지면 분노하며 엄벌을 주어야 한다고 생각했다. 하지만 업무와 스트레스가 쌓여가자 생각이 변했다. 가끔씩 교실을 폭파하고 싶었다. 수업과 업무만으로도 버거운데 학생들의 뒤치다꺼리까지 할 여유가 없었다. 이미 다 큰 아이들이었다. 몇 개월만 지나면 스무 살이 될 아이들이었지만 타인에 대한 배려도 원리원칙을 지키려는 신념도 가지지 못했다. 담임이 청소하고 있는데 옆에서 교실 바닥에 가래침을 뱉는 아이들을 이해할 수도 없었고, 끝없는 이기심으로 똘똘 뭉쳐 편법과 변칙을 강요하는 아이들을 사랑할 수도 없었다.

"정유림 성폭행 사건으로 인해 아이들과 멀어지신 겁니까?"

이틀의 병가 후 연우가 학교로 돌아왔을 때는 모든 합의가 끝나 있었다. 피해자도 가해자도 원망과 분노가 깃든 눈빛으로 연우를 맞았다. 모두 입시 준비에 바쁘다는 이유로 상담을 거절했다. 굳이 변명하고 싶지 않았다. 아이들의 이해를 바라는 것조차 구차스러웠다. 그리고 이틀 뒤가 여름 방학식이었다. 개학을 한 뒤에도 금이 가 부스러지기 직전인 아이들과의 관계는 아슬아슬하게 유지되었다. 가해자의 대부분이 수시에서 학생부 종합전형을 지원했기에 가능한 일이었다. 생활기록부에 나쁜 내용이라도 적힐까 아이들은 어색하고 조심스럽게 연우를 대하며 증오를 감췄다.

악감정이 드러나기 시작한 것은 수시 입시가 시작되는 9월이었다. 일단 한국대 의예과를 목표로 하는 형주 어머니가 총대를 멨다. 학교생활기록부 II는 입시에 사용되므로 졸업 전까지는 학생에게 공개하지 않는 것이 원칙이었다. 하지만 형주 어머니는 학교생활기록부 II를 인쇄해달라고 당당히 요구했다. 물끄러미 바라보는 연우의 시선에 형주 어머니는 파르르 떨며 주먹을 쥐었다.

"다른 선생님들은 모두 인쇄해 주셨다고 하더라고요. 저도 원칙은 알아요. 하지만 다른 사람이 원칙을 지키지 않는데 우리만 지키다가 손해를 볼 수는 없잖아요."

인쇄한 학교생활기록부 Ⅱ를 들고 간 형주 어머니는 다음 날 다시 찾아왔다. 생활기록부에는 빨간 줄이 가득했다. 줄 위에는 첨부할 내용이 적힌 노란색 포스트잇이 붙어 있었다.

"선생님 힘드신 거 알아요. 업무도 많은데 아이들까지 계속 말썽이니까요. 이왕 고생하시는 거 입시결과라도 좋아야 하잖아요. 승진에도 도움이 될 거고요."

한국대를 보낸다고 해서 담임에게 주어지는 혜택은 아무것도 없었다. 그 오해를 바로잡을 필요도 느끼지 못했다. 연우는 그저 얼룩덜룩한 빨간 글씨만 바라보았다. 모두 기재가 금지된 내용이었다.

"교장 선생님께도 이미 말씀드렸어요. 선생님이 수정해주지 않겠다면 교무부장님이 고칠 수 있게 해주신대요. 제가 다른 학교도 다 알아봤는데 담임선생님이 편법으로 써주는 경우가 대부분이더라고요. 학생 위해서 그 정도 희생은 해야죠."

괜히 신경전을 벌이지 말라는 협박이었다. 도무지 무슨 뜻인지 알 수 없는 의학용어의 논문은 독서활동에, 읽을 수도 없는 단어로 된 연구소 실험참여는 진로특기사항에, 한국대학교 인권 관련 단체의 인턴 참여는 봉사활동특기사항에, 연우는 형주 어머니가 보는 앞에서 생활기록부를 수정하고 입력했다. 일종의 '알박기'였다. 학생부종합전형의 서류나 면접 전형 시에는 학교명과 학생명을 모두 가리게 되어 있었다. 하지만 특이한 논문이나 실험을 써 넣어 어떤 학생인지 입학사정관이 알 수 있도록 편법을 쓰는 것이다. 주로 부모가 대학교수일 경우 많이 쓰는 방법이었다.

"추천서는 걱정 마세요. 선생님 힘드실 거 같아서 아는 분한테 부탁드렸어요."

예상했던 일이었다. 태현 어머니도 추천서를 인편으로 제출할 테니 인쇄해 달라고 요구했었다. 추천서는 학생에게 절대로 공개되어서는 안 되는데도 혹시나 추천서에 나쁜 내용이라도 적힐까 염려해서였다. 결국 태현의 추천서는 친척인 교사가 쓰기로 했다. 나중에 감사에 적발되면 합격취소가 될지도 모른다고 주의를 주었더니 먼 친척이라 상관없단다. 유림의 사건에 가담했던 아이들 모두가 학생부종합전형을 쓰면서도 연우에게 추천서를 받지 않았다. 오히려 고마웠다. 거짓말로 추천서를 쓰고 싶지는 않았으니까.

억지로 관계를 유지하던 아이들은 수시 합격통지를 받으면서 안면을 바꾸기 시작했다. 조회 종례를 할 때 연우의 말을 듣기는 커녕 자기들끼리 떠들면서 돌아다니고, 어쩌다 복도에서 마주쳐도 연우를 아는 척하지 않았다. 그나마 학급의 담임과 학급원으로 유지되던 관계는 졸업식 날 드디어 부서졌다.

형주와 유림의 주도였다. 박수를 치지 말자는 형주의 글이 학급 단체 채팅방에 올라오자마자 가해자 무리들이 줄줄이 긍정의 댓글을 달았다. 소극적인 여학생들에게 으름장을 놓은 사람은 유림이었다. 다수결이 이기는 민주주의 사회였다. 연우의 이름이 호명

되었지만 아이들은 숨을 죽이고 기다렸다. 졸업식이 이루어지는 강당의 무대 위에서 연우는 멍하니 앞만 바라봤다. 어디선가 킥킥 대는 비웃음소리가 들렸다. 이름을 호명한 교장이 당황했지만 연우는 아무렇지 않았다.

지민의 49재 전날이었다. 일주일째 하혈을 해 어지러움에 눈앞이 빙빙 돌았다. 간신히 서 있었지만 다리가 후들거렸다. 진단서까지 제출했는데도 불구하고, 학생들의 인생에 한 번뿐인 졸업식이라고, 잠깐이라도 참석하라고, 불참하면 학부모들이 어떻게 생각하겠냐고, 교장은 닦달했다. 그렇게 참석한 졸업식에서 아이들은 연우에게 마지막 일격을 날렸다. 천 명이 넘는 사람들이 연우만 바라보고 있었다. 하지만 연우의 눈에 보이는 것은 희미해져가는 지민이었다. 지민은 만화주제가를 부르며 까르르 웃다가, 슬픈 영화를 보고 눈물 콧물을 질질 흘리다가, 공부하기 힘들다며 투덜거렸다. 창백하지만 따뜻하던 지민의 얼굴, 해맑게 웃는 지민의 영정사진, 아무도 없는 지민의 빈소, 불타는 지민의 관, 지민의 나무……. 지민을 보낸 뒤 항상 연우의 눈앞에 어른거리던 그 모든 지민의 모습들이 눈앞에서 희미하게 사라져가고 있었다. 그리고 다시는 지민의 모습을 볼 수 없었다.

"꼭 그 사건 때문에 다른 아이들과도 멀어진 건 아니었어요. 작년 학생들은 유난히 일이 많았거든요. 학교폭력위원회에 회부된 가해자가 다섯 명이나 있었는데 결과가 불만족스럽다며 저를 원망했고요. 교사가 성적인 발언을 한다고 고발한 학생은 그 교사가 계속 수업에 들어오게 되자 제가 제대로 조치하지 못했다고 항의했고요. 복제폰으로 불법도박을 하다가 소년원에 간 학생은 제가 탄원서를 제대로 써주지 않아 구속되었다고 원망했어요. 이래저래 저한테 불만이 쌓인 학생이 많았어요. 수업이 많아 상담 시간이 부족해서 아이들하고 가까워지기 힘들었으니 당연한 결과라고 받아들였습니다."

"그래서 아이들이 그렇게 망신 준 걸 이해하신다는 겁니까? 이렇게 이해심이 많으신 선생님인데 아이들이 너무했네요. 아니면 아이들보다는 교감 선생님을 원망하세요? 교감 선생님 때문에 수업도 많은데 고3 담임을 맡게 되었다고 하던데."

믿을 수 없다는 말투에 비웃음이 서렸다. 다른 사람보다 의심받을 이유가 많다는 것은 짐작하고 있었다. 미리 연습한 대로 연우는 중빈을 빤히 바라보았다.

"탐지기가 거짓말이라고 하나요?"

순간 중빈이 움찔하는 것을 놓치지 않았다.

"솔직히 말씀드리면 전 그때 일이 잘 생각나지 않습니다. 아이들의 행동에 상처받지 않았다면 거짓말이겠죠. 하지만 여동생이 죽었다는 것만으로도 견디기 힘들었어요. 인간의 육체는 한 번에 한 가지의 고통만 느낀다고 하죠? 더 큰 상처가 있으면 작은 상처는 아픈 줄도 모른대요. 그런데 마음도 그렇더라고요. 그리고 작년 아이들에게는……, 미안한 마음도 좀 있었어요. 수업과 업무에 치이다 보니 짜증도 많이 내고 신경도 많이 써주지 못했으니까요. 그리고 몇몇 학생들에게서는 박수를 받고 싶은 마음도 없었어요. 그 아이들 가치관이 저랑 많이 달랐거든요. 그 아이들이 절 좋아했다면 오히려 그게 더 싫었을 거 같아요. 비슷하다는 뜻이니까. 절 괴롭혔던 사람들이라서 제가 복수했을 거라고 생각하세요? 물론 그 모든 이들의 불행을 빌었어요. 하지만 그 불행을 스스로 나서서 만들기에는 너무 지쳐 있었어요. 믿어 줄지는 모르겠지만"

중빈은 어색한 웃음을 지으며 모니터와 연우를 번갈아 보았다. 성공이었다. 질문은 지루할 정도로 단순히 반복됐다. 연우의 목소리가 쉬어 제대로 나오지 않는데도 중빈은 멈출 생각이 없어 보였다.

"그런데도 교감 선생님 문병을 가신 겁니까?"

"인간의 기본적인 도리는 지키고 살아야 하니까요. 게다가 부서에서 단체로 가는 건데 저만 빠지기도 그렇고요."

연구부장은 딸이 같은 학교에 재학 중이라는 사실이 밝혀진 뒤에도 부장 직위를 유지하고 있었다. 교장은 원안지 검토 업무에서 연구부장을 배제하면 문제될 것이 없다는 입장이었다. 모두들 불만이었지만 교장의 고집을 당해낼 수는 없었다.

1학기 중간고사 결과가 나오자마자 교사들은 연구부장의 딸인 박나희의 성적을 확인하며 수군거렸다. 단 한 번도 전교 1등을 놓치지 않았던 박나희의 성적은 117등을 기록했다. 하지만 아무런 물증도 없는 상황, 내부고발을 자처할 교사는 없었다. 그저 뒤에서 수군거릴 뿐이었다. 연구부장은 계정도용으로 수사를 받는 어수선한 상황이라 딸의 성적이 하락했다며 변명했지만, 그 말을 믿는 사람은 아무도 없었다. 연구부장은 당당하고 떳떳하다는 입장을 과시하기 위해 교감의 문병을 가자는 말을 먼저 꺼냈다.

"가고 싶지 않았는데 억지로 갔다는 뜻으로 들리네요."

"네. 솔직히 가고 싶지 않았습니다."

중빈은 모니터를 뚫어지게 바라보다 툭, 말했다.

"연구부 교사들이 병문안 갔던 날, 교감 선생님이 갑자기 혼수상태가 되셨어요."

"어, 어떻게 그렇게 갑자기? 저희가 문병 갔을 때만 했는데도 멀쩡하셨는데요."

"그러게요. 의사들도 원인을 밝힐 수가 없어서 곤란하답니다. 그래도 다행이죠. 링거 줄 연결부분에서 의료진도 교직원도 아닌 사람의 부분지문이 발견되었거든요. 현재 국과수에서 분석 중이니 곧 결과가 나올 겁니다."

연우의 심장이 미친 듯이 뛰기 시작했다. 도저히 조절할 수가 없었다. 연우는 이를 악물고 표정을 조절하려 애썼다. 이제 와서 들킬 수는 없었다.

7-4. 민수, 2018년 6월 11일 월요일

민수는 참관실에서 연우의 진술을 지켜보며 한숨을 내쉬었다. 이상한 일이다. 연우가 말할 때면 서늘해진다. 만일 다른 누군가가 그랬다면 특히나 용의자가 그랬다면 그 서늘함은 분명히 경계심으로 다가왔을 것이다. 하지만 연우의 경우에는 삶에 대한 포기와 체념이 더해져 안타깝고 아팠다.

중빈은 이미 연우를 유력한 용의자 선상에 올려놓았다. 나트륨 폭발 사건은 김형주와 정유림의 과거 사건을 알고 있는 사람이 저질렀을 가능성이 컸다. 모두들 쉬쉬했다고는 해도 워낙 많은 사람이 관계되었던 사건인지라 비밀이 새어나갔을 가능성은 꽤 높았다.

나트륨 폭발 사건이 발생했던 시각, 학교에 없었던 교직원은 4명이었다. 은행업무, 어린이집 방문, 병원진료, 다른 사람은 모두 그 시각에 어디에 있었는지 확인 가능했지만 연우만 알리바이 확인이 불가능했다. 위통이 심해 조퇴했지만 병원진료를 받으려면 너무 오래 기다려야 해서 집으로 곧장 갔다고 했다. 이번에도 하필이면 연우였다. 연우는 안곡동 주유소 메탄올 유출 사건과 교감 me too 사건이 벌어진 시간에도 알리바이가 없었다. 위통이 심해 집에서 휴식을 취하는 게 당연한데도 중빈은 연우만 모든 사건의 알리바이가 없는 유일한 사람이라며 의심스러워했다.

민수는 조사가 끝나자마자 조사실로 향했다. 진술 내내 냉정함을 유지하던 연우는 거짓말탐지기의 센서 벨트를 풀면서 자그맣게 한숨을 내쉬었다. 그제야 핏기 없는 얼굴이 눈에 들어왔다. 배를 움켜쥔 채 다시 의자에 주저앉는 연우에게 다가갔다.

"통증이 심해? 말을 했으면 돌려보내줬을 텐데, 왜 미련하게 참고 있었어?"

연우는 고개를 홱 치켜들었다.

"무슨 뜻이야?"

날선 반응이 되돌아왔지만 어떻게든 치료를 받도록 설득해야 했다.

"어쩌다 보니 위암이라는 거 알게 됐어."

"도대체 그건 어떻게 알았어? 정말 내가 용의자야? 그래서 조사한 거야?"

탐지기를 차고 있는 동안 차분했던 연우의 목소리가 높아졌다. 문득 연우가 정말 많이 달라졌다는 생각을 했다. 과거의 연우는 속삭임에 가까울 정도로 작은 목소리로 말해서 주의를 최대한 집중하지 않으면 알아듣기 힘들 때가 많았다. 하긴 교사를 하면서 목소리가 작다는 것은 심각한 문제였다.

집에 가겠다는 연우를 겨우겨우 달래 다시 앉혔다.

"아직 1기라서 수술하면 충분히 완치될 수 있다고……."

"그래서? 수사와 관계없는 얘기라면 미리 사양할게."

냉정하게 거절했지만 연우는 자리에서 일어나지 않았다. 게다가 예상과 달리 연우는 꽤 긴 설득을 참고 들어주었다. 하지만 그게 전부였다. 목이 쉴 때까지 민수 혼자만 얘기했다. 연우는 웃으며 끝내 고개를 저었다.

　연우가 나가자마자 중빈이 수사실로 들어섰다. 민수는 모니터 앞에 앉아 거짓말탐지기 결과를 살펴보고 있었다. 정밀분석을 해봐야 하겠지만 현재로서는 분석을 해도 아무 소용이 없을 것 같았다. 복통이 심했는지 그래프는 어지러울 정도로 복잡한 선을 그리고 있었다.

　"뭐래요? 치료 받겠다고 해요?"

　고개만 저었다. 너무 오랫동안 말을 했더니 목이 아파왔다.

　"보셔서 알겠지만 분석해 봤자 소용없을 거 같아요. 본인 말로는 모두 다 이해한다고 하지만 감정은 또 다른 문제잖아요. 어쩌면 그렇게 차분하고 평온하게 대답할 수 있죠? 복통이 그렇게 심한데도 수사 내내 표정 변화가 거의 없었어요. 그게 오히려 더 수상하지 않아요?"

　"네가 더 수상하다! 연우가 범인이라고 확신하잖아. 혹시 나 모르는 새에 연우랑 무슨 일 있었어? 게다가 안곡북고 관련 사건이 모두 같은 사람의 짓이라는 황당한 생각은 도대체 어디서 나온 거야? 무슨 원한이라도 진 사람처럼 연우를 범인으로 몰고 가는 건……"

중빈은 민수의 설득을 아예 듣지 않았다. 중빈의 무표정한 얼굴에 말소리가 점점 기어들어갔다. 언제나 생글생글 눈웃음을 치던 중빈의 굳은 얼굴은 낯설었다. 완벽한 불신과 차단에 당황스러웠다. 분명 민수가 모르는 일이 벌어졌다.

"나보다는 선배가 더 수상하죠. 왜 서연우 과거에 대해서 입 다물었어요?"

당황을 숨길 수 없었다. 언젠가 알아낼 거라 생각했지만 이렇게 빠를 줄은 몰랐다. 당장이라도 중빈이 다른 사실까지 알아낼 것만 같다. 이럴 때는 모른 척하는 것이 제일 좋다.

"과거라니? 아니, 그것보다 과거가 이번 사건과 무슨 상관인데?"

"모르는 척하지 말아요. 서지민 성폭행, 서용걸 사망, 서연호 실종. 같은 동네에 살면서 그 많은 사건을 몰랐다는 게 말이 돼요? 서연호와 초중고 모두 동창이면서? 어떻게 그렇게 중요한 정보를 숨길 수가 있어요? 미제사건과 관련된 단 한 명의 생존자가 범죄와 얽혔어요. 당연히 공유해야 하는 정보잖아요."

"그래서? 나도 수상하다고?"

"설마요. 그건 아니에요. 그러니까 이런 정보도 공유하는 거겠죠."

중빈이 내미는 파일을 열자마자 '서연호'라는 이름이 눈을 파고들었다. 놀라서 고개를 들자 중빈이 그제야 방긋 웃으며 민수를 바라보고 있었다. 장난기 가득한 웃음을 지을 때면 중빈은 한없이 순진해 보였다. 가끔은 조사 중에도 너무 실없이 웃어 용의자들에게 만만하게 보이는 거라며 팀장에게 잔소리를 듣기도 했다. 하지만 중빈의 모습을 그대로 모두 믿어서는 안 된다. 초등생처럼 철없는 모습을 보이지만 일부러 '어린아이' 같은 이미지를 강조해 '잘못'을 '실수'로 둔갑시키는 이미지메이킹을 쓰는 머리 좋은 놈이었다.

"하필이면 연구부원들이 교감을 면회한 뒤 교감이 갑자기 혼수상태에 빠진 게 계속 맘에 걸렸어요. 링거 줄과 병 전체를 수거해 감식했는데, 지문 중에 좀 이상한 지문이 있었어요. 처음에는 링거 줄 연결부위 모서리 지문이라 뭉개졌나 싶었는데, 확대해 보니 지문 여러 개가 겹쳐져 있더라고요. 그러니까 범인이 손가락에 위조지문비닐을 덮어씌웠는데 벗겨지면서 일부는 진짜 지문이 나머지는 겹쳐져 있는 지문이 나오게 된 거죠. 분리하고 정밀분석하는데 시간이 좀 걸렸는데, 예상대로 하나는 연구부장 지문이었어요. 당연히 다른 지문은 서연우 선생의 지문이라고 생각했는데 아니더군요. 그런데 생각해보니 미제사건의 생존자가 서연우 한 사람이 아닐 수도 있겠더라고요."

서연호, 파일에 나와 있는 감식결과는 연호의 지문과 일치했다.

"확실히 연호 지문이 맞아? 아마 뭔가 프로그램 오류나 그런 거겠지. 연호가 도대체 왜 아무런 상관도 없는 사람을 죽이는데?"

"상관이 없지는 않죠. 서연우라는 공통분모가 있잖습니까? 아무런 도움 없이 14년 동안 실종 상태로 있을 수는 없어요. 도움을 줄 가장 유력한 사람은 서연우가 되겠죠. 그런 서연우를 위해, 혹은 서연우와 공모해 범죄를 저질렀을 가능성이 충분히 있어요. 게다가 처음도 아니고요."

"무슨 뜻이야?"

"선배도 수사기록 봤으니 알잖아요. 서연호가 살아 있으면서도 모습을 드러내지 않은 이유가 뭘까요? 서연호는 서용걸 검사 살인사건 유력한 용의자이기도 했어요. 언론에는 알려지지 않았지만 서용걸이 서연호를 학대했다는 이웃들의 증언도 있었고요. 서용걸 사체가 발견된 곳과 자택 사이 도로에서는 고무드럼통 성분이 발견되었어요. 자택에서 살해된 뒤 옮겨졌다는 뜻이겠죠. 서지민 성폭행 사건 후 몰려드는 기자들을 막느라 서용걸은 자택에 지문과 홍채인식, 디지털 키 등등 최첨단 경비 시스템을 설치했어요. 외부인의 침입 흔적은 발견되지 않았고, 외부인의 소행이라고 해도 서용걸을 죽이면서 옆에 있던 서연호를 살려둘 이유는 없죠. 서연호가 우발적으로 서용걸을 살인한 뒤, 도망쳤을 가능성이 가장 높아요. 하지만 미성년자인 데다 확증도 없어서 실종 처리한 것뿐이라고요. 나보다 선배가 훨씬 더 잘 아실 텐데요?"

중빈이 몰래 그렇게 많은 수사를 진행했다는 것만으로도 당황스러웠다.

"그리고 아까 전에 선배 수상하지 않다고 했던 말 취소요."

"뭐?"

"서연호 살아 있다는 사실 듣고도 당연하게 넘기네요. 마치 알고 있었던 것처럼."

"그, 그건······."

"팀장님께 보고는 안 할게요. 대신 앞으로 수사에서는 빠지세요. 걱정 마세요. 일단 미끼를 던져놓았으니 사건은 금세 해결될 겁니다."

민수는 멍하니 중빈이 수사실을 나가는 것을 보고만 있었다.

제8장

거울

외로워도 슬퍼도 나는 안 울어. 참고, 참고 또 참지. 울긴 왜 울어.
웃으면서 달려보자. 푸른 들을. 푸른 하늘 바라보며 노래하자.
내 이름은 내 이름은 내 이름은 캔디. 나 혼자 있으면 어쩐지 쓸쓸해지지만
그럴 땐 얘기를 나누자 거울 속의 나하고. 웃어라 캔디야.
들장미 소녀야. 울면 바보다. 들장미 소녀야.
– 〈들장미 소녀 캔디〉의 주제가 중에서(나기타 케이코 작사)

8-1. 연호, 2018년 6월 12일 화요일

피부가 금세 빨갛게 변할 정도로 욕조의 물은 뜨거웠다. 반신욕을 하면 좀 나아질 거라 생각했는데 아직도 심장이 떨렸다. 점점 실수가 잦아지고 있었다. 나트륨 병을 즉시 처리하지 않고 연우의 가방에 넣었다는 사실을 안 순간 아찔했다. 태민이 집 안을 수색하면서도 연우의 가방을 뒤지지 않은 것은 천운이었다. 하지만 행운은 거기까지였다. 지문이 발견되었다는 사실을 믿을 수 없었다. 일을 끝낸 뒤 연구부장의 위조지문비닐 열 개를 벗겨낸 기억이 아직도 분명했다. 중빈은 누구의 지문인지는 말하지 않았다. 어쩌면 연우를 흔들기 위한 미끼일 수도 있었다. 어떤 반응도 해서는 안 된다.

어떻게든 연우가 아닌 다른 용의자가 범인이 되게 만들 방법을 생각해야 했다. 연우가 모든 것을 뒤집어쓰게 만들 수는 없었다.

방음에 취약한 아파트인데도 사위는 조용했다. 평소에는 밤새도록 울리던 한국대 병원 앰뷸런스 소리조차 오늘은 잠잠했다. 적막감이 낯설었다. 그게 얼마나 큰 외로움을 불러올 수 있는지 이전에는 알지 못했다. 사락사락, 스륵스륵, 톡톡, 불면증을 유발한다고 생각했던 그 작은 소음이 이렇게 그리울 거라고는 생각하지 못했다. 언제나 옆에서 종알종알 이야기를 늘어놓던 지민이 그리웠다.

지민은 나를 살게 만든 유일한 이유였다. 그리고 살기 위해서는 사회적 관습도, 법규도 지켜야만 했다. 하지만 지민이 없는 세상에서 난 두려울 것이 없었다. 부당한 강요에 마음껏 반항하고 몰지각한 억압에 겁 없이 덤빌 수 있게 되었다. 슈퍼맨처럼 악의 무리들과 싸우는 영웅, 그게 지민이 없는 세상에서도 살아갈 이유가 되어주었다.

살아 있다는 것만으로 해쳐서는 안 된다는 윤리 따위는 나에게 통하지 않았다. 어떤 생명이든 다른 생명을 담보로 살아남을 수밖에 없다. 식물도 고통을 느꼈다. 그 식물의 생명을 앗아 동물이 살아남고, 그 동물의 생명을 앗아 생존하는 것만으로도 모자라 미각적 쾌감을 위해 잔인한 짓도 망설이지 않는 존재가 인간이었다. 생명윤리란 결국 우스운 잣대일 뿐이었다.

오늘 새벽 교감이 죽었다는 소식을 들었다. 어설픈 실수에 화가 났다. 식물인간으로 만들 생각이었는데 염화 석사메토늄의 양 조절에 실패했다. 처음부터 그 누구도 죽일 생각 따윈 없었다. 그들도 어쩌면 선한 이였을 수 있기에, 이 사회가 그들을 그렇게 악의 극한으로 몰아갔을 수 있기에 그들을 죽이지 못했다. 그들은 또 다른 나의 모습이었기에. 아니, 그들이 원래 악이었어도 상관없다. 그들도 견딜 수 없는 고통과 끔찍한 상처를 안고 죽음을 바라며 하루하루 살아가길 원했다. 죽음은 오히려 편안한 안식이 될 수도 있으니까.

악을 벌한다는 이유로 내가 저지르는 폭력에 대한 죄책감은 없었다. 어차피 사회는 이상하고 끔찍한 범죄들로 가득 차 있었다. 호모사피엔스의 조상인 크로마뇽인은 수만 년을 공존했던 네안데르탈인과 절대로 혼혈을 만들지 않을 정도로 편협했으며, 네안데르탈인을 모두 멸종시켜 버릴 정도로 공격성이 강하고 악한 종족이었다. 문명과 문화의 탄생으로 자기 안의 악을 분출하지 못한 현생인류는 오랜 세월 동안 세대를 이어 계속 악을 축적해왔고 지금은 한계에 이르러 악이 폭발하는 시간이었다. 아마 곧 인류는 스스로를 파멸시킬 것이다. 그 시간을 내가 조금 앞당긴다고 해서 죄책감을 가질 필요는 없었다.

8-2. 연우, 2018년 6월 13일 수요일

교감의 장례식장은 예상보다 훨씬 한산했다. 지방선거일이라 쉬는 날인데도 불구하고 안곡북고에서는 상조회장만 잠시 들렀다

갔을 뿐 연우가 처음으로 문상을 온 거라는 외동딸의 말에 민망할 정도였다. 조문만 하고 나올 예정이었지만 드넓은 장례식장이 텅 비어 있는 것이 맘에 걸려 결국 자리에 잠깐 앉았다 가야지 했는데, 조문객이 없어서인지 교감의 부인이 옆에 와서 넋두리를 하기 시작했다. 얼마나 좋은 남편이었는지, 얼마나 좋은 아버지였는지……. 넋두리 속의 인물은 연우가 아는 교감과 달랐다. 그저 고개를 끄덕이며 맞장구를 쳐주는 것만으로도 힘들었다. 뻣뻣한 목을 억지로 끄덕이느라 긴장했는지 한 시간 남짓 앉아 있는 것만으로도 온몸이 아파왔다.

연우는 집에 오자마자 욕조에 뜨거운 물을 받고 들어갔다. 화상을 입은 손에 비닐장갑을 껴야 해서 불편하긴 했지만 느긋하고 나른한 시간이 절실했다. 긴장으로 뭉쳐진 근육은 쉽게 풀리지 않았다. 몇 번이나 뜨거운 물을 다시 갈아주고서야 딱딱한 어깨가 풀리는 느낌이 들었다. 노곤함에 눈이 감길 무렵에야 욕조에서 나왔다. 세면대 앞에 선 순간, 연우는 비명을 질렀다

'네가 죽였잖아!'

김이 서려 하얀 거울 위에 글씨가 선명했다. 분명 연우가 욕실에 들어올 때는 눈에 띄지 않았던 글씨였다. 이를 악물고 비닐장갑을 벗었다. 손가락에 닿은 글씨 부분은 미끈거렸다. 비눗물로 거울에 미리 글씨를 써두어 그 부분만 김이 서리지 않아 글씨가

272

드러난 것이다.

연우는 샤워기를 틀어 글씨에 뿌렸다. 누가 글씨는 써 놓았는지는 뻔했다. 이까짓 일로 죄책감을 가지기엔 너무 멀리 와 버렸다. 이제는 멈출 수 없었다.

8-3. 연우, 2018년 6월 14일 목요일

정식 출두명령서를 손에 쥔 순간 시작된 위경련은 진정될 기미를 보이지 않았다. 최대용량의 마약성 진통제 주사를 맞았지만 안곡경찰서가 보이자 위는 다시 발작하기 시작했다. 도대체 몇 번이나 참고인 진술을 해야 되는 걸까? 참고인이 맞기는 한 걸까? 정식 출두명령서를 보냈다는 건 내가 유력한 용의자라는 뜻일까? 복잡한 머릿속이 정리되지 않았다. 쥐어짜는 듯한 복통에 이성적이고 합리적인 생각을 하는 것도 힘들었다. 이제 와 꼬투리를 잡힐 수는 없었다.

연우는 한숨을 내쉬며 수사실 안으로 들어섰다. 민수는 완전히 수사에서 배제되었는지 이번에도 중빈이 연우를 맞았다. 붕대를 감은 손을 본 중빈의 이맛살이 찌푸려졌다.

"다치셨네요? 좀 볼 수 있겠습니까?"

이젠 아예 대놓고 용의자 취급이었다. 연우는 맞은편 의자에 앉은 뒤, 천천히 손을 내밀었다. 중빈이 붕대를 풀었다. 치료하던 간호사가 고개를 돌릴 정도로 심각한 화상을 입은 손가락은 울긋불긋 피부가 변색되고 곳곳에 물집이 생겨나 끔찍했다. 하지만 중빈은 부풀어 오른 물집이 터져 피부가 벗겨진 자리를 보며 희미한 비웃음을 지었다.

"지문이 모두 없어질 정도로 화상을 입으셨네요. 지난번에는 멀쩡했는데 말입니다. 언제, 어떻게 다쳤는지 설명해주시겠습니까?"

"화재가 난 건 그저께 6월 12일, 11시 45분에서 12시 사이였습니다."

"굉장히 정확하게 기억하고 계시네요."

"이 정도로 큰 사고가 났는데 기억하지 못한다면 그게 더 이상하지 않을까요? 3교시였고, 실험을 끝낼 무렵이었습니다. 15분 정도가 남아서 슬슬 정리를 시켜야겠다고 생각하면서 알코올램프를 끄라고 했습니다. 그런데 누군가가 실수로 알코올램프를 쓰러뜨렸고 실험대 위에 불이 붙었습니다. 소화기를 집어 들었는데 작동되지 않아 입고 있던 실험복을 벗어 불을 껐습니다. 당황하고 놀라서 화상을 입은 것도 몰랐습니다. 불이 꺼지자마자 종이 울리고 다른 선생님들이 달려오셨을 때야 손이 화끈거렸으니까요."

"원래 예정에 있던 실험이었습니까?"

"아뇨. 예정에는 없었어요. 지방선거 전날이라 아이들이 어수선하고 산만해서 급하게 하게 된 실험이었습니다."

"정말 대단하시네요. 서 선생님께서 그렇게 심각한 화상을 입으면서까지 불을 끄지 않았더라면 정말 큰일이 날 수도 있었겠어요. 당황해서 뜨거운 줄도 몰랐다고요? 본능대로라면 뜨거운 불을 손으로 끄려고 하지는 않았겠죠. 누군가가 실수로 알코올램프를 엎었다고요? 혹시 선생님이 엎으신 건 아니고요?"

"무슨 뜻입니까?"

"그저께 사고가 났다고 했죠? 그 전날 제가 교감 선생님의 링거줄 연결부위에서 지문이 발견되었다고 말하지 않았나요? 감식결과 발견된 부분지문은 서연호 지문과 일치해요."

연우는 본능적으로 눈을 질끈 감았다. 재빨리 눈을 떴지만 중빈은 코웃음을 쳤다.

"놀라지 않으시네요. 마치 예상한 것처럼."

연우는 입을 열지 않았다. 괜한 유도심문에 말려드는 것보다는 묵비권을 행사하는 게 나았다.

"그렇다면 이제부터 놀랄 만한 소식을 들려드릴까요? 서연호의 행방에 대해 아는 게 있나 물어보려고 미국에 있다는 서연호 어머니, 오세희에게 전화를 걸었죠. 운이 좋았어요. 미제사건팀장은 통화도 못 했다는데, 낯선 인터넷 전화번호라 수신거부가 되어 있지 않았나 봐요. 어머니와 재혼한 남자가 전화를 받았는데, 자녀들이 실종된 뒤 그 충격으로 와이프가 아직도 정신과 치료를 받고 있다면서 자신들은 아는 것이 아무것도 없으니 연락하지 말라고 하더군요. 그런데 남자의 말이 계속 마음에 걸리더라고요. After her children were missing. 남자는 왜 단수인 child가 아니라 복수인 children을 썼을까? 단순한 말실수라고 변명하고 싶겠죠? 맞아요. 실수였죠. 범죄와 관련된 진술을 할 때 사람들이 하는 실수는 단 한 가지예요. 무의식적으로 진실을 내뱉는 것. 자녀가 세 명, 그중에서 서지민은 14년 전 사건이 벌어진 뒤 계속 입원해 있었으니 제외. 그러면 실종된 자녀들은 서연호와 서연우일 수밖에 없죠. 혹시나 해서 현지경찰에 문의했는데 뭐가 나왔는지 알아요? 서연우의 실종신고서예요."

"마미, 그러니까 어머니가 한국으로 돌아오는 걸 반대해서 몰래 도망쳤어요. 분명히 한국으로 떠난다는 쪽지를 써 놓고 왔는데 왜 실종신고를 했는지 모르겠네요."

"그렇게 말할 줄 알았어요. 그런데 미국 경찰 수사 경과 보고서에 미국 출입국 관리소 서류가 있더군요. 서연우는 미국에 입국한 기록은 있는데 다른 곳으로 출국한 기록이 없어요."

"입국할 때는 미국 여권으로 들어갔고, 출국할 때는 한국 여권으로 나왔어요."

"미성년자의 실종사건이었어요. 경찰이 그렇게 허술하게 수사했을까요? 이중국적자이니 당연히 한국 여권으로 출국했는지 여부도 조사해서 꼼꼼하게 기록해뒀더군요. 서연우는 어떤 국적으로도 미국에서 나오지 않았어요. 어떻게 생각해요?"

당황하지 않았다. 중빈이 말을 멈춘 즉시 연우는 맞받아쳤다. 모든 질문은 예상했던 범위 내였고, 답변은 준비되어 있었다. 연우는 가소롭다는 듯 자신을 바라보는 중빈의 눈을 똑바로 바라보았다. 이제 마지막 단계만 남았다.

"지금 형사님 말씀은 제가 서연우가 아니라는 뜻으로 들려요. 도대체 왜 그런 황당한 생각을 하시는지 모르겠네요. 형사님 말씀대로라면 제가 왜 혈연도 아닌 지민이 뒷바라지를 하면서 힘들게 살았을까요?"

"서지민의 혈연이 한 명 더 있죠. 서, 연, 호."

연우는 일부러 숨을 죽였다. 중빈의 입술이 비웃듯 뒤틀렸다.

"선생님이 서연호라면 모든 게 맞아떨어지죠. 서지민을 보살핀 이유도, 14년간 서연호가 흔적조차 남기지 않고 숨어 다닐 수 있었던 비결도, 미국 출국 기록이 없는 이유도 모두 설명이 가능해요. 선생님 의료기록을 보니 성대에 보톡스를 맞은 기록이 있더군요. 주로 트랜스젠더들이 성대 떨림 때문에 보톡스를 맞는다고 하더군요. 아마 진짜 서연우는 죽었겠죠. 하필이면 양손 모두 화상을 입었다고요? 범행 현장에서 지문이 발견되었다는 얘기를 들은 뒤에?"

중빈의 얼굴이 마침내 꼬투리를 잡았다는 희열에 들떠 잔뜩 상기되었다. 하지만 연우는 예상 시나리오대로 마무리되자 갑자기 이 연극에 흥미를 잃어버렸다. 혹시나 다른 가설을 내놓을까, 뭔가 모르는 단서가 발견되지는 않았을까 긴장했었다. 시계를 보니 벌써 두 시간째였다. 오랜 신경전에 지친 데다 일이 잘 풀렸다는 안도감 때문인지 온몸에 힘이 빠졌다. 마약성진통제 패치의 효과가 떨어지는지 복부의 통증이 온몸으로 퍼져나가기 시작했다. 연우는 머리카락을 뭉텅 뽑아 내밀었다.

"지민이의 DNA가 보관되어 있는 걸로 알아요. 지문대조보다 훨씬 더 과학적인 유전자 검사를 해 보면 나오겠죠. 제가 여자인지 남자인지, 지민이와 혈연인지 아닌지."

당황해 입을 벌린 중빈을 남겨두고 연우는 수사실을 나왔다.

8-4. 연호, 2018년 6월 20일 수요일

수사망이 연우를 향하고 있었다. 이제는 어쩔 수 없다. 차라리 나를 드러내어 연우를 보호하는 수밖에. 내 지문이 발견된 것이 오히려 행운이 되었다. 어차피 모든 오명을 뒤집어쓸 각오를 하고 시작한 일이었다. '서연우'라는 이름에 범죄자라는 수식어를 붙게 해서는 안 된다. 계획은 하나밖에 남지 않았다. 이제 끝이 보이고 있었다.

8-5. 연우, 2018년 7월 2일 월요일

자정을 넘긴 시각에 문자 메시지가 왔다.

> 7월 2일 월요일, 오늘은 학교 사정으로 임시휴업을 합니다. 학생들은 가정학습을 하고 교사들은 모두 교무실이 아닌 한빛관 대회의실로 출근해주십시오.
> – 안곡북고등학교

교문에서부터 경찰의 검문이 있었다. 학생부 교사들이 문자 메시지를 확인하지 못하고 등교한 학생들을 교문 앞에서 돌려보내고 있었다. 임시휴업의 이유를 말해달라는 학생들과 교사들의 실랑이로 교문 앞이 혼잡했다. 경찰은 교직원증을 확인하고서야 연우의 자동차가 통과할 수 있도록 교문을 열어주었다. 운동장 너머 철봉대 근처에 폴리스 라인이 쳐져 있었다.

교무실은 물론이고 본관 전체가 폐쇄되어 곧장 별관인 한빛관의 대회의실로 향해야 했다. 계단형으로 된 대회의실의 앞쪽에는 부장들이 모여 머리를 맞대고 얘기 중이었고, 교사들은 몇 명씩 무리지어 소곤거렸는데, 모두들 어딘가 불안한 눈빛으로 계속 주위를 둘러보며 대화에도 집중하지 못하는 듯했다.

"무슨 일이에요?"

연우는 원경에게 다가가 조용히 물었다.

"큰일 났어. 지난주 금요일이 가정학습의 날이었잖아. 문고리 3 인방이 언제나처럼 개를 잡는다고 배달 온 자루에 든 개를 두들겨 팼는데, 그 자루에 교장이 들어 있었네. 지금 교장은 혼수상태고, 문고리 3인방은 다 경찰서에 있어. 교감도 없는 상황이니 난리도 아냐. 교육청에서 긴급회의 한 다음에 장학사 보낸다고 했어."

곧이어 회의가 시작되어 더 자세한 얘기는 듣지 못했다. 보통 대회의 시간에는 딴짓을 하거나 몰래 수다를 떨던 교사들이 많았지만 오늘은 달랐다. 모두들 임시로 회의진행을 맡은 교육과정 부장의 말에 집중을 했다. 회의 안건은 '정상적인 학사일정의 수행 불가능에 의한 조기방학 및 여름방학 연장' 건이었다. 당연히 반대 의견이 많았다.

"어수선한 상황이긴 하지만 학사일정을 바꾸는 건 안 됩니다. 당장 다음 주가 기말고사 시작입니다. 게다가 3학년들 입시는 어떻게 하라고요. 여름방학이 길어지면 아이들이 공부에 소홀해질까봐 걱정하는 학부모들 항의가 많을 겁니다. 게다가 수능 이후 일정이 길어지게 되는데 그때 애들 관리는 어떻게 하라고요?"

"교육청에서 교장대행을 파견한다면서요. 그럼 결정권자가 아예 없는 것도 아니니 조기방학을 하는 건 안 됩니다. 학교관련 사건이 자꾸 벌어지는데 이런 때일수록 우리가 평정심을 유지해야 학생들도 동요가 없어요. 그러잖아도 학교에 저주가 붙었느니 어쨌느니 소문이 돌아서 전학 가겠다는 학생들까지 있는 판국에 조기

방학까지 하면 모든 사건 책임이 학교에 있는 것처럼 보이잖아요."

회의는 좀처럼 끝날 기색을 보이지 않았다. 우스운 건 아무도 교장의 현재 상태에 대해 걱정을 하지 않는다는 점이었다. 모두들 그저 복잡한 상황을 대충 무마하고 여름방학을 했으면 하는 바람을 숨기지 않았다.

8-6. 연우, 2017년 12월 19일 화요일

수능 후 겨울방학 직전이라 제멋대로 학교에 나오지 않거나 허락 없이 외출을 해 말썽을 일으키는 아이들 때문에 경찰서며 학생부며 불려 다니느라 정신이 없었다. 그나마 출석한 아이들도 들으란 듯이 연우 앞에서 욕을 하거나 일부러 툭 치고 지나가기 일쑤였다. 게다가 시험문제 오류가 성적처리가 모두 끝난 뒤 발견되어 재시험 후 성적처리를 처음부터 모두 다시 해야 했다. 힘든 만큼 술은 늘어만 갔다. 감각이 마비되는 그 시간이 없다면 긴장한 몸은 진즉에 쓰러졌을 터였다.

잠들기 전 언제나 그랬듯 지민을 확인하러 방에 들어간 연우는 코를 찌르는 토사물 냄새에 놀라 술에 취한 채 119 버튼을 눌렀다. 술에 취해 잔뜩 꼬인 발음에 장난전화라 생각한 상대방은 '주무시라'는 말만 반복했다. 잠든 지민을 깨워 택시를 타고 응급실로 향했다.

"천만다행입니다. 잠든 채 구토를 하면 기도가 막혀 죽을 수도 있어요. 지난번 입원했을 때도 말씀드렸지만 궤양으로 인한 출혈도 있고, 식도 협착도 심각합니다. 아무래도 수술을 하는 편이 낫겠어요."

수술 스케줄을 잡기 위해서는 한 달은 기다려야 한다는 한국대 병원이었지만 운이 좋았다. 나흘 뒤, 방학식 다음 날로 수술 날짜가 정해졌다. 운은 거기까지였다.

다음 날 출근했을 때 교무실은 난리법석이었다. 방학식날 1박 2일로 가는 단체 연수에 불참하는 교사는 모두 내려와 교장의 개별적인 허락을 받으라는 공지 때문이었다. 물론 교장은 불참을 허락할 마음이 없었다. 방학식은 12월 22일 금요일로 크리스마스 연휴 바로 전날이라 휴가를 계획 중인 사람이 많아 연수 참석률이 저조할 수밖에 없었다. 방학식 오후 출발 비행기를 예약한 교사는 예약취소 후 참석하라는 말에 울상이었고, 어린이집 방학이라 아이를 맡길 데가 없는 교사는 베이비시터를 구하기 위해 여기저기 전화를 돌리고 있었다.

'연수'라는 것은 이름뿐이었다. 교장이 원하는 관광지로 가서 밤새워 술을 마시는 기나긴 회식이었고, 다른 학교에서는 없어진 악습이었다. 모두들 머리끝까지 불만이 가득 찼지만 누군가 다른 이가 불만을 터트려주길 기다릴 뿐이었다.

그래도 우린 이 정도는 아니잖아, 옆자리의 선생님은 한숨 쉬며 노트북 화면을 고갯짓했다. 인터넷 뉴스채널에서는 갑질 논란을 일으킨 모 기업 회장의 엽기적인 행각을 신나서 방영하고 있었다. 직원에게 쌍욕을 해도, 따귀를 날려도, 바로 옆에 있는 사람들은 꼼짝하지 않는다. 회장과 맞고 있는 직원만 화면에서 오려낸다면 평범하기 그지없는 사무실 모습이다. 모두들 평화롭게 자신의 일에 열중하고 있다. 그들에게 무릎 꿇고 따귀를 맞는 직원은 보이지 않는다. 회장의 낯 뜨거운 욕설은 들리지 않는다. 연우는 무차별적인 폭행을 하는 회장보다 모른 척하는 직원들이 더 싫었다.

부당하고 억울한 상황을 마주쳤을 때, 갑의 횡포에 저항할 용기가 없는 인간들이 하는 말이 있다.

"그래, 착한 내가 참자. 내가 착하니까 참는다."

변명이다. 그건 착한 게 아니라 비겁한 거다. 저항에는 대가가 따르니까. 이지메에 가담하는 것뿐만 아니라 모른 척하는 방조도 나쁜 일이라고 가르치면서 교사들이 새 학교에 발령받았을 때 '태워지는' 부당한 상황을 견디는 이유는 단 하나다. 올해만 버티면 내년에는 새로 오는 선생들이 또 이런 과다한 업무에 시달릴 테니 괜찮아. 새로 오는 교사만 태우면 되지. 그 상황이 부조리하고 부당하다는 것을 알면서도 관례라고 받아들인다. 그리고 그 관례는 점점 가치관으로 자리 잡아 교사를 잠식해 들어간다.

연우는 연수 불참을 허락받기 위해 교장실로 내려갔다. 교장실의 곳곳에는 거울이 놓여 있었다. 마침 교장은 거울을 보고 있는 중이었는지 문을 열고 들어가자마자 수많은 교장들이 연우를 둘러쌌다. 연우는 놀라서 움찔했다. 어디로 시선을 돌려도 교장이 보였다. 거울은 서로를 반사해 수없이 많은 교장을 만들어냈다. 그 수많은 눈동자가 연우를 바라보고 있는 듯해 소름이 끼쳤다. 교장은 병적으로 외모에 집착했다. 불룩한 볼은 축 처져 턱선을 가렸고, 작은 눈의 쌍꺼풀 수술 자국은 흉터처럼 보이는 데다, 시커먼 피부는 곰보 자국이 가득했는데, 어찌나 화장을 두껍게 했는지 곰보 자국마다 화장품 부스러기가 잔뜩 뭉쳐져 있었다. 거울 속의 탁한 눈동자가 비웃음을 짓는다. 연우는 예의에 벗어나지 않는 선에서 최대한 시선을 멀리 두었다.

"연수 못 간다고 내려온 거지? 참, 줄줄이도 내려오네. 다들 무슨 변명이 이렇게 많은 건지. 교사의 방학은 놀라고 있는 것도 아닌데 당연히 업무가 있으면 가야지, 어떻게든 빼려고 하니, 이렇게 교직에 대한 신념이 없어서야. 그래, 서연우 선생은 왜 연수 못 가는데?"

짜증이 잔뜩 서린 목소리였다.

"여동생이 입원했습니다. 수술이 방학식 다음 날 예정되어 있는데, 간병할 사람도, 보호자도 저밖에 없어서요."

연우는 겨우 틈을 잡아 말을 꺼냈다.

"수술? 그깟 수술 따위는 미룰 수 있는 거 아냐? 직장을 제대로 다녀야 수술비도 낼 수 있는 거지. 연수도 업무의 일환이야."

"하지만……"

다행히 예전에 지민을 수술했던 외과과장이 미국학회 참석을 이유로 출국 전날 수술 일정을 잡지 않아 겨우 잡을 수 있었던 일정이었다. 지민의 경우는 특별 케이스로 취급해준다고 해도 언제 수술할 수 있을지는 확실치 않았다. 스케줄이 맞지 않아 외과과장이 아닌 경험이 별로 없는 전문의나 레지던트가 수술을 할 수도 있었다. 지민의 예전 사고까지 들먹이며 눈물바람을 일으킨 뒤 겨우겨우 잡은 수술 스케줄이었다.

"매번 연가 쓰는 게 그 여동생 때문이지? 도대체 어디가 그렇게 자주 아파? 내가 차라리 간병 휴직을 쓰라고 했잖아. 이렇게 직장 일에 지장을 줘서야 되겠어?"

연가는 단 한 번도 쓴 적이 없었다. 업무가 많아 시험기간에도 조퇴 한 번 하지 못했다. 유림의 성폭행 사건이 벌어졌을 때 교장이 억지로 떠안긴 병가 이틀이 전부였다. 하지만 여기서 따져봤자 교장의 화만 북돋을 뿐이었다.

"죄송합니다."

집안 사정이 좋지 않다는 것은 교장도 알고 있었다.

"아니, 자기 자식도 아니고 여동생 때문에 매번 이렇게 학교 일에 지장을 준다는 게 말이 되니? 아니, 혹시 친딸이야? 좀 수상한데? 가끔은 이혼했거나 미혼모인 거 숨기는 경우도 많다고 하더라고. 부모님도 일찍 돌아가셨다고 했지? 고아라니 아무래도 더 의심스럽네. 부모 없이 자랐으니 가정교육을 못 받아서……."

나는 들리지 않는다, 아무것도 들리지 않는다, 되뇌면서 비굴한 자신을 위로했다. 그 모욕과 상처를 견뎠는데도 불구하고 교장은 연수에 참여하라는 말로 결론을 내렸다.

"한 사람 봐주기 시작하면 다른 사람들도 다 핑계대고 빠지려고 해서 안 돼. 수술을 미뤄."

이상하게도 권력이라는 건 그걸 쥔 순간 좋은 사람이 되기 힘든 법이다.

"일단 의료진과 상의해 보겠습니다."

연우는 이를 악물고 화를 참았다. 인간의 추악함을 마주할 때면 언제나 본능적으로 움츠러들어 자신의 생각을 숨긴다. 그래야 그 악(惡)에 잡아먹히지 않을 수 있었다.

8-7. 연우, 2017년 12월 21일 목요일

수술 일정을 미룰 수 있냐는 질문에 주치의는 황당하다는 표정을 지었다.

"지금 일정을 미루면 아무리 빨라도 세 달 뒤에나 수술 날짜를 잡을 수 있어요. 환자가 무통각증이라 느끼지 못해서 그렇지 장유착도 심각한 상태예요. 염증수치도 꽤 높고요. 복부수술을 한 경우, 시기에 상관없이 장유착이 발생할 수 있다고는 하지만 지민이는 통증을 느낄 수 없기 때문에 발견이 늦어져서 위험한 상태예요. 역류성 식도염보다 그게 더 심각해요. 지민이는 워낙 수술 이력이 많아서 수술도 까다롭다는 거 아시잖습니까? 왜 수술을 미루고 싶어 하는지는 모르겠지만, 장폐색으로 진행될 경우 쇼크로 사망할 수도 있어요."

지민은 입원한 뒤 계속 금식 중이었다. 수액공급을 받으며 코에 튜브를 삽입해 장 내용물과 가스를 배출하는 치료를 받기 위해서였다.

진료실을 나서니 몸에 갖가지 줄을 매단 지민이 휠체어에 앉은 채 기다리고 있었다.

"여기까지 왜 나와 있어?"

"나도 이제는 의사 설명 들어도 되는 나이야. 오히려 언니보다, 아니 웬만한 인턴보다는 내가 의학적 지식이 풍부할걸."

뽐내듯 말하지만 코에 연결된 레빈튜브 때문에 숨쉬기가 힘든지 헉헉댔다.

"저녁 식사 시간이라 방해될까 봐 나왔어. 사람들이 자꾸 배고파서 어쩌느냐고, 혼자 먹어서 미안하다고 하잖아. 사실 난 배고픈 것도 못 느끼는데. 이래저래 설명하는 것도 우습고 그래서 언니 마중 나왔지."

안색이 창백했다. 고통을 못 느껴도 몸은 망가져가고 있다며 비명을 지르고 있었다. 왜 더 빨리 눈치채지 못했을까? 모두 연우의 잘못이었다.

"산책이나 하다 들어갈까?"

"좋지. 그런데 언니 저녁 먹어야지."

언제나 타인을 먼저 배려하는 아이에게 주어진 운명은 왜 이리 배려가 없는지.

"병원 밥 싫어서 미리 먹고 왔어."

지민은 연우의 어설픈 변명을 믿는 척해주었다. 연우는 지민의 휠체어를 밀며 자그맣게 한숨을 내쉬었다. 한겨울 날씨에 밖으로 나갈 수는 없어 병원 복도만 오가면서도 머릿속은 교장을 어떻게 설득해야 할지 방법을 생각하느라 복잡했다. 문득 시선이 느껴져서 바라보니 지민이 자신을 빤히 바라보고 있었다. 복도 한가운데 휠체어를 멈춰서고 한참을 있었는지 간호데스크의 간호사까지 자신을 힐끔거리고 있었다. 흠흠, 헛기침을 하며 연우는 휠체어를 밀었다.

"수술 받는 거 겁나지 않아?"

"수술 한두 번 해 보나? 다른 애들은 소풍이다, 시험이다 다이어리에 써 넣을 때 난 수술일정 써 넣잖아. 그러니까 언니도 대기실 의자에서 기다리지 마. 부담스러워. 어차피 마취해서, 마취할 필요도 없는데 왜 마취를 하는지는 모르겠지만, 어쨌든 나 수술하는 동안 언니 있는지 없는지도 모르는데 왜 고집을 피우냐? 중환자실 있을 때도 보호자 대기실에서 쪽잠 자는 거 너무 싫어. 집이 코앞이야. 집에 있다가 면회 시간 맞춰서 오면 되는 건데 그러는 거 오 버야. 언니가 그러면 미안하고 걱정되고 그래서 회복이 더 늦어지 는 거 같아. 그러니까 이번 수술 때는 그러지 마. 수술실 들어가는 것만 보고, 아니 수술실 들어가는 것도 볼 필요 없어. 언니가 메 스 잡는 것도 아니잖아. 왜 사서 고생을 하려고 하나? 나 그거 진 짜 싫어. 그냥 수술 다 끝나면 와. 그래야 내 마음이 편할 거 같아."

지민은 연우의 사정을 빤히 아는 것처럼 말했다. 지민의 예지력 은 언제나 정확했다. 하지만 연우는 한 번도 그에 대해 물어본 적 이 없었다. 일부러 모른 척했다. 자본주의 사회에서 부를 동반하 지 않는 특별함은 소외를 부를 뿐이었다. 지민도 그걸 알기에 쉽 게 자신의 예지력을 드러내지 않았다. 예외는 연우가 아프거나 곤 란한 상황에 빠졌을 때뿐이었다.

"내 마음은 불편해도 되고?"

연우는 되물었다. 지민의 크고 검은 동공이 모든 걸 꿰뚫어본다 고 생각하니 눈을 마주치기조차 꺼려졌다.

"내가 알아서 할 거야. 걱정하지 마."

"그러게. 자꾸 걱정이 되네. 언니가 혼자 아파하고 힘들어할까 봐."

"내가 왜 혼자야? 네가 있는데?"

지민은 아무 대답도 하지 않았다. 그저 링거 줄이 주렁주렁 매 달린 손으로 연우의 손을 쓰다듬었다.

"미안해. 언제나 미안해."

"쓸데없는 소리!"

연우는 목이 메어 헛기침을 하며 화제를 돌렸다. 그때는 이해하지 못했다. 왜 지민이 미안하다고 하는지. 바보처럼 숨겨진 뜻을 알아채지 못했다

8-8. 연우, 2017년 12월 22일 금요일

방학식 날 아침, 연우는 교장실 앞에서 교장의 출근을 기다렸다. 교장은 꾸벅 인사를 하는 연우를 노려보고는 말없이 교장실로 들어갔다. 연우는 따라 들어가 조용히 기다렸다. 당당히 요구해야 할 권리를 비굴하게 구걸해야만 하는 자신이 비참했다. 그래도 참았다.

"솔직히 서 선생 원안지 제출이다 입시 상담이다 해서 회식자리 자주 빠지는 거 모른 척 넘어가주니까 내가 만만해 보이지? 내가 직접 교사들 인원점검을 할 거니까 꼼수 부릴 생각은 하지도 마. 연수 참석 안하면 무단조퇴에 무단결근으로 간주해 징계할 거야. 정말 수술일정 못 바꾸는 거면 내일 새벽에 먼저 올라오면 되겠네. 내가 그 정도는 양보할게."

교장은 연우에게 인심 쓰듯 말했다. 새로 산 등산복을 입고 거울 앞에서 이리저리 자신의 모습을 비춰 보기 바쁜 교장 옆에서 한참을 기다렸지만 소용없었다.

"지금 시위하는 거야? 이래도 소용없으니까 내가 좋은 말로 할 때 그냥 참석해."

결국 연우는 한숨을 내쉬며 3학년부 교무실로 올라왔다. 오늘 오후에 출발하는 비행기를 타야만 한다는 세연이 다가와 연우의 어깨를 토닥였다.

"참석하라고 난리지? 비행기 예약도 취소하라는 사람인데 뭘 바라? 너무 걱정 마. 교장은 언제나 문고리 3인방과 자동차로 따로 움직이니까 일단 버스를 탔다가 교장이 인원점검하고 버스에서 내리면 우리도 내리자. 걱정 마."

단축수업을 싫어하는 교장이었지만 연수를 위해 1교시에 청소를 하고 곧바로 방학식을 했다. 아이들은 기나긴 겨울방학에 신나 교실을 떠났다. 텅 빈 교실에 앉아 고민했다. 교장은 최고 수준의 징계를 내리려 들 게 뻔했다. 무단결근으로 인한 징계 중에는 감봉도 포함되어 있었다. 이번 수술비까지 감당하려면 돈이 필요했다.

교장의 말도 안 되는 억지 덕분에 버스 2대는 교사들로 가득 찼다. 불안했지만 세연의 말대로 일단 버스에 올라탔다. 연수 시작 전부터 교장의 심기를 건드려 다른 선생님들에게 피해를 주고 싶지 않았다. 하지만 교장은 예상과 달리 인원점검을 하자마자 맨 앞자리에 앉아 버스를 출발시켰다. 놀란 세연이 달려 나가 버스를 세우라며 기사를 닦달하고, 교장은 절대로 멈추지 말라고 소리를 질렀다. 버스에서 내려야 한다며 연우가 교장에게 애원하는 사이에 버스는 고속도로로 진입해 버렸다. 허탈해 주저앉은 연우를 원경이 뒷자리로 이끌었다.

"휴게소에 멈추면 되돌아가. 혹시나 찾으면 다른 버스로 옮겨 탔다고 하면 되니까. 대부도 도착할 때쯤이면 술 취해서 누가 있는지 없는지도 모를 거야."

앞자리에 앉은 교장과 문고리 3인방은 벌써 술잔을 주고받느라 바빴다. 다행히 손에 꼭 쥔 휴대폰은 아직까지 울리지 않았다. 연우는 휴대폰만 들여다보았다. 오늘 아침, 지민은 또 피가 잔뜩 섞인 토사물을 쏟아냈다. 병원과 학교는 5분 거리, 언제든 달려갈 수 있을 거라 생각해 출근했는데.

카톡, 카톡, 교사들의 그룹 채팅방에서는 끊임없이 알람이 울렸다. 마침표가 생략된 자조와 비난이 분노의 이모티콘과 섞여 남발했다.

홍원경	이세연, 너 미쳤냐? 비행기 타야 된다면서 교장한테 달라붙어서 뭐 하는 거야? 버스 안에서 술 마시고 노래하고 춤추는 거 불법이야
이세연	빨리 취하게 만들어서 휴게소 가게 만들 거야 미친년과 대화로 해결하려고 한 내가 미친년이었어
홍원경	그러다 술 취해서 비행기 탑승 거부된다 적당히 해

오민영 교장은 벌써 맛이 간 듯해요 진짜 운전기사 보기 민망해요 버스 앞에 '안곡북고등학교 교사 연수'라고 버젓이 써 붙이고 이게 무슨 꼴인지ㅜㅜ

전병우 무슨 꼴이긴 학교 망신이지

홍원경 정답! ㅋㅋ

이철규 뭐냐? 나 50장짜리 양면 연수물을 만드느라 어제 야근까지 했는데, 연수물 펼치기도 전에 전부 술에 취해 자는 거 아냐?

전병우 연수 제목이 뭔데?

이철규 민주적인 의사소통에 의한 학교문화 개선

홍원경 아 진짜 코미디 ㅋㅋ

전병우 올해 들은 얘기 중에 제일 웃겨 ㅋㅋ

　세연의 작전이 성공했는지 한 시간도 되기 전에 화장실이 급하다는 교장 때문에 버스는 휴게소로 들어섰다. 콜택시를 부르자마자 휴대폰이 울렸다. 지민의 응급 수술 때문에 보호자 동의가 필요하다는 주치의의 말에 무슨 일인지 묻지도 못하고 전화 녹음을 허락했다. 콜택시가 언제 도착할지 몰라 휴게소 안내실을 찾아가 안곡 방향으로 가는 차를 수배하는 방송을 부탁했다. 안내실에 있던 직원들과 민원인들이 모두 울먹이는 연우의 곁으로 다가와 위로했다.

"걱정 말아요. 5분 내로 차 수배 안 되면 내가 데려다 줄 테니까."

직원 한 명이 연우의 어깨를 토닥이며 말하자마자, 민원인 중에서도 데려다주겠다는 사람이 나섰다. 안내방송을 듣고 방송실에 온 교장은 다른 사람들의 눈치를 살폈다.

"아니, 동생이 아픈데 연수에 참석했단 말이야? 당연히 빠졌어야지. 빨리 병원으로 가 봐. 너무 걱정하지는 말고."

교장은 시치미를 떼며 걱정스럽다는 듯 연우의 손을 붙잡고 토닥였다. 교장이 입을 열 때마다 쉰내 때문에 구역질이 났다. 다행히 택배 트럭 운전기사가 방송을 듣고 달려왔다. 급하게 지갑을 챙겨 들고 돌아서는데 교장이 중얼거리는 소리가 뒤에서 들렸다.

"아이 씨, 술맛 다 버렸네."

그 순간 병원으로 달려가야 하지 않았다면 교장을 죽여버렸을 것이다.

8-9. 연우, 2017년 12월 22일 금요일

지민은 파리한 얼굴로 연우를 맞았다. 수술 중 심장마비라고 했다.

울지 않았다. 그저 이제 잠들 수 있겠구나, 생각하며 눈을 감았다.

"쓰러지신 동안 여러 검사를 했습니다. 아마 증상이 있으셨을 텐데……."

조심스레 위암 얘기를 꺼낸 의사는 무덤덤한 반응에 당황해 어쩔 줄 몰라 했다. 마약성 진통제와 수면제를 들고 집으로 돌아왔다.

겨울잠을 자는 달팽이와 함께 연우도 긴 잠을 잤다.

제9장

선악과

여호와 하나님이 만드신 들짐승 중에 뱀이 가장 간교하였다.
뱀은 '동산 중앙에 있는 나무의 열매를 먹으면 너희 눈이 밝아져
선악을 알게 될 것이다'라며 이브를 유혹했다.
이브는 선악과를 따먹고 아담에게도 주었다.
– 《구약성서》 〈창세기〉 3장 중에서 편집

9-1. 민수, 2018년 7월 4일 수요일

▶ REC

담당형사 : 김주환(안곡경찰서 형사 2팀)

진 술 인 : 김경윤(여, 49세, 안곡북고등학교 행정실장)

장　　소 : 안곡경찰서 제1수사실

　사실 교장 선생님에 대해 저보다 많이 아는 사람은 없죠. 예전에도 같은 학교에 근무했었거든요. 그때도 정말 말도 안 되는 일들 많았어요. 외교부 장관 딸 특채 사건 발생했을 때였거든요. 각 공공기관장과 같은 곳에 근무하는 직계존속은 무조건 보고하라는 공문이 내려왔어요. 그런데 영어 기간제 선생님이 교장 아들이더라고요. 급하게 다른 학교 기간제 선생님이랑 맞교환하고서는 없다고 보고했었죠. 그때 학교 선생님들 전부 다 헉, 했어요. 나라님도 자리에 없으면 욕한다고 하잖아요. 그 기간제 샘이랑 친했던 선생님들 벌벌 떨었다니까요. 교장 욕을 얼마나 많이 했겠어. 그런데 우스운 건 뭔지 알아요? 그 기간제 선생님도 교장 욕을 무지막지하게 했다는 거예요. 그것만 했으면 다행이게요? 워낙 수다쟁이라 자기 집안 얘기도 스스럼없이 했어요. 물론 자기가 교장 아들인 걸 들키지 않을 거라고 생각했겠죠. 아버지는 일정한 직업 없이 이리저리 떠도는 인생이고, 어머니는 공직에 있어서 사회적 체면 때문에 이혼하지 못하고 억지로 참고 사는 거라나? 아버지가 돈 떨어지면 집에 들어오는데, 둘이 싸우기만 하면 둘 중 하나는 병원이나 경찰서에 갈 정도로 살벌해서 걱정이라고, 차라리 이혼했으면 좋겠다고, 가족이지만 다 같이 얼굴 보며 식사한 지가 십 년은 넘었다고, 자기는 결혼 안 할 거라고 입버릇처럼 말했다고 하더라고요.

그런 집이면 저라도 들어가기 싫겠어요. 그런데 문제는 교장 선생님이 외로운 걸 못 견뎌서 다른 사람들을 억지로 자기 옆에 붙여두려고 한다는 거예요. 크리스마스나 명절 전날이면 꼭 갑자기 쓸데없는 무언가를 하라고 시켜요. 자기가 혼자 있기 싫다고 전 교직원 남기는 거죠. 정말 심술이 말도 못 해요. 작년만 해도 크리스마스 연휴 전날이 방학식이었는데 기어이 1박 2일 연수를 가야 한다고 우겨서 갔었죠.

같이 술 마셔줄 친구도 한 명 없는지 매주 어떤 핑계를 대서든 회식 자리를 만들려고 노력하는 게 교장 선생님 주요 업무예요. 단체 회식도 우리 학교만큼 많이 하는 학교가 없어요. 어쨌든 다행히 문고리 3인방이 매주 같이 술 마셔주고 놀아줬어요. 교무부장, 연구부장, 학생부장을 우리 학교에서는 문고리 3인방이라고 부르거든요. 교장 선생님이 대놓고 편애해서. 물론 문고리 3인방이 하나님 떠받들 듯이 교장 선생님 시키는 건 다 하긴 해요. 솔직히 세 사람 다 일은 하나도 안 해요. 그저 교장이랑 놀아주는 게 일이지.

그래도 어쩌겠어요? 선생님들도 복날 개고기집 단체로 안 끌려가려면 부장 일 떠맡아서 대신 하는 거죠. 인간이 각각 장단점이 있는 거 아니겠어요?

복날 개 잡는 건 교무부장 초빙되어 오고 나서 시작됐어요. 아마 전에 있던 학교에서도 개 잡았을지도 모르죠. 교장한테 잘 보이려고 복날 개까지 잡아 바치는 아부꾼들이 설마 자루에 개 대신 교장이 들어 있는 줄 알았으면 그렇게 죽어라 팼겠어요?

솔직히 저도 건강원에 개 주문하면서 그 비용 직무활동비로 처리하고 싶지 않았어요. 하지만 교장이 하라는데 제가 별수 있어요? 직무활동비를 이 정도로 사적인 용도로만 쓰는 교장도 드물 거예요. 아무리 짠순이 짠돌이 교장이라도 수능 전날 선생님들 점심은 사 주거든요. 그날은 얘들이 일찍 가서 급식이 없으니까요. 오전 내내 수능 장소 설치하느라 지쳤는데 다음 날은 수능 감독까지 해야 하니까 선생님들이 그날은 신경이 날카롭거든요. 그래서 교장들이 선생들 달래느라고 점심 거하게 사 주는 편인데 우리 교장은 그것도 안 해요.

• • •

▶ REC

담당형사 : 이중빈(안곡경찰서 형사 2팀)

진 술 인 : 오민영(여, 32세, 안곡북고등학교 3학년 11반 담임)

장   소 : 안곡경찰서 제2수사실

왜 자꾸 우리 학교에서 이런 일이 벌어지는지 모르겠네요. 하여간 '못바'가 문제라니까요. 어떻게 학교에서 개를 때려잡을 생각을 했는지. 아, 못바? 그런데 이거 진짜 비밀로 해주시는 거 맞죠? 제가 진술했다고 소문이라도 퍼지면 진짜 저 안곡북고가 아니라 전국 어느 학교에서도 못 살아남아요. 진짜 약속하시는 거예요? 그러면 전 형사님만 믿고 말씀드릴게요. 교무부장이 아무 업무도 모르는 바보인 데다 일도 안 하면서 자기 이익은 죽어라 챙기려고 드니까 몇몇 선생들끼리 못된 바보를 줄여서 못바라고 부르기 시작했어요. 아마 본인도 그 별명을 알 거예요. 사실 제가 이렇게 솔직하게 말씀드리는 것도 못바 누명 쓸까 봐 그러는 건데, 못바가 이해하려나?

교감 선생님, 아니 이제는 전 교감 선생님이라고 해야 하나? 참, 돌아가신 분 욕하는 거 같아서 좀 그렇지만, 전 교감 선생님은 가끔 교무부장 있는 자리에서도 대놓고 못바라고 불렀으니 말 다 했죠. 교감하고 교무부장은 사이가 나빴거든요. 교장 선생님이 교감 반대에도 죽어라 밀어붙이는 바람에 교무부장 시킨 거였어요. 교장 선생님, 올해 1학기로 정년퇴임이라 학교에는 아무런 관심이 없었는데, 교무부장만은 반드시 그 사람 시켜야 된다고 우겨서. 교감 입장에서는 일을 너무 못 하니 답답했겠죠.

그런데 우스운 건 뭔지 아세요? 그렇게 서로 뒤에서는 욕하면서도 나쁜 일에는 또 의기투합을 잘했어요. 교무부장이 체육인데 수업을 고3, 딱 6시간 했어요. 10시간은 고3 진로수업을 했죠. 우리 학교 발령받고 나서 내내 그랬어요. 우리나라 학교가 다 그렇잖아요. 고3은 무조건 입시위주로 돌아가요. 진로는 무조건 자습, 체육수업도 그나마 1학기 때만 하는데 애들 말로는 축구공 하나 던져주고 끝이라고 하더라고요. 그게 다 교감이랑 짜고 교사수급 마음대로 조정해서 벌인 짓이에요. 저번에 교감 me too 사건 일으킨 박성원 선생 업무를 그렇게 줄인 사람도 교무부장이에요. 교감 선생님 특별 지시가 있었다나 어쨌다나. 덕분에 다른 선생들 힘든 건 생각도 안 해요.

교장은 뭐 하냐고요? 우리 교장은 거울공주라 하루 종일 교장실에 틀어박혀서 거울 보면서 화장하고 꾸미는 게 하루 일과예요.

교장실에 있는 텔레비전 보셨어요? 그게 3D예요. 어쩌다 교장실에 가면 둘 중 하나예요. 3D안경 쓰고 드라마 보면서 과자 먹고 있거나 거울 보면서 화장하고 있거나. 사무실 책상에 거울이 3개나 된다는 게 말이 되요? 전신 거울도 4개가 연결된 거 아세요? 펼치면 앞뒤 양옆을 다 볼 수 있게. 한번은 결재 받으러 들어갔다가 거울에 비친 수많은 교장 모습을 보고 놀라서 주저앉을 뻔 했다니까요.

솔직히 교장 선생님 생긴 게 두꺼비랑 똑같아서 별명도 투투, 꺼비공주, 피오나, 우슐라, 뭐 애들이 그렇게 부르거든요. 애들한텐 외모로 사람 비하하는 거 아니다, 그렇게 야단치지만, 솔직히 두꺼비한테 색칠해봤자 개구리밖에 더 되겠어요?

게다가 그렇게 젊은 남선생들만 예뻐해서 말이 많았어요. 작년에 우리 학교에 총각 물리 선생이 신규로 발령받아 왔거든요. 어휴, 정말 눈꼴 시려서, 아니 정말 누가 알까 무서워서 다른 데서는 말 못 해요. 그 선생이 완전 탱자탱자 놀보거든요. 뭐든 다 대충대충이에요. 시험문제도 대충 출제해서 매번 재시험, 수업시간에는 너무 피곤하다고 자습 시켜놓고 앞에서 잔대요. 그런데도 그 선생은 무조건 오케이야. 조퇴고 지각이고 한 번 하려면 우리는 갖은 아양을 다 떨어야 하는데 그 선생은 연가도 마음대로 쓴다니까요. 우리가 가면 결재 받을 때 점 하나 가지고도 그렇게 난리치면서, 그 선생이 가면 무조건 오케이. 그러니까 그 선생 부서에서는 까다로운 결재 있으면 전부 그 선생한테 미뤄요. 솔직히 박성원도 그렇고, 물리 신규도 그렇고, 참 요즘 선생들 무서워요.

• • •

▶ REC

담당형사 : 강민수(안곡경찰서 형사 2팀)

진 술 인 : 황인주(남, 51세, 안곡북고등학교 교무부장)

장   소 : 안곡경찰서 제3수사실

교장 선생님이 워낙 보신탕을 좋아하셔서 복날에 개고기집에서 전 교직원 단체 회식도 여러 번 했거든요. 그런데 그게 불법도축이다 보니까 믿고 먹을 데가 없다고 항상 불만이셨어요. 텔레비전에서도 위생상태 엉망이라고 매번 떠들고. 제가 촌에서 나고 자랐거든요. 어릴 적에 복날만 되면 어른들이 모여서 개 잡던 게 생각나더라고요.

그래서 매달 마지막 금요일인 가정학습의 날에 교장 선생님 몸보신도 시켜드릴 겸, 건강원에 개 주문해서 잡아드리자, 제안했죠. 동물보호법이니, 개는 동물이 아니라 사람의 친구니 뭐니 떠들어대지만, 아직도 시골에서는 가끔 복날이면 개 잡기도 하거든요. 뭐, 우리네 전통이잖아요.

그 안에 교장 선생님이 들어있다고 생각했으면 우리가 그렇게 했겠어요? 배달원이 여느 때처럼 개 자루를 철봉대 아래에 놔뒀다고 문자 메시지를 보냈기에 그런가보다 했죠. 전에도 자루 안은 확인 안 했어요. 괜히 살아 있는 개랑 눈이라도 마주치면 죽이기도 껄끄러울 거 같아서. 그러니까 이번에도 그냥 개가 들어 있으려니 믿었죠. 처음에 자루를 철봉에 매달 때 좀 이상하다는 생각은 했었어요. 좀 크기도 한 것 같고 너무 움직임이 없어서. 너무 오래 갇혀 있었고, 더위에 지쳐서 실신했나 보다 생각했어요. 한 대여섯 대 때렸나? 그때서야 교장 선생님이 비명을 지르며 깨어나셔서 놀라서 신고한 거죠. 뉴스에서 보니까 교장 선생님이 잠든 순간을 기억하지 못할 정도로 갑자기 기절한 것처럼 잠이 들었다고 하던데, 졸피뎀 같은 수면제 쓴 거 맞죠?

도대체 어떤 사람이 이렇게 잔인한 방법으로, 이렇게 비겁하게 사람을 죽이려 드는지 꼭 잡아주세요. 저한테 뒤집어씌우려고 했던 모양인데 다른 사람한테 물어보세요. 저 법 없이도 살 사람이라고 하지. 다행히 교장 선생님 목숨에는 지장이 없다고 하지만 정년퇴임 앞두고 도대체 이게 무슨 일인지. 설마 저를 의심하는 거 아니죠?

아시겠지만 교장 선생님이 저를 얼마나 아끼셨다고요. 저도 교장 선생님 믿고 이 학교 초빙으로 온 건데요. 저 교감 발령 빨리 날 수 있게 힘써주신다고 했는데. 설마 이 사건 때문에 교감 발령 늦어지는 건 아니겠죠? 저희 교장 선생님 성함이 황인영, 제가 황인주, 이름 보면 아시겠지만 먼 친척뻘 됩니다.

교장 선생님한테 원한 가질 만한 사람이요? 좀 많긴 한데, 일단 서연우 선생님, 이세연 선생님이 작년에 일이 좀 있었어요. 서연우 선생님은 교감 선생님과도 좀……, 그렇다고 서연우 선생님이 범인이라는 건 아니고요. 전 정말 아무것도 몰라요. 너무 억울하다고요. 범인이 억지로 이렇게 만든 상황인데 과실치사라니요, 저는 정말 너무 억울하다고요.

• • •

▶ REC

담당형사 : 강민수(안곡경찰서 형사 2팀)

진 술 인 : 이주현(여, 48세, 안곡북고등학교 연구부장)

장   소 : 안곡경찰서 제1수사실

지금 내가 과실치사로 입건되게 생겼는데 겁날 게 뭐가 있겠어요? 분명히 교사들 중에 범인이 있어요. 우리가 '가정학습의 날'에 개 잡는 거 아는 사람 학교 사람들밖에 없으니까요. 서연우랑 이세연이 제일 수상해요. 지난 겨울방학 때 1박 2일 연수 모두 참석하라는 바람에 이세연 선생님은 비행기 놓쳐서 해외여행 못 갔고, 서연우 선생님은 동생 임종도 못 지켰어요. 최윤종, 홍영현 선생도 작년에 이어 올해도 업무가 너무 많아서 거의 반강제로 휴직해서 불만이겠지만, 그건 교장보다 교감한테 유감이겠죠. 교장은 학교 일에 거의 상관하지 않거든요. 그러고 보니 서연우 선생 진짜 수상하네. 작년에 업무가 엄청 많았거든요. 교감한테도 불만이 많았을 거예요. 게다가 형주 담임이기도 했고요. 이렇게 여러 사건에 관련되었다는 거 자체가 이상하잖아요. 어쨌든 교장 선생님 그렇게 만든 범인을 학교에서 찾으려면 서연우 선생님이 제일 유력하죠. 얼마나 한이 맺혔으면 부고도 안 알리고 혼자 장례를 치렀겠어요? 우리도 방송국에서 르포 프로그램 촬영 때문에 찾아오고 나서야 서연우 선생 동생 죽은 거 알았어요. 상조회장이 부조금 모아 전달하면서 왜 알리지 않았냐고 했더니, 교장이 오는 게 싫어서라고 딱 잘라 말했다던데요?

...

모든 사람들이 연우를 용의자로 지목했다. 하지만 사람들의 예상을 비웃기라도 하듯 교장이 들어 있던 자루의 매듭에서는 연호의 지문이 발견되었다. 지문감식 결과를 보는 중빈의 표정은 가늠하기 힘들었다. 중빈의 예상과 달리 유전자 감식 결과, 연우와 지민은 자매관계로 판정되었다.

"왜 하필 지금일까요?"

"뭐?"

"서연호요. 14년이나 조용히 숨어 있다가, 일부러 그러는 것처럼 갑자기 여기저기 흔적을 흘리고 다니잖아요. 꼭 자기 잡아달라는 것처럼. 왜 지금에서야 나타난 거죠? 좀 이상하지 않아요? 마치 수사상황을 아는 것처럼 서연우가 용의자로 몰리니까 짠, 하고 나타났잖아요. 게다가 서연우 선생도 정말 수상해요. 만일 서연호가 서연우 행세를 하고 있는 게 아니라면 왜 화상으로 지문을 모두 없애버렸을까요? 정말 우연이었을까요? 뭔가 아귀가 맞아떨어지지가 않아서 답답해요."

속이 타는 것은 민수도 마찬가지였다. 연호의 노트를 발견한 뒤로 하루도 빠짐없이 연우의 뒤를 밟고 있었다. 연우 몰래 집안을 수색한 일도 여러 번이었다. 하지만 더 이상 연호의 흔적은 나오지 않았다.

9-2. 연우, 2018년 7월 13일 금요일

압수수색은 아침 8시부터 시작되었다. 연우는 잠옷 바람으로 다섯 명의 형사들을 맞이했다. 모르핀 주사를 맞기 위해 오전 수업을 모두 오후로 미루어 두었기에 다행히 압수수색 과정을 지켜볼 수 있었다.

"옷은 갈아입게 해 줘야지."

민수의 말에 중빈이 못 말린다는 듯 한숨을 내쉬더니 그러세요, 라고 말했다. 재빨리 옷을 갈아입고 나오니 형사들은 벌써 거실과 작은 방으로 나뉘어 살피고 있었다. 민수는 그 과정을 지켜보다 연우의 곁으로 다가왔다.

"걱정 마. 물건은 원래 그 자리에 그대로 둘 테니까."

"오빠는 왜 수색 안 해?"

민수는 어색하게 고개를 모로 돌렸다.

"난 그냥 따라온 거야. 아무래도 연호와 친분이 있다 보니까 수사팀에서 제외되었거든."

뻔했다. 연우 혼자 압수수색을 당하게 하고 싶지 않아 보호자로 따라온 거였다. 형사들은 침대 밑이나 티슈 통 안까지 샅샅이 살폈다. 연우는 출근하지 못한다고 학교에 연락하고 거실 소파에 앉아 느긋하게 기다렸다. 압수수색이 거의 끝날 무렵 중빈이 다가왔다.

"서연호 씨 물건은 하나도 없네요? 죽은 것도 아니고 실종되었으니 짐을 보관할 만도 한데. 아니, 서연호 씨 물건이 문제가 아니라 서연우 선생님 짐도 없네요. 여자들은 이것저것 물건을 쌓아두는 경우가 많은데. 청소하면서 다 버리셨나 봐요. 아니면 어디로 떠날 준비를 하면서 짐을 미리 보내셨나 봐요."

연우 대신 민수가 대답했다.

"너 말 속에 뼈가 있다. 연우는 지금 수사에 최대한 협조해주고 있는데 그렇게 비꼬면 되겠어?"

중빈은 민수의 말을 무시한 채 연우에게 따지듯 물었다.

"침대 밑이고 장롱 위고 먼지 한 톨 없더군요. 생활에 필요한 물건조차 제대로 갖추어지지 않았어요. 냉장고도 쌀통도 전부 텅비어 있어요. 옷 서너 벌, 로션 한 통이 전부예요. 전부 다 어디로 빼돌렸어요?"

"말이 심하시네요. 짐을 모두 처분한 건 맞아요. 나머지 짐도 이번 주말에 처분할 생각이고요."

"당당하시네요. 오늘 당장 출국금지 내릴 테니까 도망갈 생각이라면……."

"도망갈 생각 없어요. 시한부 인생이잖아요. 당연히 내 뒷정리는 해두고 가야 하지 않겠어요?"

연우는 가볍게 말했다. 중빈이 아차, 하는 표정으로 고개를 돌렸다. 중빈은 죄책감이 가득한 얼굴로 입만 벙긋거리고 있었다. 뭔가 사과의 말이나 위로의 말을 찾고 있는 모양이었다. 우스웠다. '죽음'이란 단어는 마법처럼 인간의 마음을 약하게 만든다.

"학교에는 다음 주 방학식 날 사표를 낼 예정이에요. 혹시나 또 오해할까 봐 미리 말씀드리는 거예요."

중빈은 결국 연호에 관한 단서는 하나도 건지지 못하고 떠났다. 연호의 지문이 발견되었을 때부터 하루도 빠짐없이 청소를 한 보람이 있었다. 연우는 모두 떠난 뒤 현관문을 닫고 나서야 바닥에 주저앉았다.

형사들과 함께 나갔던 민수는 30분도 되지 않아 현관 벨을 눌렀다. 혹시나 놓고 간 게 있을까 싶어 열어 준 문으로 민수는 당당히 들어왔다.

"네 음식 솜씨를 믿기 힘들어서 내가 그냥 저녁거리 사 왔어."

민수가 쇼핑백을 들어 올리자 고소한 참기름 냄새가 집 안 가득 퍼졌다. 민수는 거실 탁자 위에 음식을 늘어놓기 시작했다. 전복죽, 호박죽, 홍게죽, 쇠고기버섯죽……. 탁자 위를 가득 채우고도 쇼핑백은 2개나 더 남아 있었다.

물끄러미 바라보는 연우의 시선이 어색했는지, 민수는 빨리 와서 앉으라며 닦달했다.

"아무래도 위에는 부드러운 게 좋을 거 같아서 죽으로 사 왔어. 내가 오늘 돈지랄 좀 했다. 죽 체인점에서 종류별로 다 달라고 하니까 장난치는 줄 알더라. 혼자 사는 사람 음식 해 먹는 거 뻔하지. 남는 건 냉동실에 얼려뒀다가 전자레인지에 데워서 먹으면 돼. 너 죽 싫어하는 거 알지만 억지로라도 먹어."

말없는 연우가 불안한지 민수는 연우의 손을 끌어당겨 앉히고는 죽 그릇 하나를 쥐어주었다. 따뜻한 죽 그릇의 온기가 낯설었다. 연우의 곁에는 지민밖에 없었다. 누군가를 가까이하기엔 인간에 대한 불신과 두려움이 컸다. 자신이 죽어도 아무도 모를 거라고, 어쩌면 모두 썩은 뒤에 발견될지도 모른다는 불안감에 불면증은 더 심해졌다. 그래서 며칠 전 위암치료를 하라며 설득하는 민수의 옆에 가만히 앉아 있었다. 내 죽음을 슬퍼할 사람이 한 사람은 있구나, 하는 안도감과 내 곁에 있으려는 한 사람이 있구나, 하는 충만감이 좋았다.

죽 냄새를 맡으니 갑자기 식욕이 밀려왔다. 그러고 보니 무얼 먹은 게 언제인지 기억도 나지 않았다. 연우도, 민수도 텔레비전을 보며 말없이 먹기만 했다.

마침 텔레비전에서는 지하철에서 묻지 마 살인을 한 30대 우울증 환자의 뉴스가 방송되고 있었다. 흠, 흠, 헛기침을 하며 어색한 침묵을 깨려 애쓰던 민수가 드디어 입을 열었다.

"아, 저 자식 내가 잡았어. 혹시나 심신미약이니 뭐니 해서 감형될까봐 걱정했더니 무기징역이네. 진짜 묻지 마 범죄 저지르는 인간들은 그 방법 그대로 되갚아줘야 된다니까. 제일 나쁜 놈들이야, 아주."

칭찬을 바라는 아이처럼 민수는 허세를 부렸다. 연우는 죽 그릇을 내려놓았다. 전복이 목에 걸려 넘어가지 않았다.

"다행이다."

겨우 말을 내뱉었다. 어쩌면, 누군가에게 말하고 싶었는지도 모르겠다.

"무슨 뜻이야?"

"오빠 인생은 순조로웠다는 거니까. 행복했는지는 확신할 수 없지만 적어도 불행하지는 않았다는 거니까."

"그게 무슨 소리야? 묻지 마 살인을 한 놈이랑 내 인생이 무슨 상관이라고?"

"난 가끔 무섭거든. 내가 저런 일을 저지를까 봐."

목소리는 조용하고 차분했다. 그래서 자신이 더 소름끼치고 무서웠다.

"분노가 쌓이고, 절망이 짓누르면 누구나 그렇게 될 수 있어. 인간이란 나약한 존재니까. 그 사람들도 처음부터 악한 사람은 아니었을 거야. 그저 현실이, 인생이 비참한 사람이었을 뿐이지. 사회가 주는 부담이 폭력과 강압으로 변해갈 때, 사람이 얼마나 악해질 수 있는지 오빠는 몰라. 작년에 업무가 정말 많았거든. 그런데 학급 아이들이 계속 말썽을 저지르는 거야. 나도 모르게 짜증이 나고 화가 나고 분노가 치솟았어. 말썽을 부린 아이에게가 아니라 세상 전부에게. 내가 겪는 불행을 세상 모두가 느꼈으면 했어. 그러기 위해서는 어떤 방법이라도 쓸 수 있을 거 같았지. 아마 저 사람도 그랬을 거야. 그러니까 너무 욕하지 마. 그저 불쌍하게 여겨 줘."

아직도 세상에게, 인간에게 분노가 들끓었다. 연우를 꽉 채운 울분은 아무리 흘러넘쳐도 어딘가에서 계속 샘솟아 가슴을 뜨거워지게 만들었다. 홧홧한 가슴의 열기를 없애는 방법은 단 하나, 복수뿐이었다.

어쩌면 자백에 가까운 그 말을 민수는 못 들은 척 재빨리 채널을 돌렸다. 오래전 만화가 나오는 채널이었다. 캔디가 이라이저와 닐에게 괴롭힘을 당하고 울고 있는데 만화 주제가가 흘러나왔다.

외로워도 슬퍼도 나는 안 울어. 참고, 참고 또 참지. 울긴 왜 울어. 웃으면서 달려보자. 푸른 들을. 푸른 하늘 바라보며 노래하자. 내 이름은 내 이름은 내 이름은 캔디. 나 혼자 있으면 어쩐지 쓸쓸해지지만 그럴 땐 얘기를 나누자 거울 속의 나하고. 웃어라 캔디야. 들장미 소녀야. 울면 바보다. 들장미 소녀야.

성우의 목소리는 밝고 쾌활했다. 하지만 언제나 들었던 지민이의 목소리가 아닌 노래는 낯설고 어색했다.

"지민이가 좋아하던 만화였는데. 입원해 있을 때 이 만화가 나오기에 주제가를 불러달라고 했더니 죽어도 싫다고 하더라. 아무리 졸라도 나한테는 절대로 불러주지 않았어. 하긴 너한테도 노래는 안 불러줬었지. 자기 노래는 연호에게만 들려주는 거라고."

잊고 있었다. 천사의 노래. 지민의 노래에는 이상한 치유 능력이 있었다. 슬픔, 짜증, 분노 등의 부정적인 감정은 사라져 편안해지고 가벼운 두통이나 감기로 무겁던 몸은 금세 가뿐해졌다. 하지만 노래를 부르면 지민은 지쳐 탈진한 듯 드러누워야 했다. 그래서 지민은 연호를 위해서만 노래를 불렀다. 어떻게 14년이란 세월 동안 눈치채지 못했을까? 지민이 모든 걸 알고 있다는 사실을. 연우는 끝내 지민의 상처를 외면하고 회피했다. 어쩌면 가장 중요한 복수의 대상은 악으로만 가득 찬 연우 자신일지도 모른다.

9-3. 연호, 2018년 7월 17일 화요일

모든 계획이 끝났다. 떠나야 할 시점이었다. 하지만 마지막으로 민수에게 작별인사를 하고 싶었다. 14년 전 인사 한마디 없이 떠났던 일이 맘에 걸렸다. 이유도 모른 채 버림받는 기분을 다시 느끼게 하고 싶지 않았다.

9-4. 연우, 2018년 7월 19일 목요일

욕조에서 피어오른 수증기가 눈앞에서 흔들리며 아지랑이를 만들어낸다. 뿌옇게 흐려진 시야가 엉키며 사물이 뒤섞였다. 불분명하고 어지러운 세상, 그 속에서 숨 쉬려 노력했다. 하지만 후덥지근한 공기는 연우의 가슴을 답답하게 조이며 닦달한다. 일어나, 일어나서 나가버려. 그러면 편히 숨 쉴 수 있을 거야.

대충 몸을 헹구고 욕조에서 나왔다. 세면대 윗벽의 거울은 하얀 수증기 막이 짙게 드리워 아무것도 보이지 않는다. 수건으로 거울을 문질렀다. 잘게 맺힌 물방울까지 닦아내자 연우의 모습이 선명하게 드러났다. 젖은 머리카락, 반신욕의 열기에 붉게 상기된 얼굴이 거울 속에서 연우를 마주했다.

연우는 거울 속 자신의 얼굴을 오랫동안 바라보았다. 욕실의 형광등은 얼굴의 땀구멍과 솜털이 선명하게 드러날 정도로 밝았다. 연우는 언제나 빛에 집착했다. 전기세가 아무리 많이 들어도, 아무리 비싸도, 최고성능의 형광등을 선택해 어둠을 몰아내야 했다.

어깨 길이의 긴 머리카락을 양손으로 헐겁게 묶어 올려 남자들의 흔한 숏커트처럼 보이게 만들어본다. 까마득한 검은 눈동자가 빛을 집어삼키며 다가온다. 힘껏 어깨를 젖히고, 이를 악물어 턱을 도드라지게 했다. 이제는 희미해진 연호의 모습이 거울 속에서 살아난다.

물끄러미 연우를 바라보는 거울 속의 미소년은 울상이다. 피맺힌 듯 선명하게 붉은 입술이 낮은 목소리로 속삭였다.

"네가 죽였잖아!"

아냐, 아냐! 연우의 달싹이는 입술은 소리를 뱉어내지 못한다. 거울 속 까만 눈동자 안에 자신의 모습이 또렷하게 맺혀 있었다. 깊고 어두운 눈동자는 연우를 붙들고 놓아주지 않는다. 벗어나고 싶은데 가위눌린 몸은 연우의 간절한 명령을 무시한다.

"모두 다 네가 죽였잖아!"

스물이 넘어도, 서른이 넘어도, 자라지 않고 소녀와 소년 사이에 머무르는 연호가 연우를 노려본다. 덜덜 떨리는 손 틈으로 빠져나온 머리카락이 목덜미를 섬뜩하게 스친다. 하지만 연호의 모습은 사라지지 않았다.

무거운 고개는 내저을 수조차 없었다. 아니야, 아니야. 내뱉지 못한 말이 목에 걸렸다. 미친 듯이 고개를 저었다. 거울 속의 연호가 흔들렸다. 하지만 비틀린 입술이 내뱉는 음성은 또렷하다.

"모두 네가 저지른 일이잖아."

수증기가 표면에 응결되면서 거울 속의 얼굴은 서서히 흐려져 간다. 제발, 제발, 빨리, 사라져버려. 하필이면 물방울이 잘게 맺힌 눈동자는 아직 선명하다. 투명한 물방울은 하얗게 사그라지는 얼굴을 비웃으며 반짝였다. 부풀어 오르던 물방울이 그 무게를 이기지 못하고 연호의 눈 아래로 주르르 흘러내렸다. 거울 속의 연호처럼 연우도 울고 싶었다. 하지만 오래전 생의 모든 불행이 한꺼번에 들이닥치던 그 순간처럼 연우의 눈동자는 메마른 채다.

마침내 연호의 눈물어린 눈동자가 수증기로 흐려지기 시작한다. 그제야 참았던 숨을 내뱉을 수 있었다. 드디어 고개를 돌려 거울 속 얼굴을 외면할 수 있었다. 가쁜 숨을 내쉬며 욕실 문을 여는 손이 허우적거린다. 덜덜 떨리는 손으로 허둥거리며 욕실 문을 열고 나서는 연우의 등 뒤를 목소리가 기어이 덮친다.

"나한테 뒤집어씌우지 마. 네가 죽인 거잖아. 모두 다 네가 죽였잖아!"

욕실 문이 쾅, 닫히며 집을 흔들었다.

9-5. 민수, 2018년 7월 21일 토요일

연우가 먼저 전화를 건 일은 처음이었다. 몰래 뒤에서 지켜보는 게 아니라 얼굴을 맞대고 이야기를 나눌 수 있다는 것만으로도 신나 연우가 말한 부대찌개 전문 술집으로 향했다. 연우는 먼저 와 기다리고 있었다.

"오빠, 옷 목둘레가 늘어난 게 많더라. 혼자 살수록 잘 차려입고 다녀야지. 내가 돈 좀 썼어. 보험금이 꽤나 많이 나왔거든. 우습지? 그렇게 돈이 없어서 교장 교감 갑질하는데도 견디면서 학교 다녔 었는데, 지민이가 나 몰래 연구실험에 참여해서 돈을 엄청 모아놓 은 거 있지? 그런데다 지민이 죽었다고 보험금 주고, 나 위암 걸렸 다고 보험금 주고, 쓸 데도 없는데 돈이 넘쳐나네. 여러 사건 겪으 면서 오빠가 나 많이 도와주려고 했던 거 알아. 여러모로 고맙고 미안해. 그러니까 부담 갖지 말고 받아주라."

연우는 명품 로고가 박힌 쇼핑백을 몇 개나 건네주며 가볍게 말했다.

'시한부 인생이잖아요. 당연히 내 뒷정리는 내가 해두고 가야죠.'

연우의 뒷정리에는 민수도 포함된 모양이었다. 내일 모레가 방학식, 연우가 마지막으로 근무하는 날이었다. 오늘 아침, 중고물품센터에서 연우의 집에 있는 짐을 몽땅 실어갔다. 연우는 도대체 아픈 몸을 이끌고 어디로 떠나려는 걸까? 연호는 연우가 아프다는 걸 알고 있는 걸까? 연호는 도대체 지금 어디에서 무얼 하고 있는 걸까? 둘이 같이 떠나는 걸까? 민수의 궁금증을 눈치챈 듯 연우는 소주를 따르며 미리 당부했다.

"우리 사건 얘기 말고, 내 위암 얘기 말고, 오늘은 다른 얘기만 하자. 옛날에 고등학교 시절에 그랬던 것처럼 별 시답잖은 얘기하면서 취해보자."

연우는 소주잔을 부딪치자마자 단숨에 한 잔을 비웠다. 말리지 않았다. 말린다고 들을 연우도 아니었다. 차라리 술에 취해 긴장이 풀렸을 때 위암치료 이야기를 꺼내는 게 나을 수도 있었다.

압수수색할 때 본 연우의 맨발 뒤꿈치에는 커다란 흉터가 있었다. 목을 매달아 자살하려던 사람들이 줄이 끊기는 경우에 가장 많이 다치는 곳이 발뒤꿈치와 발목이었다. 뼈가 으스러졌다 붙은 자국은 우툴두툴했다.

어느새 소주 두 병이 비었다. 민수는 고기를 굽느라 석 잔도 마시지 못했으니 한 병 반을 연우 혼자 마신 셈이었다. 민수가 손을 들어 종업원을 부른 뒤 빈 소주병을 흔들었다. 고기를 먹은 뒤 시킨 부대찌개는 아직 끓기도 전이었지만 민수는 새 소주병을 비틀어 땄다. 연우는 잔을 채우자마자 한 번에 들이켰다.

"도대체 주량이 얼마나 돼?"

"글쎄. 딱히 세어 보지 않아서 모르겠는데."

술에 취하면 연우의 목소리는 한 톤쯤 낮아져 연호와 거의 흡사했다. 고개를 숙인 채 그 목소리를 듣고 있으면 연호가 돌아와 바로 앞에 앉아 있는 듯했다.

"제일 많이 마셨던 게 얼마나 되는데?"

연우와의 술자리에서 질문을 하는 건 언제나 민수의 몫이었다. 그렇지 않으면 연호와 비슷한 그 낮고 느린 목소리를 들을 수 없으니까.

"어느 날은 아침에 깼더니 소주 다섯 병이 빈 병으로 남아 있더라. 아마 그게 최대지 않을까?"

"그래도 적당히 마셔. 요즘은 세상이 너무 위험해. 술 취한 여자애들은 무조건 범죄대상 일 순위라고."

"좋다. 내 걱정해 주는 사람이 있다는 거. 참 좋네."

민수를 바라보는 연우의 눈에 눈물이 고여 반짝였다.

아무런 말도 할 수 없어 소주잔을 잡은 연우의 손을 토닥여 주었다. 겪어 보지 않은 사람은 모른다. 끝없이 반복되는 절망에서 허우적대며 안간힘을 쓰는데도 빠져나올 수 없는 무기력함을, 세상 어디에도 이해해 줄 사람 하나 없이 떠돌아야만 하는 외로움을, 그 무엇도 바뀌지 않는 상황이라는 걸 알면서도 버둥거려야만 하는 비참함을 위로할 수 있는 단어는 세상에 존재하지 않는다. 여자치고는 마디가 굵고 거친 손이 슬그머니 민수의 손에서 빠져나갔다. 어색한 침묵 속에서 찌개가 끓기 시작했다.

"오빠는 나 별로 좋아하지도 않았으면서 왜 이렇게까지 위암치료를 받으라고 매달려?"

"무슨 소리야? 내가 언제 널 싫어했다고?"

"가끔씩 날 요렇게 가늘게 눈을 뜨고서는 노려보곤 했지."

질투였다. 민수가 가지지 못한 남매 사이의 사랑이 부러웠고, 연호에게 마음껏 스킨십을 할 수 있는 연우의 처지가 질투 났고, 연호와 단둘이 있고 싶었다. 뭐라 변명하기도 전에 연우가 입을 열었다.

"괜찮아. 미워할 수도 있지. 가족이란 그런 거니까. 서로 사소한 이유로 미워하면서도 결국은 곁에 남아 있는 거, 그 끈끈함이 지겨운 거 그게 가족이니까."

민수는 자신도 모르게 연우의 손을 잡고 쓰다듬었다. 그저 오빠처럼 위로해주고 싶었을 뿐인데 단 한 사람에게만 반응하던 심장이 찌르르 울렸다. 순간, 너무 놀라고 당황해 민수는 손을 뗐다. 하늘하늘한 연베이지색 시폰 원피스를 입은 연우는 오늘따라 더 여성스럽고 연약해 보였다. 연우와 눈이 마주치자 얼굴이 붉게 달아오르는 게 느껴져 시선을 피하며 소주잔을 들이켰다. 연우는 빤히 민수를 바라보고 있었다. 민수는 연우의 시선을 피하며 국자를 집어 들었다.

"혹시 오빠 나 좋아해?"

연우의 앞접시에 찌개를 수북하게 퍼주던 민수의 손이 멈췄다. 국자 밖으로 연호가 좋아하던 두부가 툭 떨어졌다. 떨어진 두부에서 흘러내린 시뻘건 양념이 식탁 위로 번져갔다. 티슈를 뭉텅이로 집어 들어 양념과 두부를 동시에 쓸어 담는 손이 덜덜 떨렸다.

"당황하는 거 보니 더 수상하네. 정말 나 좋아하는 거야? 왜 대답 안 해?"

온몸이 순식간에 싸늘해졌다. 민수는 굳은 표정을 숨기려고도 하지 않은 채 물었다.

"무, 무슨 뜻이야? 널 좋아하냐고? 당, 당연히 좋아하지."

머릿속이 하얗게 변해 무슨 말을 해야 할지 알 수 없었다. 더듬거리는 목소리가 자신에게서 흘러나오는데도 무슨 뜻인지 와 닿지 않았다. 모른 척 일어나고 싶었다. 그저 어떻게든 이 순간을 모면하고 싶었다. 하지만 연우의 새까만 눈동자가 민수를 붙잡고 놔주지 않았다. 연호와 똑같은 새까만 눈동자.

"아니, 내 말 뜻 알잖아. 여자로 좋아하냐는 질문이었어. 더듬거리는 거 보니까 진짜 많이 당황한 모양이네. 사실이라서 당황한 거야, 아니면 사실이 아니라서 당황한 거야? 대답해 봐. 오빠, 정말 나 좋아하니?"

민수는 두 눈을 감았다. 눈을 뜬 순간 연우가 사라졌으면 좋겠다고 빌었다. 하지만 눈을 떴을 때, 연우는 양손으로 턱을 고은 채,

민수를 빤히 바라보고 있었다. 이제는 늦었다. 민수는 연우의 손목을 확 낚아챘다. 거친 손길에 연우가 비명을 질렀다.

"아, 아야! 뭐야, 오빠! 갑자기 왜 이래? 나 데였어. 일단 이것 좀 놓고 얘기 해."

테이블 위에서 끓고 있던 부대찌개 냄비에 닿았는지 연우의 손목이 벌겋게 부어오르고 있었다. 연우는 민수의 손아귀에서 벗어나려 안간힘을 썼지만 민수는 더 세게 힘을 줄 뿐이었다.

"도대체 갑자기 왜 이래? 오빠, 벌써 취했어?"

"너, 누구야?"

잇새로 내뱉는 말에 짜증을 내며 버둥거리던 연우가 순간 굳어버렸다.

"무, 무슨 소리야? 나 연우잖아. 별로 마시지도 않았는데 벌써 취한 거야?"

새까만 동공이 반 이상을 차지하는 눈, 만화처럼 끝이 살짝 올라가 있는 높은 콧대, 입꼬리가 올라간 도톰한 입술, 하얀 피부, 가는 골격…… 눈앞에 있는 여자의 모든 부분은 처음 보는 사람조차도 연호와 남매라는 걸 의심하기 힘들 정도로 연호와 닮아 있었다. 하지만 이 여자는 절대로 연우가 아니었다.

"연우는 내가 연호를 좋아한다는 거 알고 있어. 그러니까 말해봐. 너 누구야?"

순간, 여자가 민수의 팔을 소주병으로 내리쳤다. 갑작스런 일격에 손아귀 힘이 풀렸다. 산산조각 나 흩어진 소주병에 종업원들이 달려왔다. 계산을 하고 가라며 붙잡는 주인에게 지갑을 통째 던져 주고 쫓았지만 이미 여자의 모습은 사라진 뒤였다.

9-6. 민수, 2004년 2월 14일 토요일

괴롭히던 아이들에게 구해준 용감한 영웅, 몰래 반찬을 가져다 주고 자신의 집에 데려가 밥을 먹여주던 따뜻한 이웃, 한글과 구 구단을 가르쳐준 똑똑한 반장, 모두들 더럽다고 피하는 민수와 짝 꿍이 되고 싶다고 손들어 주던 유일한 친구……. 민수에게는 연 호가 곧 행복이었다. 그래서 사랑할 수밖에 없었다. 중학교 2학년 체육대회, 축구경기에 학급 대표로 나간 연호가 골을 넣고 환호 를 하며 달려오는 모습을 보며 심장이 떨렸고, 연호가 껴안는 순 간 심장이 멎을 뻔했다.

정상이 아니라고 생각했다. 평범한 사춘기 남자아이들처럼 민 수도 동성애 얘기만 나오면 더럽고 구역질나는 변태행위라고 욕 하곤 했었다. 무조건적인 혐오감만 불러일으키는 동성애가 자 신의 이야기가 될 거라고는 생각해 본 적이 없었다. 어떻게든 다 른 남자아이들처럼 되려고 노력했다. 하지만 커다란 가슴의 여 자가 벌거벗은 사진을 봐도, 아이들이 환호성을 지르며 좋아하는 여자 아이돌을 봐도 무덤덤한 심장이 연호에게만 반응했다.

연호에게서 눈을 뗄 수가 없었다. 연호가 가끔 다정한 손길로 연우의 머리를 쓰다듬거나 예뻐서 어쩔 줄 모르는 눈빛으로 연우를 쳐다볼 때면 질투를 숨길 수 없어 몰래 연우를 노려보기도 했었다. 바라보기만 해도 설레는 그 찰나의 순간으로도 충분하다고 자신을 달랬다. 그래도 어떤 날은 누구에게든 이야기를 털어놓고 싶었다. 자신이 잘못된 게 아니라는 것을 확인받고 싶었다. 그렇게 누구에게도 털어놓을 수 없는 사랑이 차곡차곡 쌓여가던 날이었다.

"사랑이라는 건 어쩔 수 없는 거야."

아이스크림을 사러 간 연호를 기다리며 텔레비전을 보고 있던 연우가 불쑥 내뱉었다.

"뭐?"

유부남과 유부녀의 불륜을 미화한다고 연일 언론의 비난을 받는 드라마 화면을 보며 민수는 이맛살을 찌푸렸다. 엄마의 불륜으로 버림받은 상처 때문인지 연호가 가장 싫어하는 드라마였다. 같은 상처를 지닌 연우가 그런 말을 한다는 게 믿을 수 없었다.

"너 연호 앞에서는 그딴 소리 하지 마. 그 녀석 난리날 거야. 그리고 너 지금 저 드라마에 혹해서 정신이 나간 모양인데, 저거 사랑 아니야. 저 주인공 배우자들이 슬퍼하고 아파하는 건 안 보여? 다른 이들을 상처 입히는 게 어떻게 사랑이야? 파괴적인 건 사랑일 수 없어. 사랑이란 건 인간성을 바탕으로 해야 되는 거니까. 그런데 다른 인간의 존엄성을 짓밟고 만들어진 사랑이라면 그건 이미 사랑이 아닌 거야."

"왜 사랑이라는 감정에 이성적인 잣대를 들이대고 판단해? 감정이란 건 옳고 그름과 상관없는 거잖아."

"그래서 넌 저 상황이 좋아 보인다는 거야?"

"좋아 보인다고는 하지 않았어. 어쩔 수 없다고 했지. 사랑은 무조건 모두가 행복하기만 한 거야? 누가 그래? 서로를 비롯해 세상 모든 사람을 상처 입히는 이기적인 사랑도 사랑일 수 있어. 관습과 윤리에 어긋나도 어쩔 수 없는 게 인간의 감정이니까."

순간 처음으로 이해받을 수 있다는 가능성에 저절로 말이 쏟아져 나왔다. 세상 모두가 그를 더럽다고 손가락질할까 봐 두렵다고, 멈출 수 없는 사랑 때문에 자신이 혐오스럽다고, 결국에는 연호까지 상처 입힐 게 뻔한 자신의 사랑이 증오스럽다고. 두서없는 넋두리였지만 연우는 놀란 기색 하나 없이 민수를 위로했다.

"우리 오빠는 이해하려고 노력할 거야. 가장 친한 친구니까. 우정도 일종의 사랑이잖아. 우리 오빠는 동성애를 증오하거나 혐오할 정도로 편협한 사람 아냐. 그게 어떤 형태의 사랑이든 진정한 사랑이라면 더럽다거나 나쁘다고 말하지 않을 거야. 소크라테스도 양성애자였어. 다른 사람의 편견에 휘둘려서 자신을 비하하고 행복을 저당 잡히는 건 어리석은 짓이야."

잊어버릴 수 있는 이야기가 아니었다. 가족처럼 지내던 오빠 친구가, 그것도 남자가 오빠를 사랑한다는 사실은 잊어버릴 수 없는 이야기였다. 그러니 그 여자는 연우가 아니었다.

제10장

이방인

모든 것을 완성하기 위해서, 내가 외롭지 않다는 것을 느끼기 위해서,
내가 사형 집행을 받는 날에 많은 구경꾼들이 증오의 함성으로 나를 맞아주는 것,
그것이 내 남은 단 하나의 소원이다.
−《이방인》(알베르 카뮈 소설) 중에서

10-1. 연호, 2000년 10월 18일 수요일

아랫도리가 축축한 느낌에 잠에서 억지로 튕겨져 나왔다. 졸려 죽겠는데. 아이씨, 욕을 하며 침대에서 일어났다. 중2, 드디어 친구들이 말하는 몽정을 하는 모양이었다. 성에 대한 호기심이나 어른이 되어간다는 벅찬 느낌보다는 몰려오는 졸음을 쫓으며 팬티를 빨아야 하는 게 더 짜증이 났다.

쏟아지는 잠을 이기지 못해 눈을 감은 채로 잠옷과 팬티를 동시에 내렸다. 일주일에 세 번 오는 가사도우미에게 젖은 속옷을 들키기는 싫었다. 티슈를 뭉텅이로 뽑아 팬티를 둘둘 말아 쓰레기통에 넣어버렸다.

옷을 갈아입고 다시 침대로 향하려는데 뭔가 기분이 이상했다. 손이 아직 끈적거렸다. 반쯤 감긴 눈으로 손을 닦다 이맛살을 찌푸리며 티슈를 자세히 들여다보았다. 티슈는 검붉은 무언가로 물들어 있었다. 분명 민수 자식이 밤꽃 향기를 풍기는 끈적끈적하고 반투명한 하얀색이라고 했는데, 내 손에 묻은 건 붉은색의 액체였다. 마치 피처럼. 순간 잠이 확 달아났다.

난 불을 켜고 형광등 아래로 가 내 손을 뚫어지게 바라보았다. 잠옷과 팬티를 도로 내렸다. 방금 갈아입은 팬티에는 희미하게 붉은 핏기가 묻어났다.

다시 잠들지 못했다. 뚫어지게 내 성기만 바라봤다. 요도에서 조금씩 천천히 핏물이 스며 나왔다. 소변도 아니고, 친구들이 말한 정액도 아니었다. 분명 피였다. 혹시나 싶어 문구용 칼로 손가락을 그어보았다. 손가락에서 흘러나온 피와 요도에서 새어나온 액체는 아무런 이질감 없이 섞였다. 분명 피였다.

해가 떠오르고 어둠이 가시는데도 점점 추워졌다. 아무리 닦아내도 흘러나오는 피는 멈출 생각을 하지 않았다. 티슈로 피를 닦아내고, 손으로 눈물을 닦아냈다. 하늘색 이불에 피가 묻을까 수건을 깔고 바닥에 앉았다. 아무리 노려보아도 피는 멈추지 않았다. 죽는 건 두렵지 않았다. 그저 지민과 연우가 걱정이었다. 성기를 아플 정도로 세게 쥐었지만 피는 멈추지 않았다. 손을 적신 피가 말라붙기도 전에 핏줄기가 흘러내렸다.

도저히 방 안에서 기다리고만 있을 수는 없었다. 어떻게든 살아야만 했다. 용걸은 얼굴을 볼 수 없을 정도로 바빴고 지민의 재롱은 늘어만 갔다. 태어나 가장 평화로운 시간이었다. 어렴풋이 행복이라는 감정이 무언지 알 것도 같았다. 이제 와서 죽기에는 억울했다.

택시를 타고 건상의 병원 응급실 앞에서 한참을 망설였다. 건상의 병원은 지민이 태어난 뒤 급격하게 확장해 우리 집 근처에서는 가장 큰 종합병원이 되었다. 단 한 번도 다른 의사에게 진료를 받아본 적이 없었다. 종합병원 원장이 된 건상은 일반진료는 하지 않았지만 우리 남매만은 직접 진료해주었다. 그래도 익숙한 건상에게 진료를 받는 게 나을 것 같아, 두루마리 휴지를 둘둘 뭉쳐 팬티에 쑤셔 넣은 채 건상이 출근하는 시간까지 기다렸다.

진료실에 들어가자마자 팬티를 내리고 피에 젖은 휴지 뭉치를 꺼냈다. 부끄러움 따위는 목숨의 위협 앞에 아무것도 아니었다. 건상은 놀란 기색을 감추려 애쓰면서 세면대에서 손을 씻고 라텍스 장갑을 꼈다.

건상은 내 성기를 빤히 바라보다, 피가 새어 나오는 요도를 면봉으로 콕콕 쑤셨다가, 고환을 손으로 만지기까지 했다. 라텍스 특유의 점착력 덕분에 고환은 평소처럼 성기 뒤로 말려들어 가지 않았다. 내 고환은 많이 작은 편이었다. 수련회 때 다른 아이들과 함께 옷을 갈아입다 알게 된 사실이었다. 다행히 건상은 고환의 크기에 관해서는 아무런 언급이 없었다. 난 숨조차 쉬지 못하고 내 아랫도리를 드러낸 채 이를 악물었다. 앉아 있는 의자가 덜컥덜컥 흔들렸다.

침대에 누운 뒤에 진료는 더 본격적으로 시작되었다. 건상은 내

시경 장비까지 가져와 요도는 물론이고 항문에까지 카메라를 쑤셔 넣었다. 실험대 위의 개구리처럼 다리를 벌린 채 엎드려 초음파 촬영까지 하고 나서야 검진은 끝났다. 건상이 건네준 거즈로 성기를 감싼 뒤 눈물을 거세게 훔쳤다. 그래도 눈물은 계속 나왔다. 손에 묻은 피가 눈가에 묻어 세상이 핏빛으로 보였다.

바지를 추켜올리고 의자에 다시 앉았는데도 건상은 아무 말도 꺼내지 않았다. 그저 내 얼굴만 빤히 쳐다보았다. 그 눈빛이 꺼림칙해 난 건상의 가운만 쳐다보았다. 산부인과 전문의 윤건상. 이제야 건상의 성을 알게 되었다. 흠흠, 한참 나를 바라보다 한숨을 내쉰 건상이 물었다.

"연호가 올해 중 1인가?"

"중학교 2학년이요."

"목소리가 참 예쁘네. 가수해도 되겠어. 맑고 가늘어서 높은 음도 문제없겠네. 그렇지?"

난 대답하지 않았다. 걸걸해진 친구들의 목소리와 달리 아직 변성기가 오지 않아 맑고 고운 내 목소리는 장점보다는 껄끄러움으로 다가왔다. 몽정을 아직 하지 않았다는 것도 친구들에겐 비밀이었다. 건상은 대답 없는 나를 물끄러미 보다 입을 열었다.

"용걸이는 요즘도 바쁘지? 하긴 꿔준 돈 받으려고 전화 한 통 할 시간도 없는 놈이니 말 다했지."

"저 죽어요?"

"아니, 아냐."

그 말만으로도 충분했다. 난 참았던 울음을 터뜨렸다. 건상은 내 어깨를 어색하게 두드리며 급하게 말했다.

"일단 네가 너무 불안해하니까 안심시키기 위해 말해줄게. 넌 병에 걸린 게 아냐. 당연히 죽는 일도 없겠지."

"피가 계속 나오는데요?"

"혹시 2차 성징이라는 거 학교에서 배웠니?"

내가 고개를 끄덕인 순간 건상의 한숨이 배어나왔다.

"혹시 가끔 소변은 아닌데 뭔가 끈적끈적한 게 나오지 않았니? 끈적끈적하지 않아도 어쨌든 뭔가 나오지 않았어?"

"다른 애들도 다 그런다고 하던데요. 몽정이라고. 그런데 양이 아주 작았어요. 정식으로 몽정하기 전에 그런 거 아니에요?"

그래서 금세 몽정을 할 것이라고 애써 내 자신을 위로했었다.

"일단 학교에서 2차 성징에 대해 어떤 걸 배웠는지 말해볼래?"

"여자애들은 한 달에 한 번씩 생리라는 걸 하고, 남자애들은 아침에 일어나면 고추가 딱딱하게 굳어져 있거나 정액이라는 게 나와서 팬티가 젖는다고요. 그러면 아기를 가질 수 있게 되는 거라고요."

훨씬 더 다양하고 자세한 이야기를 친구들에게 들었지만 일단 학교 수업시간에 배운 것만 말했다. 섹스에 대한 얘기를 꺼내면 용걸에게 이를까 봐 무서웠다.

"그래. 맞아. 그러면 너도 그런 적 있었니? 고추가 단단하게 굳은 적이 있었니?"

난 고개를 저었다.

"그러면 네가 말하는 몽정 말이야. 어느 정도 양이었어? 혹시 어떤 냄새가 났는지 기억나니? 혹시 콧물처럼 끈적끈적하지는 않았어?"

고개를 끄덕이지도 입을 열지도 않았다. 뭔가 내가 이해할 수 없는 일이 일어나고 있었다.

"병에 걸린 것도, 죽어가는 것도 아니라면 왜 피가 나오는 건데요?"

건상은 몇 번 입을 달싹이다 한숨만 내쉬었다.

"일단 피검사를 해야 정확한 결과가 나올 거야. 그러면 자세한 설명을 해 줄게. 괜찮지?"

괜찮지 않았다.

그날 저녁 용걸은 불콰해진 얼굴로 일찍 들어왔다. 건상과 함께였다. 도우미 이모는 술상을 봐주고는 이른 퇴근에 신나서 집을 나섰다. 난 방 안에 들어가지 못하고 거실을 얼쩡거렸다. 건상이 시킨 대로 생리대를 찬 상태였다. 차마 슈퍼마켓에서 살 용기는 없어 연우의 방에 들어가 몰래 생리대를 훔친 순간부터 가슴이 거세게 뛰었다. 누구에게도 피를 흘리고 있다는 사실을 들켜서는 안 된다는 생각에 하루 종일 방에 숨어 나오지 않았다. 지민이 다가와 재롱을 피워도, 민수가 병문안을 왔어도 이불 아래 아랫도리를 숨긴 채였다. 다행히 모두들 내가 많이 아파서 제대로 일어나지 못한다고 생각했다. 쭈뼛쭈뼛 어쩔 줄 모르고 방문에 딱 붙어 있는 내게 건상이 손짓을 했다.

"술은 어른한테 배워야지. 연호 너도 이리 와라."

건상은 소주잔이 넘치도록 술을 따라주었다. 용걸의 눈치를 살폈지만 물끄러미 바라보기만 할 뿐 용걸은 아무 말이 없었다. 드라마에서 본 것처럼 고개를 모로 비틀고 소주를 들이켰다 사레가 들려 죽을 뻔했다. 도대체 이 쓴 걸 왜 마시는 건지. 켁켁, 기침을 내뱉는 내게 건상이 사과를 내밀었다.

"녀석, 겁도 없이 원샷이냐? 너 처음 아니지?"

"처음이에요."

용걸의 눈치를 보며 말하자, 건상은 한숨을 내쉬었다. 용걸은 아까부터 복잡한 표정으로 나만 바라보고 있었다. 어린 시절부터 용걸의 시선은 두려움만 불러일으킨다. 그렇다고 눈을 피하면 용걸이 화를 냈기에 벌벌 떨면서도 용걸의 눈길을 마주했다. 어쩐 일인지 용걸이 먼저 눈길을 돌렸다. 그 찰나의 순간 용걸의 눈에서 두려움을 본 것 같았다. 확인하려 용걸을 바라보았지만 용걸은 내 시선을 피하며 한숨과 함께 소주잔만 들이켰다.

"그러고 보니 가슴도 볼록하고 엉덩이도 좀 큰 거 같네. 내가 도저히 못 하겠으니까 건상이 네가 설명 좀 해 줘."

"그래. 그러자. 우리 연호, 술 한 잔 더 할래?"

난 용걸의 눈치만 살폈다. 용걸은 혼자서 소주잔만 기울였다. 내가 살짝 고개를 끄덕이자 건상이 소주잔을 채워주었다. 이번에는 사과를 먼저 먹고 살짝 입술을 적시며 조금씩 들이켰다. 정신이 몽롱해지고 둔해지는 감각이 좋았다. 용걸도 더 이상 무섭지 않았다.

"지금부터 선생님 하는 말 잘 들어. 좀 어려울 수도 있다만, 어쨌든 넌 아픈 건 아냐. 정자와 난자가 만나서 아기가 된다는 건 학교에서 배웠지? 정자가 X염색체를 가지고 있으면 여자가 되는 거고, Y염색체를 가지고 있으면 남자가 되는 거야. 그런데 정자와 난자의 수정 과정에서 염색체들이 교란을 일으켜서 성별이 모호해지는 경우가 생겨. 그런 경우 아기는 남녀의 성기를 다 가지고 태어나지. 그걸 인터섹스, 네가 알아듣기 쉽게 한글로 말하자면 양성인간이라고 할 수 있겠네. 인터섹스는 종류도 굉장히 다양해. 진성반음양, 가성반음양 등등, 그런 건 어려우니까 일단 생략하고. 통계에 의하면 1만 명당 1명꼴이니까 꽤 많은 사람들이 양쪽 성기를 가지고 태어나는데 보통은 태어나자마자 발견되어서 한쪽 성기를 없애는 수술을 하지. 독일에서는 부모가 인위적으로 성별을 택하는 것을 막기 위해 제3의 성별을 적을 수 있도록 법을 개정하기도 했다고 하더라. 어쨌든 그렇게 드문 경우는 아니라는 거야. 연호 너는 염색체는 분명히 XX염색체, 즉 여성 성염색체 배열인데 아마 수정 과정에서 Y염색체가 흘러들어간 거 같아. 이럴 경우 난소와 정소를 모두 갖고 있지만 정소는 제 기능을 하지 못하고 난소는 난자를 생성할 수 있으니까 여자로 수술을 하는 경우가 많아. 그런데 네 경우에는 남성생식기가 확연히 노출되어 있는데다 질과 음순이 항문 뒤에 숨겨져 있어서 출생 당시에 발견을 못했던 거 같아. 피가 나는 건, 난소와 자궁이 남자 생식기에 이어져 있기 때문에 생리혈이 요도를 통해 배출되는 거야. 정말 희박한 경우지. 아마 전 세계에 몇 명 없을 거야. 너 같은 경우에는 호르몬제를 투여해 남성으로 살아갈 수도 있고, 항문 뒤에 숨어 있는 질을 바깥으로 빼내고 정소를 제거하는 수술을 받으면 여자로 살아갈 수 있어. 그나마 넌 최악의 상황은 아냐. 성염색체도 남성이고 생식선도 고환인데 외부생식기가 여성인 경우는 여성의 2차 성징도 나타나지 않고 남성호르몬 치료도 불가능해서 남성으로도 전환하기 힘들거든. 수술은 일단 성년이 될 때까지 미루자. 치사율이 10%가 넘는 위험한 수술이니까. 긍정적으로 생각해 봐. 다른 사람과 다르게 넌 특별하게 태어난 거야. 네가 원하면 남자로 살아갈 수도, 여자로 살아갈 수도 있다고."

기나긴 설명이었다. 건상은 그림까지 그려가며 여러 번 반복해 설명했다. 간성, 인터섹슈얼, 양성자……. 영어와 한문이 뒤섞인 단어들이 넘쳐난다.

나는 충분히 이해했다. 하지만 받아들일 수는 없었다. 남자일 수도 여자일 수도 있다는 건 남자일 수도 여자일 수도 없다는 것과 똑같았다. 남성과 여성의 성기를 동시에 가진 완전한 인간은 신화 속에서나 존재했다. 현실에서는 배척당하고 소외당하는 괴상망측한 인간일 뿐이었다. 기형이나 장애를 가진 사람은 배려는커녕 동정이나 연민도 구걸해야 받을 수 있는 사회였다.

확률은 항상 나를 비켜갔다. '대부분'이나 '보통'은 나에게 해당되지 않았다. 항상 나에게 남은 건 '하지만'이나 '그런데'뿐이었다. '특별'이라는 것은 부정적인 낮은 확률을 다른 말로 포장한 것에 불과했다.

용걸은 당연히 인정조차 하지 않았다. 술을 마실수록 용걸의 목소리는 커졌다.

"수술은 무슨! 얘는 완전히 남자야. 어릴 적에도 인형놀이나 소꿉장난 그런 건 좋아하지도 않고, 로봇이나 자동차에 관심이 많았다고."

"평범한 여성보다 과다하게 분비된 남성호르몬이 뇌에 영향을 미치기 때문에 남성 취향의 물건을 좋아하는 경우가 많아. 나도 수술에는 반대야. 일단 3살이 넘으면 자신의 성에 대한 인식이 확실해지기 때문에 키우던 성을 바꾸기 힘들거든. 연호처럼 염색체는 여성인데 남성생식기를 가지고 태어난 경우에는 고환조직 제거, 음핵 축소, 질 성형술까지 수술도 많이 해야 하고. 태어났을 때 발견했어도 질 성형술 같은 건 워낙 복잡한 수술이라서 사춘기 이후에나 할 수 있었을 거야"

"어쨌든 난 인정 못해. 멀쩡하게 고추까지 있는 놈이 여자라니."

용걸의 고집이 아니라도 여자가 되고 싶은 마음은 없었다. 하늘하늘한 원피스나 어이없을 정도로 큰 눈을 가진 인형은 질색이었다. 그건 지민처럼 어린 여자아이에게나 어울리는 것이었다.

"저건 인간이 아냐. 괴물이지."

용걸은 술에 취해 중얼거렸다. 맘에 드는 말이었다. 용걸에게서 두려움을 불러일으킬 수 있다면 괴물이 되어도 상관없었다.

10-2 연호, 2004년 4월 7일 수요일

"네 아버지 말이 맞았어. 넌 괴물이야."

건상은 죽기 직전 그렇게 말했다. 그럴지도 모른다. 건상을 칼로 찌를 때도 아무런 죄책감이 들지 않았다. 용걸은 지민이 태어난 뒤 건상의 병원에 거액을 투자했다. 아마 건상은 용걸의 만행을 모두 알고 있었을 것이다. 아니, 모르고 있었다고 해도 상관없었다. 내 정체를 숨기기 위해서는 어쩔 수 없었다. 지민 때문에 하루가 멀다 하고 드나들던 병원이었다. 원장실 옆 개인 휴게실에 숨어드는 것도, CCTV를 피해 도망치는 것도 내게는 식은 죽 먹기였다. 다행히 건상의 부인은 몇 해 전 교통사고로 죽은 뒤였다.

밀항으로 필리핀에 도착한 뒤 태국으로 가는 건 어렵지 않았다.

태국의 병원 시스템은 우리나라와는 달랐다. 나는 성전환 수술에서 제법 유명한 의사의 개인병원을 찾았다. 의사는 내 상태에 대해, 그런 나를 수술할 수 있다는 사실에 대해 흥분했다. 너무 작은 규모에 미심쩍었지만 수술은 개인병원이 아니라 종합병원에서 이루어진다고 했다. 특이한 시스템이었다.

트랜스젠더의 경우 정신과 검사까지 받아야 하지만 난 성전환 수술이 아니라 교정술에 속해 그런 절차는 필요하지 않았다. 병원 측의 광고로는 수술 중 사망자는 거의 발생하지 않는다지만 사망 시에도 어떤 책임도 묻지 않겠다는 각서를 써야만 했다. 현지 중개인을 통해 단돈 50달러에 가짜 보호자를 구할 수 있었다. 용걸의 사망보험금을 담보로 마미가 대포통장으로 이체해준 1억 원이 모조리 수술비로 들어갔다. 병실에는 그렇게 나처럼 빚쟁이들이 가득했다. 사체를 빌려 도망친 환자들. 트랜스젠더 바에서 마담에게 3년간 일할 것을 서약하고 빌린 돈으로 수술하는 환자들.

수술 일정은 금세 잡혔다. 내 침상이 들어갈 틈도 없이 수술실에는 사람들이 가득했다. 호기심으로 가득 찬 그들의 눈빛이 차가운 수술실 공기와 함께 내 몸속으로 파고들었다. 그들이 입은 하얀 가운이 밝은 조명을 반사해 눈이 부셨다.

"폴리클이에요. 한국으로 치면 본과 4년의 의대생들이죠. 실습을 위해 나와 있는 거예요. 연호 씨의 경우는 특별하니까요."

나를 둘러싼 하얀 가운들에게 항의하려는 순간 마스크가 씌워지고 정신이 흐려졌다. 며칠 뒤 두 번째 수술을 할 무렵에는 회복이 되지 않아서인지 항의할 기운도 없었다. 어차피 내가 마취되고 난 뒤 구경을 와도 모를 테니 의사와 얼굴을 붉힐 일은 피하고 싶기도 했다.

네 번의 수술 뒤에도 여자가 되었다는 실감이 나지 않았다. 소변줄을 제거한 뒤에는 잠결에 화장실에 가서 일어선 채 소변을 보는 바람에 옷을 몇 번이나 적셨다. 수술 부위가 나을 때까지는 헐렁한 치마를 입고 있었는데 걸을 때마다 치마 안에서 성기가 덜렁이는 느낌에 당황해 몰래 화장실로 가서 수술 부위를 확인하기도 했다.

여성호르몬제를 투여하고 나서는 신체의 변화가 더 뚜렷해졌다. 다리털은 얇아졌고, 뱃살은 말랑해졌다. 운이 좋은 사람들은 목소리도 얇아진다고 하는데 언제나 그랬듯 나에게 행운이란 따르지 않았다. 교정 수술 전 이미 변성기를 겪었기 때문에 성대에 흔적이 남았다. 남자치고는 가는 목소리라 오해를 많이 받았는데 이번에는 여자 목소리라기엔 많이 허스키했다. 성대 수술을 하고 싶었지만 시간도 돈도 부족했다. 병원에 홀로 있는 지민이 걱정되어 몸이 회복되기도 전에 퇴원을 했다.

그렇게 난 연우가 되어 한국으로 돌아왔다. 연우의 한국 여권을 이용해 주민등록증을 다시 발급받는 일은 그리 어렵지 않았다. 여자들은 성형수술이나 화장 때문에 얼굴이 달라지는 경우가 많아서인지 구청 직원은 아무런 의심도 하지 않았다. 연우가 등록했던 지문과 대조해 볼까 봐 미리 위조지문비닐까지 준비했지만 그런 일은 없었다. 그리고 얼마 뒤, 마미는 연우의 죽음을 알려왔다. 마미는 용걸 보험금의 절반이나 받고 나서야 연우를 실종 처리했다고 알려왔다.

10-3. 지민, 2017년 12월 21일 목요일

오빠에게 보내는 서른아홉 번째 편지.

수술 전이면 이렇게 편지를 써. 만약의 경우, 보호자에게 편지를 전해달라는 내 부탁을 거절하는 의사는 아무도 없어. 날 바라보는 사람들의 표정은 언제나 갖가지 감정으로 가득해. 불치병 환자에 대한 안타까움, 자신을 비켜간 불행에 대한 안도감, 가끔은 이런 상황에서도 살아남은 존재에 대한 경외심까지.

그 표정을 보면 그 순간이 생생하게 기억났어. 이상하지? 그 순간에는 내 모든 감각이 살아난 것 같았어. 시큼한 술 냄새, 내 옷을 벗기던 거친 손길, 헉헉대는 신음소리, 주르르 허벅지를 타고 흐르는 피, 내 위에 널브러진 아버지……

아프지 않았어. 잠든 아버지를 깨우고 싶지 않아 얌전히 기다리려고 했어. 그런데 내 속에서 계속 피가 흘러나오는 게 무서워 아버지를 깨웠어. 오빠가 매일 말했잖아. 피가 흐를 때는 곁에 있는 어른을 붙잡고 병원에 데려다 달라고 부탁하라고.

난 조용히 아버지가 병원에 데려다주길 기다렸어. 하지만 아버지는 멍하니 내 속에서 빠져나온 핏덩어리들을 바라보기만 했어. 그래서 나도 핏덩어리들을 바라보았어. 쭈글쭈글하고 길쭉한 선홍색의 뱀이 햇빛에 반짝이며 내 속에서 꿈틀꿈틀 기어 나왔어. 아버지는 그 징그러운 뱀을 내 속으로 다시 집어넣으려 했지. 그래서 소리를 질렀어. 내 속에 들어간 뱀이 나를 집어삼킬까 봐 무서웠어. 아버지는 재빨리 내 입을 막으며 속삭였어.

아무에게도 말하면 안 돼, 누구에게도 말해선 안 돼, 누구에게라도 말하면 연호도 연우도 다시는 못 보게 되는 거야. 새끼손가락을 걸고 약속했지. 아버지가 나쁜 사람을 잡는 사람이라는 거 알지? 아버지의 손이 코까지 막아 숨쉬기가 어려웠어. 내가 고개를 끄덕였는데도 아버지는 음침하게 속삭였어. 아버지는 경찰보다 높은 사람이니까 약속을 어기면 경찰들이 널 잡아가서 감옥에 가둘 거야. 그러면 다시는 오빠도 언니도 못 보게 되는 거야. 너 혼자 감옥에 갇히는 거야. 약속을 했는데도 아버지는 계속 겁을 줬어. 몇 번이나 고개를 끄덕이고, 새끼손가락을 걸고, 그렇게 약속을 하다 잠이 들었어. 무조건 기억나지 않는다고 해. 아버지가 시키는 대로 말했어. 몰라요, 몰라요, 경찰에게 한 말은 거짓말이 아니었어. 난 정말 무슨 일이 벌어졌는지 이해하지 못하는 여섯 살 어린아이일 뿐이었으니까. 약속을 지켰는데도 난 혼자 남았지. 버림받았다는 느낌은 날 아프게 했어. 너무 아파서 처음으로 울었어. 아파, 아파, 중환자실의 다른 환자들처럼 그렇게 말하며 울었지. 나중에야 알았어. 그게 슬픔이라는 걸. 감정도 사람을 상처 입히고 아프게 만든다는 걸.

그래서 오빠의 거짓말에 속아 넘어간 척했어. 처음부터 언니가 아니라 오빠라는 걸 알고 있었어. 언니는 단 한 번도 오로지 사랑만으로 날 대한 적이 없었지. 혐오, 두려움, 죄책감, 언니의 눈빛은 언제나 복잡한 감정으로 일렁였어. 짜증을 내며 야단을 치고 돌아선 순간 울면서 날 달래주는 변덕을 반복하곤 했지. 지금 생각해보면 아주 심각한 우울증이었던 거 같아.

본능적으로 알았어. 언니 행세를 하는 오빠가 장난을 치는 게 아니라는 것을. 난 비밀을 지킬 수 있다고, 내 앞에서는 오빠가 되어도 괜찮다고 말해주려고 했을 때, 아버지의 시신이 발견됐어. 경찰들이 계속 들락거렸지. 경찰들은 계속 오빠를 찾았어. 경찰들이 오빠를 잡아갈까봐 무서웠지. 일부러 언니, 언니, 부르면서 경찰들 보고 가라고 소리를 질렀지. 오빠의 정체를 밝히면 안 된다는 것을, 경찰들이 자꾸 오면 정체를 들킬 수도 있다는 것을, 나도 본능적으로 알았어. 그리고 모든 사람들의 기억에서 잊혔을 때는, 오빠가 떠나서 다시 혼자 남겨질까봐 무서웠어. 그렇게 내 거짓말은 꼬리를 물고 이어졌지.

해리장애가 심각해지면서 오빠는 술에 취하면 노트에 끄적거리거나 녹음을 하는 버릇이 생겼지. 어쩌다 눌린 휴대폰의 버튼, 폴더 안에는 녹음파일이 가득했어. 오랜 연습 끝에 얻은 허스키한 여자 목소리는 술에 잔뜩 취해 오빠의 원래 목소리로 변해갔어. 낮으면서도 부드러운 목소리가 반가워 몰래 파일을 들어보곤 했어.

오빠의 그 따뜻한 목소리가 과거의 악몽을 묘사하면 혼자 울었어. 내가 아무것도 기억나지 않는다고 거짓말을 하지 않았다면 그 모든 게 달라졌을 텐데, 후회도 하고, 난 정말 아무것도 모르는 어린아이였을 뿐인데, 변명도 하고. 모두의 인생이 망가진 게 내 탓이라서, 난 계속 아무것도 모르는 어린아이여야만 했어.

오빠는 내가 세상에 물들지 않고 너무 착해서 걱정이라고 언제나 입버릇처럼 말하곤 했었지. 아니, 그 모든 사실을 모른 척했던 나는 또 다른 악(惡)일 뿐이야. 내가 살아남기 위해 오빠의 죄책감을 이용하고, 오빠의 연민을 불러일으키고, 오빠의 희생을 강요했어. 다시는 버림받지 않기 위해서.

언니가 아니라 오빠가 살아 돌아와서 다행이라고 생각했어. 언니라면 날 버렸을지도 모르니까.

어쩌면 이렇게 못된 아이라서 신이 무통각증이라는 무서운 병을 줬는지도 모르지. 이제 하늘에 가면 내 생에 받지 못한 모든 고통을 받게 되겠지. 괜찮아, 살아가는 내내 바라던 일이었으니까.

아마 이번 수술은 마지막 수술이 될 거 같아. 그런 느낌이 들어. 내 예감은 틀리는 법이 없으니까. 두렵지는 않아. 내 삶의 대부분을 병원에서 보냈고, 병원에서 죽음은 익숙한 거니까. 내겐 언제나 죽음보다 삶이 더 두려운 존재였어.

오빠는 언제나 나에게 완벽한 오빠였어. 이젠 오로지 오빠가 원하는 대로 오빠만을 위해 살아. 살아남는 게 이기는 거야. 삶을 패배로 끝내지는 마. 그게 내 마지막 부탁이야. 오빠의 목소리를 들으며 난 항상 가슴을 치며 울었어. 오빠가 지쳤다는 것, 삶의 의지를 포기했다는 것, 그게 모두 나 때문이라는 사실 때문에 고통스러웠어. 육체의 통증보다는 마음의 고통이 더 아플 수도 있다는 걸 깨달았지. 그러니까 슬퍼하지 마. 아파하지도 마. 잊어버려.

그리고 오빠의 인생을 살아. 끝까지 살아남아. 그게 내 마지막 소원이야.

-언제나 오빠의 행복을 기도하는 지민이가

10-4. 민수, 2018년 7월 22일 일요일

민수는 밤새도록 여자의 아파트 앞을 지켰다. 이상하게도 여자가 반드시 돌아오리라는 확신이 들었다.

어쩌면 연호가 연우 행세를 하고 있는 것은 아닐까 민수도 의심했었다. 둘은 어렸을 때 쌍둥이로 오해받을 정도로 생김새가 닮았다. 여자아이로 오해받았던 어린 시절 때문인지 연호는 항상 머리카락을 짧게 유지했었다. 돌아온 연우는 긴 머리카락을 짧게 자른 상태였고 몇 달 사이에 키는 훌쩍 자라 있었다. 하지만 달라진 모습은 연호를 더 많이 닮아 있었기에 여자의 정체에 대해 의심하지 않았다.

중빈이 연호가 연우 행세를 하고 있는 건 아닐까 의심했을 때 여자는 마치 기다렸다는 듯 머리카락을 뽑아줬었다.

혹시나 검사 결과가 잘못된 건 아닐까, 다른 가능성이 있지는 않을까, 중빈은 끝까지 여자를 물고 늘어졌다. 모든 의문에 여자는 망설임 없이 대답했다. 14년 전, 정신과에서 뇌 자극 치료를 받기 위해 머리카락을 짧게 잘랐고, 링거를 맞으면서도 병원식을 억지로 먹다 보니 키가 자랐다고 했다. 맑고 청아하던 목소리가 허스키하게 변한 건 작년에 수업이 많아 성대결절 진단을 받고도 쉬지 못해서라고 했다.

유전자 검사결과 여자는 분명 지민과 자매관계였다. 숨겨져 있던 지민의 자매가 갑자기 나타나 연우 행세를 했다는 사실도 쉽게 받아들일 수 없었다. 혼란스러웠다. 14년 전, 여자는 돌아오자마자 퇴원수속을 밟았다. 지민은 여자의 곁에 딱 달라붙어 잠시도 떨어지려 하지 않았다. 복잡한 수납창구에서 여자를 놓치지 않으려 휠체어를 밀며 사람들 사이로 끼어들던 지민의 모습이 아직도 선했다. 낯선 이에게는 보일 수 없는 친숙함이 그들 사이에 분명히 존재했다.

지민의 다른 자매였다면 용걸은 왜 여자를 데려다 키우지 않은 걸까? 지민은 예전부터 다른 자매의 존재를 알고 있었던 걸까? 도대체 여자는 왜 연우 행세를 한 걸까? 질문에 대한 답을 찾지 못했지만 결론은 하나였다.

바로 그 여자가 범인이었다. 범인이 아니라 해도 타인 행세를 하는 것은 형법상 사서명 위조 및 위조 사서명 행사죄였다. 처벌은 징역형뿐이다.

여자는 대담하게도 아파트로 돌아왔다. 아무것도 겁나지 않는다는 듯 기다리고 있는 민수를 슬쩍 바라보는 표정에는 온갖 감정이 들끓고 있었다. 마치 잡으려면 잡으라는 듯 여자는 아주 천천히 민수의 곁을 스쳐 지나갔다. 그 순간, 심장은 눈치 없이 간질거리며 설레었다.

"연호야!"

자신도 모르게 소리를 질렀다. 자신의 목소리에 민수가 더 놀랐다. 그제야 깨달았다. 연호였다. 연호밖에 없었다. 민수의 목소리에 여자가 뒤를 돌아보았다. 과학이나 이성, 논리나 증거로는 설명 불가능한 일이었다. 하지만 민수의 심장이 여자가 연호라 증명하고 있었다. 둘은 한참 동안 마주 보고 서 있기만 했다.

아직은 어둠이 가시지 않은 해가 떠오르는 새벽, 먼발치에 선 여자의 그림자가 길게 드리웠다. 여자는 손을 들어 허공을 쓰다듬었다. 여자의 그림자가 민수의 머리를 쓰다듬고, 여자의 그림자가 민수의 어깨를 툭툭 쳤다. 민수가 우울하거나 기분이 나쁠 때 연호가 위로하던 방법이었다.

민수가 다가서려 발걸음을 떼는 순간 여자는 뒤로 물러서며 고개를 저었다. 다가오지 마, 그 분명한 의미에 멈춰 섰다. 여자의 긴 그림자가 완전히 아파트 안으로 사라지고 나서야 민수는 뒤돌아 달리기 시작했다. 내일이 방학식, 마지막 근무일이었다. 어떻게든 여자를, 연호를 구해야만 했다

10-5. 연호, 2018년 7월 23일 월요일

"그리스신화에서 내가 가장 좋아하는 신은 헤르마프로디토스야. 헤르마프로디토스는 헤르메스와 아프로디테 사이에서 태어났어. 물의 요정인 살마키스는 헤르마프로디토스에게 첫눈에 반해 구혼했는데, 사랑을 모르는 헤르마프로디토스는 단번에 거절했어. 그래서 살마키스는 헤르마프로디토스를 껴안고서 그와 한 몸이 되어 절대로 헤어지지 않게 해달라고 신께 기도했지. 그 기도가 이

루어져 헤르마프로디토스는 양성인간이 되었어. 고대인들은 그렇게 양성을 모두 가진 인간을 완벽한 존재라고 생각해 떠받들었대."

마지막으로 입원했을 때, 지민은 뜬금없이 신화 이야기를 시작했다. 그리고 며칠 동안 내내 반복을 좋아하는 어린아이처럼 지민은 잊을 만하면 헤르마프로디토스 이야기를 꺼내곤 했다. 그래서 깨달았다. 지민이 내 정체를 안다는 것을. 하지만 모른 척할 수밖에 없었다. 내가 왜 정체를 숨기고 있는지 설명하려면 과거를 되새겨야 했다. 그 추악한 진실에서 지민만은 보호하고 싶었다. 지민은 유일한 나의 선(善)으로 남겨두고 싶었다.

연년생인 연우와 쌍둥이라는 오해를 받을 정도로 난 어렸을 때부터 유난히 키가 작았다. 아마 어린 나이에 어른도 견디기 힘든 삶의 고통과 책임의 무게를 지고 있어서였을 것이다. 가끔은 더 이상은 견딜 수 없다는 생각도 했다. 다른 아이들이 컴퓨터 게임을 할 때 난 연우가 사춘기의 반항으로 어긋나지 않을까 걱정하느라 나의 사춘기도 건너뛰었고, 다른 아이들이 학원을 다닐 때 난 지민의 기저귀를 갈며 예방접종에 대해 검색해야 했다. 나에겐 어린 시절을 누릴 수 있는 권리 따위는 주어지지 않았다.

권리는 없고 의무만 가득한 삶이었다. 가끔은 동생들을 사랑하는지 증오하는지도 알 수 없었다. 내 평온한 일상을 깨뜨린 그 아이들이 밉기도, 나처럼 부모에게 버림받았다는 상처를 견디며 살아갈 그 아이들이 불쌍하기도 했다. 내 안에서 들끓는 수많은 감정을 나도 이해할 수 없었다.

그래서 더 안곡의 아이들을 이해할 수 없었다. 능력 있고 돈 잘 버는 아버지와 가정주부인 어머니 밑에서 지겨울 정도의 관심을 받고 자라난 아이들은 감사하는 법을 몰랐다. 가끔 나는 낯설기만 한 그 아이들이 부러웠다. 부유한 환경이나 부모님의 사랑과 관심이 부러운 게 아니었다. 그렇게 아무것도 생각하지 않고 즐길 수 있는 어린 시절, 철없을 수 있는 그 시간이 부러웠다. 내게 그런 시절 따위는 허락되지 않았다.

어릴 때부터 난 아이들을 싫어했다. 그래서 연우가 교사가 되고 싶다고 했을 때도 반대했었다. 나와는 달리 아무것도 아닌 일에 까르르 웃는 아이들의 행복에 대한 질투에서 비롯된 감정만은 아니었다. 아이들이 멋모르고 온전히 드러내는 순수한 악함이 싫었다. 지민을 괴롭히던 대여섯 살 아이들의 맑은 눈망울을 봤을 때 얼마나 소름이 끼쳤는지. 그래서 아마 민수와 친해졌던 것 같다. 민수는 아이답지 않게 지치고 조심스러운 눈빛을 하고 있었으니까.

연우를 대신해 사는 인생이었다. 연우는 좋은 선생이 되고 싶다고, 그게 힘들다면 그저 옳은 선생이고는 싶다고 말하곤 했다. 그 꿈을 이루어주고 싶어 교사가 될 수밖에 없었다. 연우의 이름을 더럽히지 않기 위해 '옳은' 교사라도 되려고 했다. 게다가 용걸을 죽인 죄의 대가로 삶의 고통쯤은 견뎌야 한다고 생각했다. 그래서 견뎠다. 연우가 꿈꾸었던 모든 것들을 이루어주고 싶었다. 연우의 삶을 최악의 순간에서, 비참한 모습으로 끝낼 수는 없었다. 그건 연우에게 어울리지 않았다. 그래서 버텼다. 언제나 웃었다. 연우는 아무리 힘든 상황에서라도 내게 웃어주었으니까. 세상이 연우를 그렇게 기억하길 바랐다. 그런데 그들이 연우의 꿈을, 내 하나뿐인 희망을 망쳐버렸다. 그것이 그들이 저지른 가장 큰 죄였다.

노력이 배반당하고 선의가 멸시당하는 세상에서 꿈은 악몽이 될 수밖에 없다. 악과 마주쳤을 때는 더 크고 강한 악이 되어야만 살아남을 수 있다. 내게 그 사실을 깨우치게 만든 것이 그들이 저지른 가장 큰 실수였다.

세상은 언제나 불분명하고 희미한 존재들로 가득했다. 세상의 관습과 관념들은 나와 아무런 접점도 없이 멀리서 스쳐 지나가기만 했다. 수많은 물음들이 머릿속을 떠다녔다.

나는 여자일까, 남자일까? 나는 선인일까, 악인일까? 내가 인간이긴 한 걸까? 사랑은 존재하는 걸까? 그렇다면 나의 부모는 왜 내게 사랑을 느끼지 못 했을까? 과연 신이 존재하기는 하는 걸까? 신은 왜 권선징악을 행하지 않는 걸까? 선이 악 앞에 무너지고, 편법이 노력을 짓밟고, 부가 정의를 바꾸는 세상이 바로 신이 원한 걸까? 신이 창조한 세상이 바로 현재인 걸까?

아직도 수많은 물음에 대한 답은 찾지 못했다.

신이 내게 떠넘긴 이 비참한 무력감을 없앨 방법은 스스로 찾아야만 했다. 그 모든 잘못을 누군가가 바로잡아주길 기다리기엔 내 인내심이 부족했다. 아니, 어쩌면 신이 원한 것도 인간 스스로 권선징악을 실현하길 기다린 것이 아니었을까?

지민이 뿌려진 나무에 나자르 본주를 매달며 의문은 결심으로 바뀌었다. 푸른 눈을 불길하게 여겼던 이슬람인들은 그 푸른 눈을 본떠서 만든 나자르 본주를 '악마의 눈'이라 부른다. 그리고 다른 악령들이 나자르 본주를 보고 더 강한 악령이라 착각해 도망간다고 믿어서 부적으로 사용한다. 악마의 푸른 눈이 내 결심을 반기듯 반짝였다.

지민은 나 몰래 병원에서 진행하는 진통제 연구개발에 참여하고 연구보조금을 저축해 두었다. 지민은 그 돈을 나만을 위해 쓰라고 유언을 남겼다. 지민의 사망보험금, 내 위암진단보험금……; 갑자기 돈이 넘쳐났다.

자본주의 사회에서 돈은 모든 일을 단순하고 쉽게 만들어준다. 주유소 근처 CCTV를 고장 낸 편의점 아르바이트생도, 교감의 성추행 장면을 촬영하기 위한 몰래카메라 판매를 한 전자상가 점원도, 형주의 호주머니에 나트륨 주머니를 넣은 소매치기 14범도, 개를 도로 가져가라는 말에 황당해하던 건강원 배달원도, 오만 원 몇 장에 이유도 묻지 않고 깔끔하게 일을 처리했다.

단순하지 못한 건 나였다. 멍청한 죄책감에 거울만 보면 '네가 죽였잖아!'라며 고함을 지르는 나 자신의 환각에 시달렸고, 어리석은 두려움에 거울에 '네가 죽였잖아!'라고 비눗물로 써 놓기도 했다. 무의식이 지배하는 나는 완전히 악하지 못했다.

게다가 해리장애 때문에 실수는 점점 늘어났다. 고등학교 시절 즐겨 입던 옷을 입고 지민이 있는 수목원을 찾아가 놓고도 옷을 버리지 않고 숨겨 두질 않나, 나자르 본주를 닦지도 않고 오질 않나, 학교에서 훔친 나트륨 통을 가방에 넣어두고 잊어버리질 않나……, 언제나 조마조마했다. 혹시라도 돈을 받고 불법적인 일을 저지른 누군가가 죄책감에 경찰에 증언할 확률보다 환각과 환청에 사로잡힌 내가 나도 모르게 자백할 확률이 더 높았다.

언제나 두렵고 불안했다. 하지만 그 모든 계획이 오늘로 끝이었다. 그래서인지 오늘따라 통증도 평소보다 덜한 듯 느껴졌다.

출근 전에 병원에서 맞는 모르핀 주사의 효과는 2교시 수업까지가 최대였다. 강력한 마약성 진통제를 먹고 붙였는데도 온몸으로 번져가는 통증을 견딜 수 없을 때면 자습을 하라고 말한 뒤 교실을 나와 3층 화학실험실로 향했다. 오늘은 그나마 3교시 중간까지 버텼다. 초점이 맞지 않아 눈앞이 부옇게 흐려져갔다. 실험실에 들어서자마자 다리가 풀렸다. 식은땀으로 축축하게 젖은 호주 머니에서 엑스터시 병을 꺼냈다.

손이 떨려 병이 떨어져 바닥을 굴렀다. 시멘트 바닥에 떨어진 알약을 주워 씹기 시작했다. 가루가 된 약을 삼키지 않고 혀 밑으로 밀어 넣었다. 혀 아래의 혈관은 가장 빠르게 약을 흡수한다. 서서히 고통이 사라지며 시야가 또렷해졌다. 난 재빨리 실험실의 문을 안에서 잠갔다. 혹시나 밖에서 보일까 봐 실험실 안쪽에 있는 실험 준비실로 숨어들었다.

환각이 시작되기 전, 모든 감각이 날카롭고 예민해지는 찰나의 순간이 왔다. 수많은 실험도구들과 화학약품들이 풍기는 퀴퀴한 냄새가 하나하나 분리되어 선연히 느껴지고, 풀썩이는 먼지들이 바닥으로 가라앉는 소리는 귓가를 울리고, 한쪽 구석에서 배양하고 있는 곰팡이의 색깔은 선명해진다.

그리고 모든 감각이 무뎌지며 실험실이 빙빙 돌기 시작했다. 온 세상이 따사로운 황금빛으로 물들어갔다. 마침내 황금빛들이 날 감싸 안고 날아올랐다. 저 머나먼 곳, 내가 원했던 세상으로 빛이 날 데려갔다.

깨어났을 때, 처음 보인 것은 먼지가 뭉쳐 굴러다니는 흠집투성이 시멘트 바닥이었다. 헝클어진 머리카락은 줄줄 흘린 침 때문에 바닥에 달라붙어 있었다. 언제나 그랬듯 전신에 힘이 들어가지 않았다. 겨우 일어나 앉아 숨을 쉬는데 집중했다. 고통 대신 선택한 환각은 시간이 갈수록 점점 짧아지고 있었다.

멍하니 독극물 수납장을 바라보았다. 독극물 수납장은 자물쇠를 매달아 특별히 관리하게 되어 있지만 제대로 지켜지지 않았다. 교사들은 독극물 수납장을 잠그는 걸 잊어버리기 일쑤였고, 실험을 하다 모자라는 약품이 있으면 학생에게 열쇠를 주고 가져오라고 시키는 일도 많았다. 게다가 자물쇠도 허술했다. 단순한 열쇠 하나면 학교의 모든 사람을 죽일 수 있는 약품을 허무할 정도로 손쉽게 얻을 수 있었다.

계획에 대한 두려움이 몰려오거나 범죄 후의 죄책감이 덮칠 때면 언제나 이곳에 앉아 독극물 수납장을 바라보았다. 자그마한 열쇠를 돌려 그 안에 가득한 독극물들을 마주할 때면 오소소 소름이 돋는다. 염산, 질산, 나트륨, 청산가리…… 갈색과 흰색 병에 쓰인 이름은 언제나 나를 편안하게 만들었다. 어떠한 조합으로도 내 목숨 하나 따위는 쉽게 버릴 수 있었다. 그렇게 손쉬운 죽음은 나를 용감하게 만들었다. 경찰의 수사망이 좁혀지는 상황이 오면, 연우의 이름이 불명예스럽지 않도록 확실하게 죽음으로 마무리하려고 했다.

어제 새벽 민수에게 연우가 아니라는 사실이 들통났어도 아파트로 돌아온 건 연우의 마지막을 깔끔하게 처리하고 싶었기 때문이었다. 예상대로 민수는 나를 잡지 않았다. 그리고 내 이름을 불렀다. 14년 만에 듣는 이름은 낯설고 어색했다. 어떻게 내 정체를 알았는지 묻지 않았다. 사랑이란 오감의 한계를 뛰어넘는 통찰력과 직관력을 발휘하게 만든다. 지민도, 민수도 날 사랑했다. 그 사실이 날 용감하게 만들었다.

오늘 새벽 일어나 출근 준비를 할 때는 설레기까지 했다. 아이라이너, 마스카라, 립스틱, 틴트, 아이섀도, 백화점 직원은 메이크업에 필요한 모든 화장품을 구매하겠다는 말에 화장을 하는 법까지 친절하게 알려주었다. 익숙하지 않은 손길이라 몇 번이나 지우고 다시 화장하면서도 짜증나지 않았다. 백화점 마네킹에 입혀져 있던 그대로를 사 온 새 정장은 다시 한 번 꾹꾹 눌러 다림질을 했고 구두는 반질반질 윤이 나게 닦았다. 다른 사람들이 연우를 예쁘게 기억해줬으면 했다. 오늘이 마지막 날이었다.

아파트 공동 현관문을 나선 뒤 익숙하지 않은 킬힐 때문에 넘어지지 않으려 발밑만 보고 걷는데 눈앞에 뭔가가 쑥 나타났다. 민수였다.

"필리핀행 비행기 티켓이야. 오늘이 방학식이지? 혹시라도 의심받을 수 있으니까 출근은 해. 비행기 시간은 저녁 7시 30분이야. 내가 퇴근시간 무렵 출국금지 풀 테니까 넌 아무 걱정 말고 가서 비행기 타면 되는 거야. 있는 돈 다 찾아서 환전했으니까 우선은 그걸로 생활하고. 혹시라도, 정말 만약에라도 붙잡히게 되면 범인은닉죄는 친족 간의 특례가 인정되니까, 연호가 모든 일을 다 저지르고 도망갔다고, 무조건 넌 연우라고 우겨. 다른 증거가 더 나와서 네가 범인으로 몰려도 심신미약은 충분히 감형 사유가 되고, 넌 정신과 치료를 받았던 기록도 있으니까……"

민수의 목소리도 손도 덜덜 떨리고 있었다. 내 덩치의 두 배는되는 놈이 이까짓 일에 떨다니. 하긴 어릴 때도 쓰레기 하나 길거리에 안 버리던 녀석이 불법적인 일을 하려니 떨릴 만도 했다.

"내가 몇 번이나 말했지? 잊으라고. 왜 이렇게 말을 안 들어!"

짜증을 내며 돌아서는 나를 붙잡은 민수는 내 가방에 봉투를쑤셔 넣었다.

"연우랑 지민이를 위해서야. 그 아이들을 위해서라도, 그 아이들을 대신해서 살아. 살아줬으면 좋겠어."

그리고 돌아서 가버렸다.

민수가 주고 간 필리핀행 비행기 표는 여권과 함께 호주머니에들어 있었다. 언제나 선택의 여지가 없이 움직였던 내 삶이 다른길을 열어주고 있었다. 의사는 기껏해야 3개월이라고 했다. 이런고통 속에서의 삶이라면 반갑지 않았다.

'살아. 살아줬으면 좋겠어.'

민수의 부탁에 지민의 목소리가 겹쳤다. 살아. 살아남는 게 이기는 거야. 삶을 패배로 끝내지는 마.

'이젠 너 자신으로 살아. 그 무거운 의무에서 벗어나, 과거를 잊어버리고 너 자신으로 살아.'

비록 몇 개월이라도. 민수는 그렇게 덧붙이고 싶었을 것이다. 만약 내가 시한부 인생이 아니었다면 민수가 나의 도피를 그렇게까지 도왔을까? 나에 대한 민수의 감정은 그저 연민인 걸까? 아니면 정말 사랑인 걸까? 모르겠다.

내게 행복은 아무리 움켜쥐려 해도 손에서 흘러내리는 모래 같았다. 손에 잡힐 듯 잡히지 않아 안타깝고, 찰나에 불과해 아쉬운, 사소한 조각의 기억들을 행복이라고 부를 수 있을까? 항상 누군가를 위해 살았고 무언가를 위해 죽지 못했다. 앞으로 3개월, 아니면 더 짧은 시간, 나를 위해 살고 싶었다. 무얼 하고 싶은지 모르겠다. 단 한 번도 내가 무얼 하고 싶은지 생각해 본 적이 없었다.

호주머니에 들어있는 비행기 표를 꺼내 물끄러미 바라보았다. 어쩌면 행복도 이렇게 손에 쥘 수 있을지 모른다는 희망이 들었다. 옷을 툭툭 털며 일어났다. 4교시 종료종이 울리고 아이들이 점심을 먹기 위해 달려가는 소리가 들렸다. 아이들 틈에 휩쓸리는 게 싫어 조금 더 과학실에 있다 나가야지, 하며 나만의 인생을 상상했다.

텅 빈 머릿속에는 아무것도 떠오르지 않았다. 항상 타인의 꿈을 위해 살아왔다. 연우의 꿈인 좋은 교사가 되기 위해, 지민의 꿈인 동화 같은 세상을 만들기 위해 내 모든 걸 희생했다. 아니, 그건 희생이 아니었다. 어느새 그들의 꿈은 내 꿈이 되어 있었다.

그래, 가자. 아무도 모르는 곳으로 가자. 이왕이면 따뜻한 에메 랄드빛 바다가 있는 곳으로. 다시 서연호로, 남자로, 그렇게 내가 원하는 대로 살자. 이번에는 정악이 아닌 권선을 실천해 보자. 넘 쳐나는 돈으로 가난하고 아픈 이들을 도우며 동화같이 아름다운 세상을 만들면서 조용히 죽음을 준비하자.

선생님, 가는 목소리가 무럭무럭 솟아오르는 희망 사이로 끼어 들었다. 뒤돌아보니 작년 졸업생 진태였다. 정유림 사건의 범인 중 유일하게 평범한 서민 가정의 아이였고, 유일하게 죄를 자백했던 아이였다. 진태는 다른 아이들이 친구라고 말했지만 사실 잔심부 름꾼 취급을 받았던 아이였다. 저도 같이 하지 않으면 따돌림당할 까 봐 무서웠어요. 전부 다 빵빵한 집 자식들이잖아요. 그 애들 덕 분에 입시에 도움 받는 게 얼마나 많은데요. 거기서 못한다고 하 면 동아리에서도 쫓겨나고 대학 가는 데 문제 생길까 봐 그랬어 요. 사실 유림이야 원래 몸 파는 애이기도 하고요.

범죄에 동조하면서까지 가고 싶어 했던 대학을 진태만 가지 못 했다. 아이들은 진태를 이용하기만 했을 뿐 정작 중요한 정보는 가르쳐주지 않았다. 그들은 서로를 친구라 칭하면서 경쟁자로 여 길 뿐이었다.

"6월 모의고사 성적표 찾으러 왔어요."

별로 반갑지 않은 얼굴을 반가운 척하고 싶지 않았다. 내 얼굴이 굳은 게 느껴졌는지 진태가 먼저 입을 열었다.

"정시로는 경기권 대학도 가기 힘들 거 같아요."

재수생들은 수시보다는 정시모집을 노린다.

"수시전형에 붙을 수 있을 거야."

마음에도 없는 위로를 해 본다. 오랜 교직생활에 거짓말만 늘었다.

"작년에 떨어졌는데 올해 붙을 수 있을까요?"

"입시는 어떻게 될지 아무도 몰라. 작년에 떨어졌던 학생이 재수해서 같은 대학교 수시전형에 합격하는 일도 많아."

마지막까지 연우의 이름을 위해 이를 악물며 웃어주었다. 진태가 한걸음 다가온다.

"학생부 종합전형으로 제가 붙을 수 있다고요?"

"그럼. 당연하지."

"저 너무 힘들어서 그런데 한 번만 안아주실 수 있으세요?"

진태가 다가오자 나도 모르게 뒷걸음을 했다. 하지만 진태는 억지로 날 끌어당겼다.

"선생님의 그 위선이 싫었어요. 차라리 대놓고 네가 싫다고 하면 될 텐데 끝까지 좋은 선생인 양 구는 그 위선, 우리가 못 느낄 줄 알았겠죠? 아뇨. 충분히 느꼈어요."

아픔은 느껴지지 않았다. 그저 충격을 받아 멍하니 진태만 바라보았다.

"네가 말하는 것처럼 정말 나한테 최선을 다했다면 나도 충분히 한국대에 붙을 수 있었어. 학생부에 조금만 더 신경을 써줬다면 다른 아이들처럼 붙을 수 있었다고. 그런데 왜 그랬어? 똑같은 죄를 저질렀는데, 아니 그 아이들 때문에 나는 억지로 그 범죄에 가담할 수밖에 없었는데 다른 애들은 잘 써준 학생부를 왜 내 것만 대충 썼냐고? 우리 아버지는 한국대 의대 교수도 아니고, 건물주나 로펌 대표도 아닌 평범한 회사원이라서? 다 너 때문이야! 너 때문에 내 인생이 망가졌어!"

진태의 손에 들린 칼이 흔들렸다. 아니다. 흔들리는 것은 나였다. 칼에 묻은 핏방울이 진태가 소리를 지를 때마다 흩어진다. 흩날린 핏방울이 내 눈에 닿아 흘러내린다. 배를 움켜쥐고 있던 손을 들어 눈가를 닦는다. 핏빛이 번져간다. 온통 붉은 세상이다.

들고 있던 비행기 표는 피에 젖어 너덜너덜해졌다. 안 되는데, 안 되는데, 비행기 표는 꽉 움켜쥘수록 갈기갈기 찢어진다. 진통제 때문인지 아픔은 전혀 느껴지지 않았다. 그저 찢어져 바닥에 널브러진 비행기 표가 안타까웠다.

다다다다, 복도를 뛰어가는 진태의 발걸음 소리가 귓가를 채운다. 풀썩 먼지가 피어오르며 얼굴을 간지럽힌다. 차가운 시멘트 바닥이 볼에 와 닿는 느낌이 선명하다. 쓰러지면서 부딪쳤는지 머리카락 속을 타고 피가 흘러내린다. 울컥울컥, 구역질이 핏덩어리가 든 토사물을 뿜어냈다.

붉은 세상이 점점 어둠에 잠겨간다. 어둠 속에 반짝이는 별이 보인다. 별을 향해 손을 뻗어본다. 반짝이는 별 위에 연우와 지민이 앉아 있다. 지민이 나를 위해 노래를 부른다. 나만을 위한 노래. 언제나 날 악몽에서 벗어나게 해 주었던 천사의 노래를 부른다.

외로워도 슬퍼도 나는 안 울어. 참고, 참고 또 참지. 울긴 왜 울어. 웃으면서 달려보자. 푸른 들을. 푸른 하늘 바라보며 노래하자. 내 이름은 내 이름은 내 이름은 캔디. 나 혼자 있으면 어쩐지 쓸쓸해지지만 그럴 땐 얘기를 나누자 거울 속의 나하고. 웃어라 캔디야. 들장미 소녀야. 울면 바보다. 들장미 소녀야.

스물스물 바닥에서 올라온 검은 기운이 날 감싸기 시작한다. 아무리 손을 뻗어도 별은 점점 멀어진다. 괜찮아, 괜찮아, 눈물을 흘리는 지민에게 웃으며 말했다. 괜찮아, 괜찮아, 지민도, 지민의 노랫소리도 점점 멀어진다. 서서히 죽음의 기운이 스며든다. 그 영원한 안식과 위안이 나를 감싸 안는다.

그제야 깨닫는다. 내 꿈은 아직 이루어지는 중이었다.

-끝-

2017년은 내 인생에서 가장 끔찍하고 잔혹한 시간이었다.

인간의 본성이 선하다는 내 믿음은 그해에 완벽하게 부서졌다. 세상의 모든 악이 나를 향해 달려들었다. 악에 물어뜯기지 않으려 반항하던 내 육체와 정신은 너덜너덜하게 닳아 바스라지기 직전이었다.

소멸하기 직전인 날 위해 유언장 대신 소설을 쓰기 시작했다. 그해의 기억들을 모두 글 속에 토해내고 나면 잊을 수 있을 것 같았다. 한 글자, 한 글자 쓸 때마다 그때의 기억이 날 아프게 하는 시간이었다.

그 잔인했던 2017년의 상처와 고통을 되짚으며 글을 마칠 수 있다는 것만으로도 감사한다.

새우와 고래가 숨쉬는 바다

심은영 장편소설

달팽이

지은이 | 심은영
펴낸이 | 황인원
펴낸곳 | 도서출판 창해

신고번호 | 제2019-000317호

초판 인쇄 | 2020년 03월 12일
초판 발행 | 2020년 03월 19일

우편번호 | 04037
주소 | 서울특별시 마포구 양화로 59, 601호(서교동)
전화 | (02)322-3333(代)
팩시밀리 | (02)333-5678
E-mail | changhaebook@daum.net / dachawon@daum.net

ISBN 978-89-7919-181-3 (03810)

값 · 15,000원

이 도서의 국립중앙도서관 출판예정도서목록(CIP)은
서지정보유통지원시스템 홈페이지(http://seoji.nl.go.kr)와
국가자료종합목록 구축시스템(http://kolis-net.nl.go.kr)에서 이용하실 수 있습니다.
(CIP제어번호 : **CIP2020008590**)

Publishing Club Dachawon(多次元)
창해·다차원북스·나마스테